The Violet Fairy Book

紫色童話

安德魯・蘭格　編著
林雨蒨　譯

〈總序〉
海很大，魚很多

楊茂秀

講到童話，我們大部分的人腦海裡浮現的是格林童話、安徒生童話、貝洛童話，可是誰聽過「蘭格童話」呢？蘭格是英國人，一八四四年三月三十一日生。在那個時代，他是個著名的作家，也是詩人，還是古典文學的學者。可是他留給我們的，是他編選的童話集。有趣的是，在十幾本童話集裡面，在每一本的序中，他都不斷的提醒我們：他是編者。但是有好多好多的讀者都認為蘭格童話是蘭格的作品，怎麼會這樣呢？

其實，童話有的是長期在民間流傳、原作者難以指認的，有的是個人的創作。格林童話是前者的代表，而安徒生童話是後者的代表。但是認真來看，即使是安徒生童話，也有許多重述的作品。所以基本上，當我們說童話、聽童話的時候，等於進入了另外一個世界，而那另外一個世界，對於聽的人來說，是說的人把他帶進去的。我們很容易就把這說的人當成是作者了。

「從前從前」，孩子一聽到這一句話，就進入了一種不定位的時間座標裡面。「在很遠很遠的地方」，孩子一聽到這一句話，就進入了一種不定位的空間座標裡面。「有一個公主」，認同的問題就開始了。結束的時候，說公主與王子從此一起過著快樂的生活直到永遠，這是故事的結束，很多童話就是這樣結束的。魔戒的作者托爾金在《樹與樹葉》一書上面主張：童話世界是第二世界，我們現實生活的世界叫做初始世界，不管是誰，在欣賞或創造童話的時候，他的信念系統就跨越在這兩個世界之間流轉來回。小孩是文化系統裡的新成員，他不斷的想要知道剛剛聽到的應該把它放在哪一個世界裡去。所以他會問：「真的嗎？真的嗎？」

過去我常說一個故事：

「我家後院子的樹林裡有一隻大象，他住在樹上，樹上的大象窩是他自己做的。這隻大象會飛，是我教他飛的。我不會飛，但是我會教大象飛。我花了兩個禮拜又三天加上兩個半小時才把他教會飛。但是他飛的不太好，因為他的兩隻耳朵不一樣大。他的耳朵是香蕉的顏色，早晨綠綠的，中午變黃，下午就會起斑點，到了晚上就變黑了。第二天早晨起來又有一對翠綠色的耳朵。這隻大象最喜歡吹氣球，你要是送一個大氣球給他，他就會用鼻孔吹，要是氣球夠大，吹一吹、吹一吹，他的鼻子就會像橡皮圈一樣，綁住氣球，這個大象就飄在空中了。」

這個故事很長，每一個禮拜說一點，聽故事的小孩往往會問：「真的嗎？他真的會飛嗎？真的嗎？他的耳朵是香蕉的顏色嗎？他真的住在你家後院子的樹林裡嗎？」我總是很認真的說：「是真的。」有一次，有一個新來的小孩，又開始問：「真的嗎？真的嗎？」另外一個小孩就說了：「你很煩耶！」一直問真的嗎、真的嗎，老師當然說是真的啊！這是故事，你知道嗎？真的假的有什麼關係？」還有一次，當我說是真的的時候，他就表示要到我家來看。星期天，我家門鈴響了，那個小孩帶著他的爸爸媽媽祖父祖母站在我家門口。我們就到後面的山林裡去找大象，當然是沒有找到囉。「大象哪裡去了？」他問我。我說：「他去玩了。」「到哪裡去玩？」「他沒告訴我。」孩子說他下一次來會打電話先來約。

美國幼教思想家薇薇安・裴利說：「大人不創造故事，大人重述故事或編寫故事。創造故事的是小孩。」我覺得小孩創造故事時，他們的時空定位是童話的世界。

最近，我在台東的一家石頭店認識了一位四歲的小女孩和她兩歲的妹妹。她們要我說故事，她們還要我說一個最短的故事。我把大拇指往自己的鼻頭一按，同時在嘴裡發出一聲怪響。小女孩奔去找她媽媽說：「媽媽，他是玩具耶。」她的妹妹也跟去說：「媽媽，他是玩具耶。」完全學她姐姐的口氣。

聽我說了幾個童話故事之後，姐姐說：「換我說了。」她說：「從前從前，我沒有哥哥。我的哥哥很胖，我的哥哥在減肥，他用小碗吃飯，所以越來越瘦。」聽到這，我覺得奇怪。她看我有驚訝的表情，就解釋說：「是表哥啦！」她兩歲的妹妹總是學她。她也說：「從前從前，我沒有哥哥。我的哥哥很胖，我的哥哥在減肥，他用小碗吃飯，所以越來越瘦。」姐姐聽到這裡就生氣的說：「不要學我啦。」妹妹連這一句也要學。故事進行了幾分鐘之後，姐姐說：「可是我的表弟沒有減肥，他還加胖，因為他還是用大碗吃飯。」妹妹把姐姐的話重複一遍：「我的表弟沒有減肥，他還加胖，因為他還是用大碗吃飯。」姐姐說：「嘿！嘿！妳錯了。那才不是妳的表弟，他是妳表哥耶。我四歲妳兩歲，他三歲耶。」這個故事只說到這邊，接著她就說別的去了。聽起來她是將家裡很多的事，放在「從前從前」的架構裡面，將現實生活的經驗移位到第二世界裡去了。

討論童話或研究童話的書有很多，蘭格本身是古典文學家、民俗學家，他用文化人類學的方式作研究。童話研究者 J. Zipes 說他對童話的創作與介紹其實是研究民俗及民間故事的副產品。依據托爾金對於「Fairy Tales」這個字的嚴格定義來說，可能蘭格童話裡的故事絕大部分並不合乎他的定義。英語裡「Fairy」的意思是小精靈或是神仙，所以「Fairy Tales」最接近的中文翻譯應該是「神仙故事」，但那也還不太準確。研究童話可以用佛洛伊德的學說來分析，這方面的代表作是Bruno Bettelheim的《*The Uses of Enchantment*》；也可以用榮格的學說來分析，此學說的代表作是Marie-Louise Von Franz的系列作品；從文化人類學與哲學的觀點來看，作品就更豐富了。Max Luthi的《*Ästhetik und Anthropologie*》是代表作之一。Max Luthi以藝術的美學形式來解析童話故事。他認為這種藝術形式是規範思維的優良架構，是敘事智慧與科學及民主的種子。

要欣賞童話其實不必走上述任何的研究路線，就像我們要吃好餐不需要研究營養學一般。我常常把童話故事當成是觀念玩具，說或聽、演奏童話就是像在玩沙、水、積木、塗鴉或在做填色遊戲。這種活動的心路過程總是像在第二世界和初始世界之間來來回回，行走散步。讓我引述Eleanor Farjeon的一首詩來幫助我說明這種遊戲的比喻與心理：

沙

沙子是沙子
可是當你拿它來作東西來玩的時候
你想它是什麼它就是什麼
一座城堡

一個基地
一道牆
一條隧道
一粒球
一個洞
或是一艘船
一張沙發
或是一盤好吃的布丁
一座花園
教堂或墳墓
一個小山坡
沙子
你要它變成什麼它就是什麼
一直到你回家去吃點心喝茶
潮水湧過來將你剛剛辛苦創作的東西
沖刷乾淨
那沙子
就還是沙子

沙水與泥土是最好的玩具，他們無定型，或是形很簡單，可以任人的意志去操作，問題是看你會不會玩。

童話這種藝術形式可以用Eleanor Farjeon的第二首詩加以闡釋。基本藝術形式明白描述出來，而它是我們熟悉的，我們用它來組織經驗，在諸多事與物之間拉關係，構築出信念之網，使得我們的思唯有用。

從前從前
很久很久以前
所有發生的事情都發生在
很久很久以前

美麗可愛的小姐和野獸結婚
桌布一攤開
幾句你聽不懂的話說出來
滿漢全席就出現在你眼前
那條魚很神奇
被你捕到

你把牠放回去
你要什麼東西牠就都會給你
廚房裡的灰姑娘穿上玻璃鞋
從前從前
很久很久以前

小小的小女孩披上鮮紅的斗篷
小紅帽呀你認識的
她在樹林裡的小路上
和大野狼聊天
大青蛙黏答答
住在池塘裡
國王的女兒過來蹲下來親吻牠一下下
青蛙變王子
從前從前
很久很久以前

從前從前

很久很久以前
年紀最小的兒子
最光榮了
故事結束的時候
婚禮的音樂總是響起
小女孩做個梯子爬上樹
有魔法的堅果
剝開來
神仙美服就呈現在眼前
公主跟王子
結婚了
從前從前
很久很久以前
到底什麼事發生了
什麼事也沒有發生呀
回到了現實生活
發生過的事情真的都發生過了

從前從前

很久很久以前

有一天，朋友帶我去嘉義的布袋港觀光漁市。當他們吃海產、喝啤酒、高談闊論的時候，我獨自離桌去逛漁市。

「阿伯阿伯，喝土龍酒！」說完，給我一小杯酒。「這酒，顧筋骨又強身。」酒味濃烈。離開鰻魚攤走到賣蝦蟹的攤子，看到那一桌的紅蟳一排一排的，都用草繩五花大綁，聚在寬寬的桌面上。「一排一千。一排一千。」我看那些紅蟳有的靜靜的像石頭，伸手摸牠一下，就動了起來，好像要掙拖草繩的綑綁。移動腳步，走到旁邊那攤，看攤的是一個年輕的太太，有個三四歲的小孩拉著媽媽的手哭鬧著。我看那些魚有好多種，但大部分都不認識。有一條魚，扁扁的，兩隻眼睛在同一面，「那不是比目魚嗎？」我問。「這是扁魚啦。」她用台語回答。「比目魚啦。書上說的。」「你回去讀冊好了，我們這裡叫扁魚。」「這不是芋仔魚嗎？」「這不是，這是豆仔魚。不會看的人看的都差不多啦，頭形有差別。」她用台語說。「這是什麼魚？」我指著另一堆魚問。她用台語說：「那是雨傘魚。」「那頭呢？」她從水桶裡拿出來說：「那就是了，倒給你看。」我又指著另一堆魚，那些魚每隻有一巴掌那麼大，身上疏落的散著黑點。「這是什麼魚？」我問。「這是皮鼓魚。」魚很多，我一直問一直問。小孩看兩個大人在講話，安靜的笑了，睜著大眼含著淚水望著我們。他媽媽大概不耐煩了，突然說：「阿伯，海很大，魚很多，命很短，你認識不完的啦！重要的是，你要會游泳，下水去跟魚遊戲，必要時，吃點魚。你要買什麼魚?」

童話的世界是個汪洋大海,裡面的童話故事很多,我們是認識不完的。重要的是我們會去說,把它當玩伴。

童話故事通常短短的,太長了就變成幻想小說了。蘭格童話集嚴格說來可以說是世界上的第一部世界童話集,幾百個故事都短短的。童話的短,留有很多空白,讓人家自己去填,老人聽了好睡覺,小孩聽了要玩耍,中年人說的時候不會太累。結束之前,容我再說一個故事。這個故事是Patricia Hampl在《我能說些故事給你聽》一書裡短短的一則故事。

一部灰狗車,天將亮的時候,駛下高速公路,駛進一個小村莊。我從車窗看出去,要上車的旅客不多,有位太太穿一身大花布的洋裝,在等車,身邊有個比她高大的年輕男子,抱著她不停的說愛她、會想念她。中年婦女上車來,她提著兩大袋行李。她身材壯碩,把一袋塞進頭上的置物架,轉身坐在我身邊的空位,懷裡抱著另一袋行李,我一下就被擠到緊貼車窗的位子。窗外的年輕人不斷的飛吻、說著想念的甜言蜜語。太太知道從車外是看不到車內的,我幫她敲敲車窗,讓年經人認清方位繼續飛吻。

車開出村莊,重新開上高速公路,迎面初昇的太陽,亮麗刺眼。我對她說:「妳的孩子那麼大了,好幸福喔。」她嘆了一口氣說:「他是我丈夫。我們有很精采的故事,我會說給你聽。」我心想有故事可以聽了,就提起精神來等待。沒想到她頭一歪,開口,我以為她要說故事了,發出的聲音卻是酣聲。快到中午了,車行將近三百英哩,到一個小鎮,司機要我們下車用餐，她睜開眼說：「我該下車了。」提著行李，下車走了。很多年了，我一直在想我那個沒有聽到的故事。

童話故事裡，沒有說出來的，常常會是讓人家想很久的。

（本文作者為台東大學兒童文學研究所副教授）

〈編輯室報告〉

蘭格、童話、世界的想像

聽童話，我們會想起斯威夫特筆下的《格列佛遊記》，格林兄弟的《白雪公主》與《灰姑娘》，安徒生的《人魚公主》與《醜小鴨》，卡洛爾的《愛麗絲夢遊仙境》。

認識童話，我們會知道，早在文字產生以前，就有許多民間傳說、神話或寓言，透過說故事的人，透過老奶奶的口，世世代代傳承下來。故事一開始，總是說：「很久很久以前，……。」可知，那真的是很久很久以前。

童話源起於民間，以口頭文學的方式，口耳相傳，故事人物多為妖神鬼怪，表達的是人類的喜、怒、哀、樂，恐懼與敬畏，也將歷史、社會與智慧，融合在荒誕又真實的故事中。中國早期的許多神話傳說，例如：〈女媧補天〉、〈后羿射日〉、〈虎姑婆〉、〈白蛇傳〉與〈封神榜〉等，將風俗信仰與警世目的融入故事寓意中。在西方，透過寓言故事來傳達特定旨意的，首推《伊索寓言》；〈龜兔賽跑〉、〈北風和太陽〉、〈烏鴉和狐狸〉的教誨，大抵深植人心，從老至幼。而阿拉伯故事《一千零一夜》，更帶領我們體驗了飛毯、神燈、木馬、海盜、僧侶等東方民族特有的人文景致。至於源遠流長的古希臘羅馬的英雄傳說，不論是蛇髮女妖、人頭馬身、大力士，後來甚至成為星象與信仰孕育滋生的搖籃。

因為民間童話的豐富多樣，以童話故事為發展主幹的兒童文學也在十九世紀成形。許多在兒童文學界中屹立不搖的童話故事集也不斷出現：有收集自德國民間故事的《格林童話》；有來自北歐丹麥的《安徒生童話》；有代表歐洲兒童文學的《鵝媽媽故事集》；甚至有《英國童話》、《美國童話》、《俄羅斯童話》、《挪威民間童話集》、《中國民間故事》等。這些各國童話代表著該國該地的人文風情，我們看之、聽之，但總有不完整之憾。我們想，有沒有一部故事集，可以包羅所有這些世界各地的精采童話寓言？

這個問題，本套書編者安德魯・蘭格先生在百年前就想到了。安德魯・蘭格生於蘇格蘭塞爾寇克郡（Selkirk），畢業於人才輩出的聖安德魯大學（University of St. Andrews）。他出身的年代，是兒童文學多元發展，童話在文壇中地位成熟的年代。貝洛的民間童話、格林童話、安徒生童話，都已經在他的年代中發光發熱。早期的蘭格醉心於古詩與古典文學，為研究荷馬（Homer）史詩的重要學者，他的《伊利亞德》（1882）和《奧德賽》（1879）譯本評價非常高。此外，他也在著名的《朗文》（*Longman*）雜誌專欄寫作，以文學批評著稱，文學地位崇高。蘭格對於童話的興趣，起源於所從事的人類學和宗教研究，他著有《習俗與神話》（*Custom and Myth*, 1884）、《神話、文學和宗教》（*Myth, Literature and Religion*, 1887），探討與人類社會發展息息相關的民間神話。這樣的背景，使蘭格成為神話與民間故事的研究權威。他主張「童話來自民間故事，民間是童話發展的土壤」。所以他採集世界各地的民間童話故事，於一八八九年推出他的第一本顏色童話，《藍色童話》，在接下來的二十五年間，又陸續推出其他十一本顏色童話書，包括：《紅色童話》（1889）、《綠色童話》（1892）、《玫瑰童話》（1903）、《銀色童話》（1900）、《金色童話》（1894）、《紫色童話》（1901）、《橄欖綠童話》（1907）、《粉紅色童話》（1897）、《棕色童話》（1904）、《橘色童話》（1906）、《紫羅蘭童話》（1910）。而後他也陸續編寫兒童童話故事集，包括膾炙人口的《圓桌武士》、《天方夜譚》等。

蘭格想要在他的年代中，與前輩貝洛以及格林兄弟分庭抗禮，而他也確實做到了。他蒐羅的故事範圍，從歐洲、延伸到非洲、日本、俄國、美洲、波斯、中國，數量之多，內容之完整，堪稱史上之最。蘭格認為，在世界每個角落，都有相同的人類情感，因此會有情節類似的童話故事。正因為如此，讀者可以在他的每一本童話裡，騎著獅鷲、乘著魔毯逆風飛行，從北歐飛越非洲、中亞、中國，到印第安的部落；也可以在一本書裡遍讀出自不同作品的〈睡美人〉、〈美女與野獸〉、〈拇指公主〉、〈阿拉丁神燈〉。

黑格爾曾說：「最傑出的藝術本領就是想像。」高爾基也說：「想像是創造形象的文學技巧的最重要方法之一。」童話的特色之一就是，天馬行空的想像，荒誕不經的情節，讀者可能從八歲到八十歲都有。我們希望這套世界童話全集，希望這些故事，能提供讀者最完整的童話故事。你不需要帶著《格林童話》、抱著《安徒生全集》、想著《英國童話全集》，或收集各國的民間童話故事；你只要擁有《蘭格世界童話全集》，就能擁有全世界的想像。我們更希望，這些童話故事能打動充滿幻想的孩子們，也能帶領曾為孩子的大人們重回想像無限、純真愉快的時光。

前言

在此，本書編輯要再次複述自己常說的話，那就是我並非童話書的作者，我並沒有「從自己的腦袋中」創造出這些故事來。常有女性讀者問我：「你寫過童話書以外的東西嗎？」所以我不得不解釋，我並沒有撰寫童話書，但除此之外，倒是幾乎什麼都寫過，只差聖歌、佈道詞和戲劇作品。

這本《紫色童話》中的故事，如同這一系列童話中其他故事一樣，都是從數種不同語言中廣為流傳的傳奇所翻譯過來的。這些故事打從人類開始創造之後就存在了，由赤身露體的未開化婦女口述給赤身露體的孩子們聽，再由我們最古老的、文明的祖先傳承下來。先祖們真的相信，只要野獸、樹木和石頭願意，它們是會說話的，還能表現出好或壞的行為來。故事中充滿了最古老的想法，那是屬於還沒有科學的年代，而魔法則填補了科學的位子。有興趣的讀者若是翻閱藍格洛・派克女士（Mrs. Langloh Parker）從澳洲土著所集結成冊的口述故事《澳洲傳奇故事》（*Legendary Australian Tales*），就會發現那些故事和我們的故事相當有關連。誰是這些故事最初的作者，我們不得而知；或許是最初的男人與女人也說不一定，夏娃可能為了取悅該隱和亞伯，而將這些故事告訴他們。隨著人類文明的進展，有了所謂的國王、皇后、王子和公主，而這些令人喜愛的角色就常獲選為故事中的英雄和女英雄。不過，最初的角色只是「一個男人」和「一個女人」，以及「一個男孩」和「一個女孩」，還有許多野獸、鳥和魚，牠們也都和人類有相同的舉止。當貴族等人變得富有且受過教育後，就遺忘了這些古老的故事，可是鄉下人不但沒有忘記，還傳承下去，一代接著一代，並隨著自己的喜好對故事情節做出修改。然後，學識之士蒐集並刊印出這些故事，我們則把故事翻譯過來，供孩子們閱讀。孩童的喜好依舊和數千年前赤身露體的祖先相同，似乎喜歡童話甚於歷史、詩、地理或算術，就像成人喜歡小說甚於其他文字一樣。

這就是整件事情的來龍去脈，我以前就說過，現在再說一次。不過，沒有任何事物能阻擋孩子們認為我就是故事的創造人，也不能阻擋某些女性持有相同的意見。可是，沒有人知道究竟是誰發明了這些故事；那是很久很久以前的事，遠在閱讀和書寫發明之前。這些故事第一次被書寫下來是用埃及的象形文字，或是寫在巴比倫的泥塊之上，而這都是三千或四千年前的事了。

本書的故事中，巴克利小姐翻譯了「長鼻矮人的歷史」、「神奇三乞丐的故事」、「詩琴手」、「一袋兩人」，以及「魚兒空中游，野兔水中跑」；克拉奇先生從斯堪地那維亞語翻譯了「牧兔人傑斯柏」；其他的則全由蘭格太太翻譯。

最有趣的故事中，有的來自於羅馬尼亞，還有三則曾刊登於最新一期的史蒂爾博士（Dr. Steere）的《史瓦西利人的傳說》（*Swahili Tales*），而在取得博士的同意之後，這三則故事在此被刪節並予以簡化，以適合孩童閱讀。

目錄

通特拉威德的傳說

很久很久以前，某個國家裡有塊名叫通特拉威德的土地，那裡到處都是綿延廣闊的沼澤，從來沒有人敢涉足其中。不過，還是有少數幾個膽子比較大的人受到好奇心的吸引，跑到通特拉威德的邊境瞧瞧。他們回去後告訴大家，在驚鴻一瞥中，他們看到濃密的樹叢中有一間破敗的房子，附近有一群看來像是人類的生物，如蜜蜂般傾巢而出。那些人和吉普賽人一樣骯髒且衣衫襤褸，另外還有不少老婦人和半裸著身子的小孩。

某天晚上，有位農夫參加完慶典之後，在回家的路上信步走到通特拉威德較深處的地方，回來時又告訴眾人同樣的故事。他說他看到數不清的女人和小孩聚集在一團熊熊大火四周，有的人坐在地上，有的人則在平坦的草地上跳著奇怪的舞。每過一下子，有個乾癟的醜老太婆就會拿著大型的鐵杓撥動火堆，而她只要一碰到閃著火光的灰燼，小孩就會像貓頭鷹一樣尖叫，

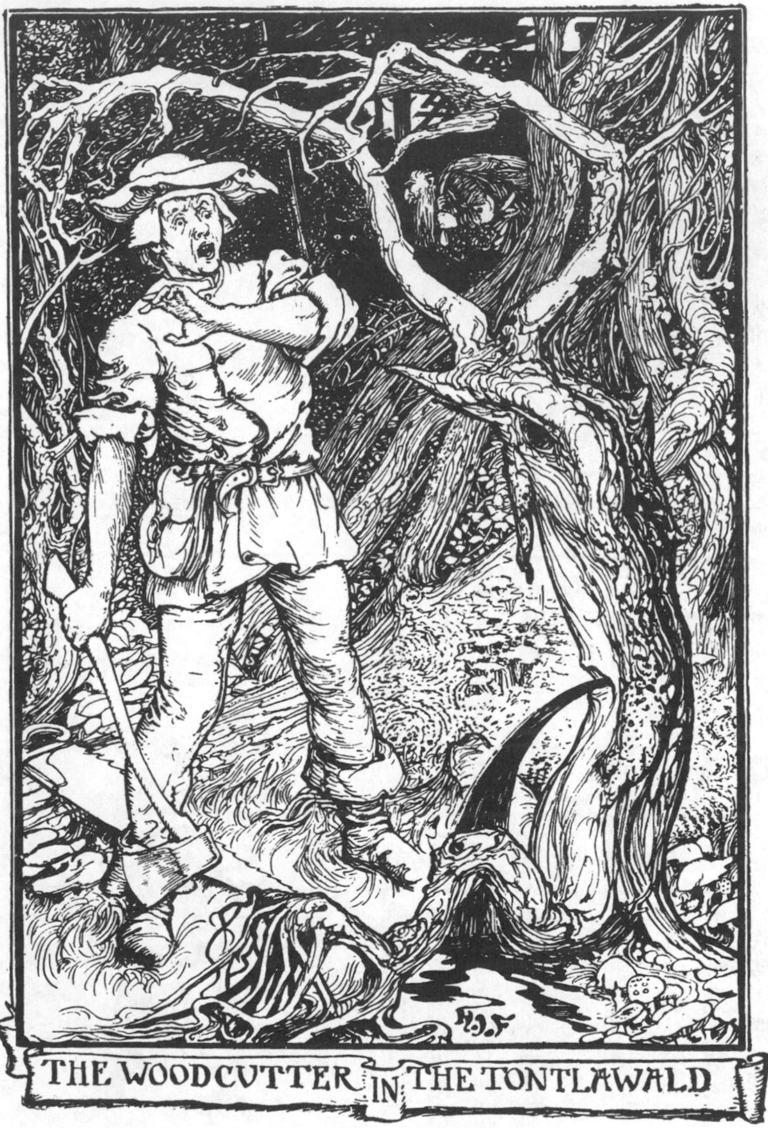
THE WOODCUTTER IN THE TONTLAWALD

在通特拉威德的砍樹人

同時趕緊跑得遠遠的，要過了很久以後，他們才會一點一點地偷溜回來。除了這些以外，有一次或兩次，有個蓄著長鬍子的小老頭被人看到躡手躡腳地從森林裡走出來，帶著一個比自己還大的麻布袋，還有女人和小孩在他身邊跑著，一邊哭一邊試圖把他背上的麻布袋給拉下來，但他把他們推開，繼續走路。

另外還有一個傳說，說通特拉威德有一隻華麗非凡的黑貓，體型宛如一隻小馬那麼大。不過，大家無法相信農夫說的話，而且也很難分辨這些傳言中什麼是真的，什麼又是虛構的。然而事實上，在通特拉威德真的有一些怪事發生。這片土地的所有人是瑞典國王，他不只一次下令要砍掉那些令人苦惱的樹木，卻沒人有勇氣聽從他的命令。最後，終於有個膽識出眾的男人把他的斧頭往樹上一砍，結果那棵樹不停地流出血，還發出像人類痛苦時的哀嚎。伐木工人嚇壞了，拔腿就跑。此後，不論是國王的命令還是威嚇，都無法讓人提起勇氣前往那鬼魅的沼澤地帶。

距離通特拉威德幾英哩處，有一座村莊，裡面住著一位農夫，他剛把年輕的女人娶進門。就如常見的情況一樣，這個女人把家裡變得完全不同了，夫妻倆整天吵鬧不休。

農夫的第一任妻子生了一個女兒，名叫艾爾莎，她是個安靜的好女孩，只想平靜地過生活，但後母卻不讓她稱心如意。後母從早到晚毆打這個可憐的小孩，還控制她的爸爸，讓她得不到任何幫助。

有兩年的時間，艾爾莎一直遭到後母的虐待。有一天，她和村裡其他小孩出去採草莓，他們無憂無慮地到處走，不知不覺來到通特拉威德的邊界，因為那裡的草莓長得最好，整塊草地上都染成了一片紅色。孩子們奔向草地，大快朵頤一番，然後開始把採下的草莓放進籃子裡。突然，有個年紀較大的男孩叫了起來：「快跑，越快越好！我們在通特拉威德！」

他們從地上一躍而起，速度比閃電還快，然後狂奔而去，只有艾爾莎留在原地不動。她比其他小孩走得更裡面，並發現樹下長著一叢最好的草莓。她也和其他人一樣聽到那個男孩的叫聲，但她無法下定決心離開這些草莓。

「這又有什麼關係？」她想：「通特拉威德的居民不會比我的後母還壞。」她抬頭往上看，看到一隻脖子上帶著銀色項圈的小黑狗，一邊汪汪叫，一邊朝她跑來，後面則跟著一位穿一身銀色衣服的少女。

「安靜，」她說，然後轉向艾爾莎說：「我好高興妳沒有和其他小孩一樣跑走。留在這裡當我的朋友，我們可以一起玩很好玩的遊戲，每天都可以去採草莓。只要我說一聲，沒有人敢打妳的。來，我們去找我媽媽。」她牽起艾爾莎的手，帶她深入林木之中，小狗則在她們旁邊跳上跳下，快樂地汪汪叫。

艾爾莎驚訝地發現，呈現在她眼前的景象多麼地神奇壯麗啊！她想自己一定是在天堂。她看到許多結實累累的果樹，樹枝上還有美麗的鳥兒，牠們的色彩非常鮮豔，連最漂亮的蝴蝶也比不上。這些鳥兒讓空中充滿了牠們的歌聲，而且一點也不怕人，因為女孩們隨手就能抓住牠們，還能撫摸牠們金銀色的羽毛。

位於花園中心的是居民的房子，因為鑲了玻璃和珠寶而閃爍著光芒。有位穿著厚厚長袍的女人坐在門口，她問艾爾莎的同伴：「妳給我帶來了什麼樣的客人？」

「我發現她一個人在森林裡，」她的女兒回答道：「我帶她回來陪我。妳會讓她留下來吧？」

那個婦人笑了，但什麼也沒有說，只是銳利地從頭到腳打量著艾爾莎，然後叫艾爾莎走到她身邊，撫摸著她的臉頰並和善地和她說話，問她的雙親是否還活著，以及她是否真的想和她們住在一起。艾爾莎傾身親吻她的手，然後跪下來，將她的臉埋在女人的大腿上，啜泣著說：「我媽已經過世很多年了。我爸還活著，但我對他一點也不重要，而且我後母整天都在打我。我做什麼都不對。所以我拜託妳，讓我和妳們待在一起。我會照顧雞鴨，或是做其他妳要我做的事。不管妳說什麼，我都會聽，只要不把我送回她那邊，我求求妳。她會把我打得半死，因為我沒有和其他小孩一起回去。」

女人微笑著說：「那麼，我們要看看該拿妳怎麼辦才好。」她站起來，走進房子裡。

女孩對艾爾莎說：「妳不用怕，我媽會是妳的朋友。我看到她的表情，仔細考慮過後，她會答應妳的請求。」她叫艾爾莎等一下，然後進屋去找她的媽媽。同時間，艾爾莎在希望與恐懼之間搖擺，甚至覺得那個女孩可能永遠都不會回來了。

終於，艾爾莎看到女孩手上拿著一個盒子，從草地那邊走了過來。

「我媽說，我們今天可以一起玩，因為她要決定是否把妳留下來。我希望妳能永遠留在這裡，妳要是走了我會受不了的。妳有沒有出過海？」

「海？」艾爾莎凝視著女孩問道：「那是什麼？我從來沒有聽過這個東西。」

「喔，我馬上給妳看。」女孩回答。她把盒子的蓋子打開，裡面有一小片布，一個淡菜殼，還有兩片魚鱗。布上有兩滴發光的水滴，女孩們把水滴甩到地上去，剎那間，花園和草坪以及其他東西通通不見了，彷彿大地開了個口，把它們都吞了下去。眼睛所能看到的地方，除了水外什麼也沒有，而水甚至直達天堂之處，只有女孩們腳底下的那塊地方是乾的。

然後，艾爾莎的同伴把淡菜殼放到水裡，再拿起魚鱗。淡菜殼變得越來越大，最後變成一艘可以容納十二個小孩的漂亮小船。艾爾莎小心翼翼地跟著女孩踏進船裡，惹得她常常掌舵的朋友哈哈大笑。波浪輕柔地搖晃著，女孩們就像是躺在搖籃裡。她們不停地漂流著，直到遇到另一艘滿載著男人的船。那些男人正在唱歌，讓人感到非常歡樂。

「我們也必須回敬你們一首歌。」女孩說，但艾爾莎什麼歌都不會唱，所以女孩只能一個人獨唱。艾爾莎聽不懂那些男人唱的歌，但她注意到有個字反覆地出現，那就是「琪絲卡」。艾爾莎問那個字是什麼意思，女孩說那是她的名字。

這一切實在令人太愉快了，若不是有個聲音呼喚著她們：「孩子們，該回家了。」她們可以永遠待在那裡不走。

琪絲卡從口袋裡把盒子拿出來，讓裡面鋪著的那塊布沾一下水，啊，她們立刻回到花園中，站在一間很漂亮的房子附近。她們周圍的東西都是乾的、堅固的，沒有一個地方有水。她們把淡菜殼和魚鱗放回盒子內，然後走進房子裡。

她們走進一間大廳，看到有二十四個穿著華麗的女人圍著一張桌子而坐，像是準備要去參加一場婚禮似的，而坐在桌前金椅裡的女士，正是這棟房子的女主人。

艾爾莎不曉得該把眼睛放在哪裡，因為她看到的每件東西都比她所能夢想的更漂亮。她和大家一樣坐下來，吃了一些很美味的水果，並想自己一定是在天堂。客人們輕柔地說著話，但艾爾莎覺得她們說的話很怪異，因為她完全聽不懂。女主人轉過身，輕聲對站在她椅子後面的侍女說話。接著侍女離開大廳，不久帶回一個鬍子比自己身高還長的小老頭，他對女主人深深一鞠躬，然後安靜地站在門的附近。

「你看到這個女孩了嗎？」女主人用手指著艾爾莎說：「為了我女兒，我想收養她。幫我做一個她的分身，這樣就可以把替身娃娃送回她的村子裡去。」

小老頭從頭到腳把艾爾莎打量一番，似乎在做測量，然後他又對女主人一鞠躬，接著便離開大廳。「琪絲卡求我讓妳留下來和她在一起，妳也跟她說妳想住在這裡，對嗎？」

艾爾莎聽到這些話就跪了下來，為了能夠逃離殘忍的後母而感激地親吻著女主人的手和腳。她的女主人把她從地上拉起來，拍拍她的頭說：「只要妳是個聽話的好孩子，一切都會沒事的，我會照顧妳，讓妳衣食不缺，直到妳長大後可以照顧自己為止。我的侍女教了琪絲卡各種精緻的手工，以後她也會教妳。」

沒過多久，小老頭就回來了。他肩上扛著一個黏土模型，左手則拿著一個蓋起來的籃子。他把模型和籃子放在地上，然後拿起滿滿一手的黏土，做出一個和真人一樣大小的娃娃。做好以後，他在娃娃的胸口上戳了一個洞，放進一點麵包，再從籃子裡取出一條蛇，強迫牠進入那具空空的身體裡。

「現在，」他對女主人說：「我們只需要這女孩的一滴血。」

聽到這句話，艾爾莎恐懼得臉色發白，她以為自己就要把靈魂出賣給邪魔了。

通特拉威德

「不要害怕，」女主人趕緊對她說：「我們不會用妳的血去做壞事，而是要給妳自由和快樂。」

接著，她用一根迷你的金針在艾爾莎的手臂上刺了一下，再把針遞給小老頭，小老頭接著把針刺進娃娃的心臟。這些都做好以後，他把人偶放進籃子裡，並承諾大家，明天就會看到他的作品有多麼美麗。

隔天早上，艾爾莎在絲綢的床鋪和柔軟的枕頭上醒來，看到椅背上擺了一件漂亮的洋裝，準備要讓她穿上。一位侍女走進來，幫她梳理她的長髮，並給她帶來最好的內衣。但讓艾爾莎最高興的，莫過於侍女手上拿著的一雙小小繡花鞋，因為她一直被殘忍的後母強迫要赤著腳走路。她完全沒有想到自己前一天還穿著的粗布衣衫，在晚上已經像變魔術般消失不見了。誰會拿走這些衣服呢？這個嘛，她以後就會知道。但我們都猜得到，替身娃娃穿上了這些衣服，只為了要代替她回到村子裡去。太陽升起時，娃娃已經準備就緒，沒有人可以分辨得出哪個才是艾爾莎，哪個才是娃娃。艾爾莎看到她自己昨天的樣子時，驚嚇得不禁往後退。

「妳千萬不要害怕，」女主人說，她注意到艾爾莎的恐懼。「這個黏土娃娃不會傷害妳。這是為妳的後母所準備的，她可以打娃娃。隨便她怎麼用力鞭打，娃娃永遠也不會痛。要是這個壞心腸的女人永遠也不會變好，妳的替身娃娃至少會給她應得的懲罰。」

從這一刻起，艾爾莎就擁有一般小孩的快樂人生，一個被放在可愛金色搖籃裡搖到睡著的小孩的人生。她沒有憂慮或煩惱，工作還一天比一天更容易，以前的歲月似乎像是一場夢。但她越是快樂，她對周遭的一切越是好奇，也更加相信，在所有的事情底下，必定有某種未知的偉大力量。

在庭院裡，離房子約二十步遠的地方，有塊巨大的花崗岩。每當到了用餐時間，那位有著長鬍鬚的小老頭就會走到花崗岩那裡，拿出一個銀色的小東西，並用那個東西敲石頭三次，敲擊的聲音傳得很遠，每個人都聽得到。在第三響時，有一隻金色的公雞會跳出來，站在岩石上。每當牠啼叫並拍擊牠的翅膀，石頭就會打開，並冒出一些東西來。首先是一張長長的桌子，上面已經擺放了相當於用餐人數的餐點，然後桌子和菜餚會自己飛到房子裡去。

公雞第二次啼叫時，會出現一些椅子，它們會跟著桌子後面飛過去。接下來是酒、蘋果，和其他水果。這頓飯完全沒有麻煩到任何人。在大家都酒足飯飽之後，小老頭再敲敲石頭，金色公雞再度啼叫，於是剩菜、桌子、椅子、盤子又回到石頭裡去。

不過，每次到了大家都不吃的第十三道菜時，一隻巨大的黑貓就會跑過來，靠著公雞站在岩石上，那道菜則在另一邊。牠們和菜一直待在那裡，直到小老頭出現為止。

他拿起那道菜，用手臂挾抱著貓，叫公雞站在他的肩膀上，然後全體一起消失在石頭裡。這個美好的石頭裡不只有食物，還有衣服和房子裡所需要的一切。

剛開始，在用餐的時候，大家說的是艾爾莎聽不懂的語言，但靠著女主人和她女兒的幫忙，艾爾莎慢慢開始聽得懂，只是到她自己也會說這種語言時，已經是好幾年後的事了。

有一天，她問琪絲卡，為何第十三道菜每天都會到桌子上來，又紋風不動地被送走。不過，這個問題的答案連琪絲卡也不知道。琪絲卡一定把艾爾莎的問題告訴了她媽媽，因為幾天後，女主人很嚴肅地對艾爾莎說：「妳永遠不要為了無用的好奇心所煩惱。妳想知道為何我們

老頭子在晚餐後消失的過程

從來不吃第十三道菜？親愛的孩子，那是神秘祝福之菜，我們要是吃了，就不會有現在的快樂生活。要是貪婪的人類不要想去擄獲所有東西，而是留下一些當作對賜與祝福者的感恩禮，那麼這個世界就會變得美好許多。貪婪，是人類最大的錯誤。」

時光對艾爾莎來說就像風一樣快速掠去，很快地，她變成一個漂亮的女人，並學會了許多在原來的村莊裡永遠也學不到的知識。可是，琪絲卡卻依舊維持和艾爾莎第一次見面時的小女孩模樣。每天早上，她們兩人都要花一個小時閱讀和寫作，從來沒有例外。但艾爾莎很熱衷地盡量學習，琪絲卡卻比較偏愛玩那些童稚的遊戲。興致來時，琪絲卡會拋下功課，帶著她的寶藏盒跑去海裡玩耍，對她來說，那裡永遠也不會有危險。

「多可惜啊！」她常常對艾爾莎說：「妳已經長得這麼大了，再也不能和我一起玩了。」

九年的歲月就在這種情況下渡過，然後有一天，女主人把艾爾莎叫到她的房裡去。艾爾莎對她的召喚感到很驚訝，因為這是很不尋常的事。她的心沉了下去，擔心有什麼對她不利的事情。當艾爾莎跨過門檻時，看到女主人的臉頰泛著紅暈，眼睛充滿了淚水，但女主人迅速地擦乾眼淚，似乎不想讓艾爾莎看到。「最最親愛的孩子，」女主人說：「已經到了我們必須分別的時候了。」

「分別？」艾爾莎叫出聲來，把臉埋在女主人的大腿上，「不要，親愛的女主人，除非死亡，否則我們永遠不要分離。妳曾經張開妳的雙手接納了我，妳現在不能就這樣把我推開。」

「喔，冷靜下來，孩子，」女主人回答：「妳還不曉得我要為妳做讓妳快樂的事。現在妳已經是個女人了，我無權繼續留妳在這兒。妳必須回到人類的世界，那裡有許多歡樂正等著妳去享受。」

「親愛的女主人，」艾爾莎再次懇求：「我求妳，不要把我送離妳的身邊。我不要其他歡樂，只求能這在這裡和妳們一起到死為止。讓我成為妳的侍女，或者派我去做任何妳希望我做的工作，但不要把我丟回人類的世界。如果妳一開始就把我留在後母的身邊，而不是先帶我到天堂又把我送回最糟的地方，那可能還比較好一點。」

「不要這樣說，親愛的孩子，」女主人回答：「妳不曉得我需要做些什麼好保障妳的幸福，但不論要我付出什麼代價，我都會去做。只是妳一定要回去。妳是個凡人，終有一天會死，妳不能再繼續留在這裡。我們有人類的身體，但我們不是人，儘管這對妳來說，很難瞭解其中原委。有一天，妳會遇到妳的丈夫，他是專程為妳打造的，妳會和他幸福地生活在一起，直到死亡將你們分離。我也很難過要和妳分別，但這是不得已的，妳必須下定決心。」女主人用她的金色梳子溫柔地梳理艾爾莎的頭髮，然後吩咐她上床睡覺。但這可憐的女孩幾乎不能成眠，人生在她眼前變成了完全沒有星光的黑夜。

現在讓我們稍微回顧一下，看看在艾爾莎原來的村莊裡，這些年來究竟發生了什麼事，她的替身娃娃又過得如何。大家都曉得，一個壞女人很少在年紀大了之後改變本性，艾爾莎的後母也不例外，但有艾爾莎外型的娃娃不會感受到任何痛苦，所以每天落到她身上的鞭打並不造成影響。如果艾爾莎的爸爸試著救女兒，他的妻子就會轉而攻擊他，事情反而變得比以前還糟。

有一天，這位後母狠狠地毒打女孩一頓，然後又威脅說要殺了她。後母因為憤怒而發狂，她用雙手掐住女孩的喉嚨，但這時一條黑蛇從女孩的嘴巴冒了出來，咬了她的舌頭，之後後母一聲也不吭地倒地而死。晚上，農夫回家後，發現妻子死在地上，屍體腫脹得不成人形，但女孩卻不見了，到處都找不到她的身影。他的尖叫聲引來了農舍的鄰居，可是他們也不曉得事情的經過。他們說，中午時確實聽到很大的聲響，可是每天都是這樣，所以他們也習以為常了。後來忽然變得很安靜，而沒有人看到女孩。

於是，後母的屍體準備下葬，她疲憊的丈夫則爬上床，心中為了能遠離那股讓家裡非常不愉快的熊熊烈火而歡欣鼓舞。他看到桌上擺了一片麵包，因為肚子餓，便在睡前把麵包給吃了。

隔天早上，別人發現農夫也死了，和他妻子一樣全身腫脹，因為他吃的正是小老頭放在娃娃身體裡的麵包。幾天後，農夫和他的妻子一起下葬，但他的女兒依舊不見蹤影。

艾爾莎和夫人談過話後，一整個晚上，都為了要被趕出她所愛的家，為了她的厄運而痛哭。

隔天早上，她起床時，夫人在她的手指上套一只金色的戒指，再把一個金色小盒子繫上緞帶，戴在她的脖子上。然後，夫人把小老頭叫來，勉強嚥下自己的淚水，離艾爾莎而去。艾爾莎想說話，但在她能嗚咽地說出感謝的話之前，小老頭已經用銀色的東西在她頭上輕碰三下。一瞬間，艾爾莎知道自己變成了一隻鳥。她的手臂下長出一雙翅膀，腳變成老鷹的腳，有長長的爪子，鼻子彎曲成一個尖銳的鳥喙，身體上則覆滿了羽毛。然後她高高飛向空中，朝著雲端翱翔，宛如她生來就是一隻老鷹。

她一直往南飛了好幾天，只要翅膀累了就休息，但她從來不感到飢餓。最後，當她飛越一座濃密的森林時，發現有獵犬在底下猛烈地吠著，還好牠們沒有翅膀，所以抓不到她。但突然間，她全身感受到一陣尖銳的刺痛，接著就掉落地面，因為她的身體被一支箭射中了。

恢復神智後，艾爾莎發現自己躺在樹叢之下，已經回復原本的人形。她身上發生的事，以及她是如何到那裡的，都像是一場惡夢。

當她正納悶自己接下來該做什麼時，國王的兒子騎馬經過，看到了艾爾莎。他從馬上一躍而下，握住她的手說：「喔！今早有機會讓我到這裡來真是太令我高興了。有半年的時間，我每天晚上都夢到我有天會在這座森林裡找到妳，親愛的小姐。雖然我幾百次經過這裡都徒勞無功，但我從來沒有放棄希望。今天我本來正在找一隻被我射中的巨鷹，但找到的不是老鷹，而是妳。」他把艾爾莎帶上他的馬，和她一起騎馬回到城裡，在那裡，國王和藹可親地歡迎她。

幾天後，王子和艾爾莎結婚了。當艾爾莎正在整理她的頭紗時，外面來了五十輛馬車，滿載著漂亮的東西，這是通特拉威德的女主人送給艾爾莎的禮物。國王死後，艾爾莎成為皇后，並在年老的時候告訴大家她的故事。但在這之後，就再也沒有關於通特拉威德的傳聞了。

（愛沙尼亞童話）

全世界最棒的騙子

在一座森林的邊緣，住了一位老人，他只有一個兒子。有一天，他把男孩叫來，要他去磨一些玉米，但交代他絕不能進入沒有鬍子的人的磨坊。

男孩帶著玉米出發，走沒多久，就看到眼前有一座很大的磨坊，有個沒有鬍子的男人正站在門口。

「你好，沒有鬍子的人。」他大聲叫著。

「你好，小伙子。」那個男人回答說。

「我可以在這裡磨一些東西嗎？」

「當然可以。我會把我的東西磨完，然後隨你愛磨多久都可以。」

但男孩突然想起爸爸說的話，於是向男人告別，繼續往前走到河邊，直到看到另一座磨坊。他不曉得的是，他才一轉身，那個沒有鬍子的男人立刻拿起一袋玉米，迅速跑到他眼前的這座磨坊。當男孩抵達第二座磨坊時，看到第二個沒有鬍子的男人坐在那裡，於是他沒有停下腳步，直接走到第三座磨坊。但這次，沒有鬍子的男人還是從另一條路，聰明地比他還早就抵達第三座磨坊。當這種情形發生第四次時，男孩很生氣，他對自己說：「再走下去也沒什麼用，每間磨坊似乎都有一個沒鬍子的人。」他把背上的麻布袋拿下來，決定就在這裡磨他的玉米。

沒有鬍子的男人把他自己的玉米磨好，然後對已經開始磨玉米的男孩說：「小伙子，我提議用你的玉米來做個蛋糕。」

男孩想起他爸爸的話，所以有點不安，但他心裡想著：「已經做了的事情就是做了。」於是回答說：「好啊，就來做個蛋糕吧！」

沒有鬍子的男人站起來，把麵粉丟進桶子裡，在中間弄出一個洞，叫男孩用手從河裡舀一點水，好攪拌麵粉。要烤蛋糕時，他們把蛋糕放進火裡，用火燙的灰覆蓋著，直到蛋糕烤得熟透。但這塊蛋糕實在太大了，無法放進紙盒裡，他們只有把蛋糕靠牆擺著。沒有鬍子的男人對男孩說：「嘿，小伙子，如果我們分享這塊蛋糕，我們倆都會嫌不夠。讓我們來比比看誰比較會說謊，贏的人就得到全部的蛋糕。」

男孩不曉得還能怎麼辦，便回答說：「好吧！你先開始。」

於是，沒有鬍子的男人開始用盡全力說謊，而當他已經疲倦到不想再說新的謊話時，男孩對他說：「我的好傢伙，如果那就是你所能做到的，還真是不夠好。聽我說的，我會告訴你一

THE BEST BEE

最棒的蜜蜂

個真實的故事。

「在我小的時候，當我還是個老頭時，我們有很多的蜂巢。每天早上我起床後，會把它們數一遍。要數蜜蜂的數量是很容易的，但我從來就沒辦法把蜂巢給數清楚。有一天，當我在數蜜蜂時，發現我最好的那隻蜜蜂不見了，我立刻騎著一隻公雞出去找牠。我一路追蹤蜜蜂到海邊，知道牠已經渡海了，就繼續跟上去。當我到達海的另一邊後，我發現有個男人把我的蜜蜂套上了犁的龍頭，讓我的蜜蜂幫他散播黍子。

「『那是我的蜜蜂！』我大叫：『你在哪裡找到牠的？』

「『兄弟，』那個男人回答：『如果牠是你的蜜蜂，就把牠帶走吧！』他不只把蜜蜂還給我，還給了我一袋黍子。我把那袋黍子放在肩膀上，把公雞身上的鞍放在蜜蜂背上，然後坐了上去，用繩子牽著公雞，好讓公雞休息一下。在我們飛越大海回家的途中，繫住裝黍子袋子的繩子斷成兩截，袋子直接掉落到海裡去。這無疑是個很大的損失，但一直想著也是沒有用。當我們平安回到家時，天已經黑了。我從蜜蜂身上下來，放開牠，讓牠吃晚餐，再給公雞一些乾飼草，然後就去睡覺。但當天亮我醒過來時，眼前卻出現了非常驚人的景象，狼晚上跑來吃掉了我的蜜蜂，蜂蜜流到山谷中，淹沒了腳踝，山丘上的蜂蜜也淹到膝蓋那麼深。於是我開始考慮要如何採集一些蜂蜜帶回家。

「我帶著我的小斧頭到森林裡去，希望能碰到可以宰殺的動物，然後把牠的皮製成袋子。我進入森林裡時，看到兩隻母鹿，正用單腳跳躍著。我把牠們一擊斃命，並用皮做成三個袋子，再把每只袋子都裝滿了蜂蜜，放在公雞的背上。最後，我回到家時，別人告訴我，我的爸爸剛剛出生了，我必須立刻去舀一些聖水灑在他的身上。我在路上時一邊回想，是否真的沒有辦法取回掉進海裡的黍子。而當我到達有聖水的地方時，我發現那些黍子掉在富饒的土地上，而且就在我的眼前生長。不只如此，它們還被一隻無形的手收割，做成了一塊蛋糕。

「於是，我帶著蛋糕和聖水飛越大海。當下起大雨時，大海變得波濤洶湧，捲走了我的黍子蛋糕。喔，當我再度安全地返回陸地上時，這個損失真的讓我好懊惱。

「突然，我想起我的頭髮很長。如果站起來，頭髮會碰到地上，雖然我坐著時只到我的耳朵而已。我抓起一把刀，把頭髮剪下一大撮來，編在一起，然後在晚上時把它們打結，準備用來做一個枕頭。但我要怎麼生火呢？我有一個火絨箱，但沒有木頭。接著，我想到我的衣服裡塞了一根針，於是我取出針來，把針弄碎成一片一片的，然後點燃它，再躺在火堆邊睡覺。可是厄運還是跟著我。當我在睡覺時，火花點燃了頭髮，頭髮立刻就燒光了。我死心地坐倒在地上，但身體卻立刻沉進土裡，幾乎到我的腰那麼深的地方。我掙扎著要爬出來，卻掉得更深。於是我跑到房子那邊，抓起一把鏟子，把我自己挖出來，再帶著聖水回家。一路上，我注意到有一群人在田地裡收割，但天氣突然變得好熱，那些人便昏倒在地上。然後我對他們喊說：『你們為何不帶我們的母馬出來？牠高達兩天，寬達半天，可以為你們遮陰。』我爸爸聽到我說的話，很快地跳上母馬跑過來，收割的人便在陰影下繼續工作，我則提了一個圓木桶，準備帶水給他們喝。當我到井邊時，發現水都結凍了，為了要取一些水，我不得不拿下我的頭，用我的頭把冰塊敲開。當我帶著水走向收割的人時，他們全都大叫著說：『天哪！你的頭怎麼了？』我抬起手摸一摸，發現我的頭不見了，我一定把頭給留在井邊了。我跑回去找我的頭，卻發現一隻路過的狐狸已經把我的頭從水中拉出來，正在撕扯我的腦袋。我躡手躡腳小心地走上前去，用力一踢，牠痛得大聲尖叫。狐狸跑走時掉下一份羊皮紙，上面寫著：『蛋糕是我的，沒有鬍子的男人得空手離去。』」

說時遲那時快，男孩站起來，拿了蛋糕就回家去了，留下沒有鬍子的男人勉強嚥下自己的失望。

（塞爾維亞民間童話）

神奇三乞丐的故事

以前曾經有位名叫馬克的商人，大家稱他為「富人馬克」。他是個鐵石心腸的男人，不能忍受窮人的存在，只要看到有乞丐靠近他家，就會叫僕人去趕走，或是放狗出來咬他。

有一天，三個非常窮困的老人到他家門口乞討，就在他準備放兇猛的狗去攻擊乞丐時，他的小女兒安娜絲塔西亞爬到他的身邊說：「親愛的爸爸，若讓這些可憐的老人今晚睡在這裡，我會很高興的。」

她的爸爸無法拒絕她，因此准許三個乞丐睡在一間鴿棚裡。晚上，當房子裡的每個人都睡得很熟時，小安娜絲塔西亞起床，爬上鴿棚，偷偷往裡面看。

三位老人站在鴿棚的中間，倚著他們的枴杖，長長的白鬍子垂落到他們的手臂。他們正低聲交談著。

「有什麼消息？」最老的那個問說。

「隔壁村農夫伊凡的第七個兒子剛剛誕生。我們該怎麼幫他命名？又該給他什麼樣的命運？」第二個乞丐說。

第三個輕聲說道：「叫他瓦西利，把我們現在待的這間鴿棚的主人，就是想把我們從他家門口趕走的鐵石心腸男人的所有財產都給他。」

他們又再談了一會兒，然後做好準備，悄悄地離去。

安娜絲塔西亞聽到了每個字，於是直接跑去找她爸爸，告訴他全部的事情。

馬克非常驚訝，他左思右想，決定隔天早上去隔壁村，想辦法瞭解是否真的有那麼一個剛出生的小孩。他先去找牧師，詢問他有關教區內小孩的事。

「昨天，」牧師說：「村裡最窮的人家生了一個男孩。我為這位不幸的小孩命名為『瓦西利』。他是第七個兒子，其餘年紀最大的也才七歲，他們幾乎難以糊口，誰會願意當這麼一個小乞丐男孩的教父呢？」

商人的心跳得很快，心裡對那個可憐的小男孩充滿了壞念頭。他來當他的教父，他說，而且準備了精緻的受洗餐宴，讓這個小孩受洗。馬克對小孩的爸爸非常友善。儀式完成之後，他把伊凡帶到一旁，並說：「你聽我說，我的朋友，你是個窮困的男人，你要怎麼負擔得起養育這個小孩的費用？把他送給我，我會把他養成有用的人，還會給你一千克朗。成交？」

伊凡搔了搔頭，想了又想，最後同意了。馬克把錢數給他，再用狐狸皮把男孩包起來，把他放在雪橇裡自己身邊的座位上，然後啟程回家。在行駛了幾英哩的路後，他停下雪橇，從陡

THE FAIRIES CATCH THE BABY

仙子們接住寶寶

峭的懸崖邊把孩子丟了下去，然後咕噥地說：「好啦，現在來拿我的財產啊！」

沒過多久，一些外國商人行經同樣的路，準備要去見馬克，以支付他們欠馬克的一萬兩千克朗。經過懸崖時，他們聽到了哭聲，探頭往下看，看到在兩堆雪中有一小塊草地，草地上的花朵中則躺著一個嬰兒。

商人們抱起嬰兒，小心地包裹著他，再繼續上路。看到馬克後，他們告訴馬克在路上找到的奇怪東西。馬克立刻猜到這一定是他的教子，便要求看看寶寶，並說：「這真是個神奇的小傢伙，我想收養他。如果你們把他留給我，我就不收你們欠我的錢。」

商人們對於能達成一個這麼好的交易感到很高興，就把小孩留給馬克，駕車離去。

晚上，馬克把小孩放進一個木桶裡，把蓋子緊緊蓋上，再把桶子丟到海裡。木桶漂流到很遠很遠的地方，最後漂到一間修道院附近。修士們在海邊把網子攤開來曬乾時，聽到了哭聲，覺得像是從在水中輕敲著岸邊的木桶裡傳來的。他們把木桶弄上岸來，打開蓋子，發現裡面竟然有個小嬰兒。當院長聽到這件事後，決定撫養這個寶寶長大，並給他取名為「瓦西利」。

小男孩和修士們住在一起，逐漸成長為一位聰明、溫和且英俊的年輕男子，而且沒有人比他讀、寫或唱歌唱得更好的。他每件事都做得很好，所以院長讓他成為衣櫃管理人。

大約同時間，商人馬克在旅途中來到這間修道院。修士們對他彬彬有禮，並向馬克展示他們的房子、教堂以及所有的東西。當馬克進入教堂時，唱詩班正在唱歌，其中有個聲音非常清亮美麗，他不禁問這是誰的聲音。院長告訴他瓦西利來到這裡的神奇方式，馬克清楚地瞭解，這人一定就是他連著兩次都殺害不成的教子。

他對院長說：「我無法說明我有多麼喜歡那位年輕男子唱的歌。如果他能到我那裡去的話，我可以讓他掌管我全部的生意。你也說他很優秀又聰明。請把他讓給我，我會讓他成功立業，還會給修道院兩萬克朗。」

院長遲疑了很久，徵詢所有修士的意見，最後決定他們不該阻擋瓦西利的好運。

接下來，馬克寫了一封信給他的妻子，讓瓦西利帶著這封信去見她。信中寫道：「當帶著這封信的人到達時，妳要帶他去香皂工廠，然後在經過大鍋爐時把他推進去。要是妳不聽我的命令，我會非常生氣，因為這位年輕人是個壞傢伙，他若是活著，肯定會毀了我們大家。」

瓦西利的船程非常平順，上了陸地後就開始步行前往馬克家。途中，他遇到三位乞丐，他們問他：「你要上哪裡去？瓦西利。」

「我要去商人馬克的家，我身上帶著一封要給他妻子的信。」瓦西利回答。

「給我們看那封信。」

瓦西利把信交給他們。他們對信吹氣，然後交還給他，並說：「現在你可以把這封信交給馬克的妻子了。你不會被遺棄的。」

瓦西利抵達馬克家，把信交了出去。當女主人展信閱讀時，幾乎不能相信自己的眼睛。她把女兒叫來，因為信中寫道：「當妳收到這封信時，準備辦一場婚禮，隔天就讓女兒安娜絲塔西亞和拿信來的人結婚。如果妳不聽我的命令，我會非常生氣。」

安娜絲塔西亞看到拿信的人，心裡充滿了歡喜。他們幫瓦西利穿上質料很好的衣服，隔天就和安娜絲塔西亞成婚。

然後，在預定的時間內，馬克結束旅途回到家中。他的妻子、女兒和女婿都出來迎接他。當馬克看到瓦西利時，對妻子發了好大一頓脾氣。「沒有得到我的同意，妳怎麼敢把我的女兒嫁出去？」他問。

「我只是執行你的命令，」她說：「這是你的信。」

馬克看了信。那確實是他的筆跡，但卻一點也不是他的本意。

「好吧，」他想：「你已經逃過我的手掌心三次，但我想我現在比較佔上風。」他等了一個月，這段期間對女兒和女婿一直非常和善愉悅。

一個月後，他對瓦西利說：「我要你去我朋友巨蛇王那邊，他美麗的國度位在世界的終點。十二年前他在我的土地上蓋了一座城堡。我要你去幫我討回這十二年的租金，並看看三年前我派去的十二艘船航行到那裡後，究竟發生了什麼事。」

瓦西利不敢反抗他的命令。他和年輕的妻子道別，而她在分別時哭成了一個淚人兒。瓦西利把一袋餅乾扛在肩上，然後就上路了。

我真的無法告訴你，這段旅程究竟是長或短。當他一路走著，突然聽到一個聲音喚說：「瓦西利，你要去哪裡？」

他抬起頭四處看看，卻沒有看到任何人。他高聲喊道：「誰和我說話？」

「是我，一棵長得很壯的老橡樹。告訴我你要去哪裡。」

「我要去巨蛇王那裡收取十二年的租金。」

「到時你要想起我，並問國王：『腐爛到根部，半死卻仍綠意盎然，橡樹豎立著。它還會在大地上豎立多久?』」

瓦西利繼續向前走,來到一條河邊,上了渡船。掌舵的老人問他:「你要去很遠的地方嗎?我的朋友。」

「我要去巨蛇王那裡。」

「到時你要想起我,並對國王說:『渡船人三十年來一直來來回回地划著船。這位疲累的老人還要划多久?』」

「好,」瓦西利說:「我會問他。」

他繼續走下去,沒多久便來到一道窄窄的海峽,有隻大鯨魚橫跨在海峽之間,人們則在牠的背上行走或騎馬,簡直把牠當作是一條橋或一條路。當瓦西利踏上鯨魚的背時,鯨魚說:「請告訴我你要去哪裡。」

「我要去巨蛇王那裡。」

鯨魚懇求說:「到時請想起我,並對國王說:『可憐的鯨魚已經躺在海峽裡三年了,人和馬幾乎把牠的背踩到肋骨裡去。鯨魚還要在這裡躺多久?』」

「我會記得的。」瓦西利說。他繼續向前進。

他走了又走,最後來到一片很漂亮的綠色草地。草地中央有座很大且壯觀的城堡,白色的大理石牆在日光下閃爍著,屋頂覆蓋著珍珠母貝,像彩虹般閃亮,太陽光在水晶窗戶的反射下,更如火般閃爍。瓦西利走進城堡,從一間房間走到另一間,不禁為所見到的壯觀景象咋舌。

美麗的女子安撫著蛇王

走到最後一間房間時，他看到一位美麗的女孩坐在床上。

女孩一看到他就說：「喔！瓦西利，你為了什麼來到這個受詛咒的地方？」

瓦西利把事情經過以及他一路上看到且聽到的事情都告訴她。

女孩說：「你並不是被派來收租的，而是走向你的毀滅，巨蛇可能會把你給吞了。」

她沒有時間再說下去，因為整個城堡開始搖晃，並傳來一陣沙沙、悉悉的哼聲。女孩很快地把瓦西利塞到床底下的櫃子裡，鎖上櫃子並輕聲說：「聽我和巨蛇說的話。」

然後她站起來迎接巨蛇王。

怪獸急促地走進房間，氣喘吁吁地倒在床上，喊叫道：「我飛越了半個世界。我好累，非常累，我想睡覺。抓抓我的背。」

美麗的女孩坐在牠身邊，撫摸牠可怕的頭，然後用甜美誘人的聲音說：「你知道世界上所有的事。你離開以後，我做了一個很棒的夢。你能告訴我夢的意思嗎？」

「那妳就快說，妳夢到了什麼？」

「我夢到我在一條很寬廣的路上行走，有棵橡樹告訴我：『問國王這個問題：腐爛到根部，半死卻仍綠意盎然，橡樹豎立著。它還會在大地上豎立多久？』」

「它必須一直豎立在那裡，直到某個人用腳把它推倒為止。橡樹倒下來後，會在樹根處發現比富人馬克還多的金銀財寶。」

「接下來，我夢到我來到一條河，渡船老人對我說：『渡船人三十年來一直來來回回地划著船。這位疲累的老人還會划多久？』」

「那要看他自己。如果有人上船想要渡河，這個老人只要把船推到一邊，頭也不回地走開，船上的人就必須接下他的位子。」

「最後我還夢到我走在一條由鯨魚作成的橋上，這條活生生的橋對我說：『我在這裡已經躺了三年了，人和馬把我的背踩到肋骨裡去。我還要在這裡躺多久？』」

「牠必須躺在那裡，直到牠把自己吞下的十二艘船給吐出來，那些是富人馬克的船。然後牠就可以潛回海裡，治療牠的背傷。」

巨蛇王閉上眼睛，翻身到另一側，接著就開始打鼾，鼾聲大到連窗戶都震動。

可愛的女孩急忙讓瓦西利從櫃子裡出來，並告訴他回程的路要怎麼走。他很有禮貌地向她道謝，然後盡速離開。

當他來到海峽時，鯨魚問他：「你有想起我嗎？」

「是的，等我到達海峽的另一邊，就會告訴你我知道的事。」

瓦西利過海之後，對鯨魚說：「吐出你在三年前吞下的富人馬克的十二艘船。」

大魚將嘴往上一抬，吐出十二艘船和船員，然後快樂地搖擺著身體，潛入海裡。

瓦西利繼續向前走，走到渡船處，老人問他：「你有想起我嗎？」

「有，等你載我渡河之後，我就會跟你說你想知道的事。」

當他們過河之後，瓦西利說：「讓下一個要搭船的人上船來，你自己走上岸去，然後把船推走，這樣你就自由了，留在船上的人會接替你的位子。」

接下來，瓦西利繼續走，很快就來到老橡樹那裡，他用自己的腳推樹，橡樹就倒了下來。在樹根那裡，他發現比富人馬克所擁有的更多的金銀財寶。

這時，鯨魚吐出來的十二條船正好航行至此，在附近下錨。瓦西利以前曾碰到的三位乞丐站在第一艘船的甲板上，他們說：「上天已經賜福予你，瓦西利。」說完就消失不見，瓦西利從此再也沒有看到他們。

船員把所有的金銀財寶放進船裡，和瓦西利一起航行回家。

這次馬克比以前更生氣。他給馬上了馬鞍，騎著馬去見巨蛇王，想要向他抱怨被背叛的事。抵達河邊後，他跳上渡船，可是渡船人沒有上船，反而把船推開。

瓦西利和他親愛的妻子一起過著美好而幸福的生活，他善良的岳母也和他們住在一起。瓦西利幫助窮人，給饑餓的人飯吃，給裸著身子的人衣服穿，而馬克所有的財富都變成他的。

馬克很多年後都還在幫人划船渡河。他的臉佈滿皺紋，頭髮和鬍子都白了，視力也變得模糊不清，但他還是不停地划著船。

（塞爾維亞傳說）

竹篦太郎

日本有項古老的傳統，男孩一旦長大成人，就要離開家，出門在外漫遊冒險。這個人有時會遇到另一位有著相同使命的年輕男子，如此雙方便會友善地比武，只為了證明哪一位比較強。但有時候，敵手可能是對鄰里有恐怖威脅的強盜，那麼雙方之間就會有攸關性命的嚴肅戰鬥。

有一天，一位年輕人從家鄉出發，下定決心在功成名就之前絕不回來。可是，那時剛好沒有多少冒險事件，以致於他流浪許久，都沒有碰到什麼兇猛的巨人或是窮困待援的姑娘。最後，他看到遠方有座半覆蓋著濃密森林的荒山，他想那裡或許會有一些希望，於是立刻動身前往一探究竟。他遇上的困難——攀爬巨大的岩石、橫渡深河、避開荊棘區——只讓他心跳加速，因為他一直都很勇敢，不像許多人是在無助時才能壯大膽子。但不管他怎麼努力，都找不到離開森林的路，他便開始考慮自己是否應該要在這裡過夜。他睜大眼睛尋找可以休息的地方，而這次，他看到森林中的空地上有一間小廟，便快步走向小廟，在一個溫暖的角落裡蜷曲著身體，沒多久就進入了夢鄉。

幾個鐘頭過去了，整座森林裡沒有一點聲響，但在半夜卻突然傳來很大的吵鬧聲，年輕人雖然很累，還是立刻清醒過來。他從廟的木頭柱子間小心地窺視，看到一群醜陋的貓正用力跳著舞，夜空中充滿牠們可怕的叫聲，月光則照亮了這詭異的景象。年輕武士驚奇地偷看著，謹慎地保持安靜不動，以免被牠們發現。一段時間過後，他覺得自己從牠們一團模糊的尖叫聲中分辨出一些話來，牠們說：「不要告訴竹篦太郎！藏起來當成一個秘密！不要告訴竹篦太郎！」然後過了午夜，牠們全都消失不見，只剩下年輕人還留在原地。周遭所發生的事情讓他精疲力竭，於是又倒回地上，睡到太陽升起為止。

他一醒來就覺得飢腸轆轆，開始想著要如何取得一些食物。他站起來繼續走，走沒多遠，很幸運地發現一條小徑，上面有人類的腳印。他跟著腳印走，終於看到一些四下散落的小屋，再過去有一個村莊。他很高興自己找到這個村莊，正準備要加緊腳步走過去時，突然聽到一個女人在啜泣哀嘆，請男人們可憐她，幫助她。她聲音中的痛苦使年輕人忘記自己的飢餓，便踏進小屋裡看看到底發生了什麼事。但他問到的男人都只是搖搖頭，告訴他這不是他能幫忙的事。這些哀傷都是山靈引起的，因為村民每年都要獻給牠一位少女，讓牠把少女吃掉。

「明晚，」他們說：「那可怕的怪獸會來吃牠的晚餐，你聽到的哭泣聲就是來自於你面前的這位女孩，這次輪到她要被吃了。」

年輕人問，這位女孩是否將從家中直接被山靈帶走。他們說不是，但森林中的廟裡有一個很大的桶子，女孩會被綁在裡面。

年輕人一聽到這個故事，心中就湧起強烈的渴望，希望能把女孩從殘忍的命運中救出來。由於村民們提到了森林裡的廟，使年輕人想起前一晚看到的景象，記起了所有的細節。「誰是竹篦太郎？」他突然問說：「你們有誰能告訴我？」

「竹篦太郎是一條大狗，牠的主人是我們國君的管理人，」村民說：「他就住在這附近。」村民開始發笑，因為這個問題很奇怪又沒什麼用處。

年輕人沒有笑，相反地，他離開小屋，直接去找狗的主人，並懇求對方把狗借他一個晚上。原先，竹篦太郎的主人一點都不想把狗交給一個陌生男人，但最後還是同意了。年輕人帶著狗離開，並誠懇地承諾隔天就會把狗還回來。接下來，他趕緊前往女孩住的小屋，懇求她的父母把她安全地鎖在衣櫥裡。然後，他帶著竹篦太郎到桶子那裡，把牠綁在桶子裡。他知道這個桶子晚上會被放在廟裡，因此他藏在暗處伺機而動。

半夜，當滿月出現在山頭上時，貓群再度擠滿了小廟，和前晚一樣一邊尖叫一邊跳舞。但這次，牠們之中出現了一隻巨大的黑貓，看來是牠們的國王，年輕人猜測牠就是山靈。怪獸滿懷渴望地環顧四周，在看到桶子時，眼睛閃爍出歡喜的神情。牠高興地跳到空中，咕噥地發出愉悅的聲音，然後靠近桶子並打開圓木蓋。可是，牠的牙齒並沒有咬住一位美麗女孩的脖子，反而是自己的脖子被竹篦太郎給咬住了。接著，年輕人便跑出來使劍一揮，砍下了牠的頭。其他的貓對事情的變化感到非常震驚，一時之間忘了逃跑，年輕人和竹篦太郎又擊斃了幾隻貓，

DEFEAT OF THE MOUNTAIN-SPIRIT
BY THE YOUTH AND SCHIPPEITARO

年輕人和竹篦太郎打敗山靈

剩下的貓才趕緊逃之夭夭。

太陽升起後，勇敢的狗兒被帶回去還給牠的主人，從此以後，山中的女孩安全了。村民們每年都會舉辦一場慶典，以紀念年輕武士和那隻名叫竹篦太郎的狗。

（日本童話）

三位王子和他們的野獸

從前從前，有三位王子，以及一位同父異母的妹妹。有一天，他們全都一起出發去打獵。他們在濃密的森林裡走了很長的一段路後，看到一隻大灰狼和牠的三隻小狼。正當他們準備射箭時，灰狼開口說道：「不要射我，我把我的小孩分別送給你們每個人。牠們會是你們忠實的朋友。」

於是王子們繼續走，身後則各自跟著一隻小狼。

沒過多久，他們又遇到一隻帶著三隻幼獅的母獅，牠也懇求他們饒牠一命，並送給王子們各一隻小獅。然後，同樣的情形也發生在遇到狐狸、兔子、野豬和熊的時候，直到每位王子身後都跟著一群野獸為止。

傍晚來臨時，他們走到森林的一處空地上，前面有三條岔路，分別長了一棵樺樹。年紀最

長的王子拿出一支箭，射到其中一棵樺樹的樹幹上。他轉身面對弟弟們，並說：「在各自走上不同的路以前，讓我們分別在一棵樹上做下記號，當我們之中有人回到這裡來時，那個人必須到其他兩棵樹那裡看一看，如果記號上流出血來，就表示這位兄弟已死，如果記號上流出的是乳汁，那就表示這位兄弟還活著。」

於是，每位王子都照大哥所說的去做，當三棵樺樹都被他們用箭做上記號後，他們轉身問妹妹，看她想和哪位哥哥一起生活。

「我要和大哥在一起。」她回答說。於是兄弟們分道揚鑣，各自走上不同的路，分別屬於他們的野獸在後面跟著，妹妹則和大哥一起走。

大哥和妹妹在走了一小段路後，來到一座森林，並在最深處的空地上發現一座城堡，裡面住了一夥強盜。大王子走過去敲門。門一開，野獸們就衝進去，每隻野獸各抓住一個強盜，先殺了他，再把屍體拖到地窖去。有個強盜沒有死，只是受了重傷，但他躺著不動，假裝和其他人一樣死了。然後，大王子和妹妹進入城堡，把這裡當作他們的住所。

隔天早上，大王子出門去打獵。在離開前他告訴妹妹，隨便她去城堡裡的哪間房間都可以，但不要去地窖，因為那裡放了強盜們的屍體。可是，大王子才一轉身，妹妹就把他說的話忘得一乾二淨。在去過每間房間之後，她走到地窖，打開了門，她看到那個裝死的強盜。那個人坐了起來，並說：「不要害怕。只要妳照我的話去做，我就會是妳的朋友。如果妳嫁給我，妳會比和哥哥在一起更快樂。但妳必須先去起居室，到櫥櫃裡找東西。妳在那裡會看到三個瓶子，其中一個瓶子裡有創傷藥膏，妳要把藥敷在我的胸口上幫我療傷；然後，要是我能喝到第二個瓶子裡裝的東西，我就會好很多；第三瓶則會讓我變得比以前更強壯。當妳哥哥和他的野獸們從森林裡回來後，妳要到他的面前跟他說：『哥，你很強壯。但如果我用絲帶把你的手指綁在身後，你鬆脫得了嗎？』當妳發現他做不到時，就叫我。」

大王子回家後，妹妹照著強盜的話做，把哥哥的手綁在他的身後。但才扭動一下，他就掙脫了，並對她說：「妹妹，那條絲帶對我來說不算什麼。」

隔天，大王子和野獸回到森林裡去時，強盜告訴女孩，她必須用一條更強力的絲帶來綁哥哥的手指。這一回，大王子還是成功掙脫，只是不像第一次那麼容易。他對妹妹說：「即使是這條絲帶也不夠強韌。」

第三天，大王子從森林裡回來後，同意妹妹最後一次測試他的力量。妹妹用了一條照強盜的建議所準備的強力絲帶。這次，儘管大王子用盡全力拉扯，也沒有辦法鬆開帶子。他呼喚妹妹，並對她說：「妹妹，這條絲帶太強韌了，我沒有辦法扯破它。過來幫我解開帶子吧！」

但她沒有過去，反而把強盜叫來。強盜衝進房裡，手中揮舞著一把刀子，準備攻擊大王子。

這時，大王子開口說：「你先耐心地等一分鐘。在我死前，我想吹我的狩獵號角，一個在這間房間裡，另一個在樓梯上，還有一個在院子裡。」

強盜同意了。大王子一一吹響了每個號角。第一聲就吵醒了睡在院子籠子裡的狐狸，牠知道主人需要幫助，便用自己的尾巴掃過狼的眼睛，把狼叫醒。接著，牠們把獅子叫醒，讓獅子使勁衝撞籠門，籠門應聲裂成碎片掉在地上，野獸們就跑了出來。牠們穿過院子跑去救主人，

HJF
THE LION & THE FOX COME TO THE RESCUE

獅子和狐狸趕過來救王子

狐狸把大王子身後綁住手指的絲帶咬成兩半，獅子則跳向強盜，當場殺了他，還把他撕成碎片，然後每隻動物各拿走他的一根骨頭。

大王子轉向他同父異母的妹妹說：「我不會殺妳，但我會把妳留在這裡悔過。」他用鏈子把她栓在牆上，在她面前放了一只很大的碗，又說：「在妳的眼淚把碗盛滿之前，我不會再見到妳。」

說完話，他呼叫他的野獸，繼續踏上旅程。當他走了一小段路後，看到一間旅社。裡面的每個人都面帶愁容，他不禁問他們發生了什麼事。

「喔，」他們回答說：

「我們國王的女兒今天就要死了。她將要被交給一隻可怕的九頭龍。」

大王子說：「為什麼她要死？我很厲害，我會救她。」

由於九頭龍要在海邊會見公主，大王子便到那裡埋伏。他和野獸們在一旁等著，然後盛大的隊伍帶著不幸的公主來了。當他們一行人抵達海邊後，除了公主以外，其他人都悲傷地轉身回自己的家去。但大王子留在那裡不走，很快地就看到海裡很遠的地方有什麼動靜。當那個東西越來越靠近時，他知道飛快掠過海面的，就是一隻九頭龍。大王子和他的野獸們商量，然後在龍靠近海岸時，狐狸用尾巴把帶有鹽分的水灑到龍的眼睛裡，讓牠看不見東西，熊和獅子用牠們的爪子潑上更多的水，使怪獸一時慌張了起來，而且看不到敵人。然後，大王子帶劍衝上前去，把龍給殺了，再讓野獸們把龍的屍體撕成碎片。

公主轉身面對大王子，感謝他的援救，並說：「過來和我一起搭乘這輛馬車，我們一起回我父王的皇宮。」她給他一個戒指，以及她的半條手帕。但在回程時，馬伕和侍者卻算計著說：「我們幹嘛載這位陌生人回到皇宮？只要殺了他，我們就可以跟國王說是我們殺了龍，救了公主，然後我們之中有個人就可以和公主結婚。」

於是，他們把大王子給殺了，並把他的屍體拋至路邊。忠實的野獸們來到大王子的身邊哭泣，同時納悶牠們該怎麼辦。突然，狼靈機一動，跑進森林裡去找一隻公牛，當場把公牛殺了。接著牠喚來狐狸，並叫狐狸看守這隻死牛，要是有哪隻鳥飛過來，想要啄走一些肉，狐狸就要抓住牠，再把牠帶去獅子那裡。沒多久，有一隻烏鴉飛過，開始啄牛的肉，狐狸立刻抓住烏鴉，並把牠帶去給獅子。獅子對烏鴉說：

忠實的野獸在王子的屍身旁哭泣

「我們不會殺你，但你要答應我們，你會飛到城裡，那裡有三座療傷之井，你要用你的嘴啣回井水，讓這個死掉的男人再活起來。」

烏鴉飛走了，牠啣滿一嘴的治療之井、力量之井和敏捷之井的水，再飛回死去的大王子身邊，將水滴入他的嘴裡。然後，大王子復活了，甚至可以坐起來，馬上站起來行走。

大王子帶著他忠實的野獸們一起前往城裡。當他們抵達國王的皇宮時，發現皇宮正在準備一場盛大的宴會，因為公主就要嫁給馬伕了。

大王子走進皇宮，直接走向馬伕，並說：「你有什麼證據說你殺了龍，因此可以贏得公主？我有她給我的信物，就是這只戒指和她的半條手帕。」

國王看到這些信物，知道王子說的是實話。於是，馬伕被銬上鏈子，丟進監牢裡去。然後大王子和公主成婚，還得到王國一半的統治權。

婚後不久，有一天黃昏，大王子在森林裡行走，忠心耿耿的野獸們則跟在他的身後。黑暗降臨，大王子迷失了方向，一直在樹林中繞著，尋找回皇宮的路。此時，他看到火光，便走向火光處，發現有個老婦人在堆放樹枝和乾掉的樹葉，正在林間的空地上燃燒生火。

大王子很累了，四周又很黑，因此決定不再走下去。他問老婦人，自己可否在她升起的火旁睡一晚。

「當然可以，」她說：「但我怕你的野獸。讓我用手杖打牠們，這樣我就不會怕了。」

「好吧！」大王子說：「我無所謂。」於是她伸出手杖打了野獸，牠們立刻變成石頭，連王子也一樣。

這件事發生後不久，大王子最小的弟弟回到有三棵樺樹的交叉路，那是三兄弟分道揚鑣各自流浪的出發點。小王子想起兄弟們當初決定的事，便走向另外兩棵樹察看。當他看到大哥做下記號的那棵樹滲出血來，他知道大哥一定已經死了。於是他又出發，後面跟著他的野獸，來到他哥哥曾經統治且和公主結為夫婦的城鎮。當他來到這座城鎮時，發現所有的人民都陷入悲傷中，因為他們的王子失蹤了。

但他們看到大王子最年輕的弟弟，以及跟著他的野獸們，人們以為這就是他們的王子，因此而欣喜異常。他們告訴小王子，他們找遍了各地都找不到他。然後他們帶他到國王那裡去，國王也以為這就是他的女婿，只有公主知道這個人並不是她的夫君。她懇求小王子帶著野獸去森林裡尋找他的大哥。

於是，小王子出發去找大哥，但他同樣也在森林裡迷了路，被夜色所包圍。接著，他來到樹林中的空地，看到那裡升起了一堆火，有位老婦人正把樹枝和樹葉丟進燃燒的火堆裡。他詢問老婦人的意見，問她是否容許他在火邊過夜，因為時間太晚，天色太暗，他一時無法回到城裡去。

老婦人說：「當然可以。但我怕你的野獸。我要用手杖敲牠們一下才不會害怕。」

小王子不曉得老婦人是位巫婆，所以回答說沒有問題。於是，她伸出手杖，野獸和牠們的主人一下子全都變成石頭了。

事發後不久，二王子流浪歸來，回到有三棵樺樹的交叉路口。他繞著樹木走時，發現兩棵樹皮上的刻痕都流出血來。他哭泣著說：「唉！我的哥哥和弟弟都死了。」同樣地，他也走到大哥統治的城鎮，他的野獸跟在他的身後。當他進入城裡，所有的人民以為他們的王子回來了，他們聚集在他的身邊，就像他們聚集在小王子的身邊一樣，並問他去了哪裡。

人們帶他去國王那裡，但公主還是知道，這個人並不是自己的丈夫。因此，當公主和二王子單獨在一起時，她懇求他去尋找他的哥哥，並把他帶回家來。二王子把野獸們叫來後，立即出發進入森林裡。他把耳朵貼在地上，看看能否聽到他大哥的野獸們的聲音。他覺得自己似乎聽到很遠的地方傳來了微弱的聲音，但他不確定是來自於哪個方向。接著，他吹響自己的狩獵號角，再度聆聽。再一次，他聽到了那個聲音，這次聲音是直接來自於森林中有火光的地方。於是他走向火光處，發現有位老婦人正把樹枝和樹葉丟進火堆中。他問老婦人，自己能否在火邊過夜。老婦人告訴他，她會怕他的野獸，他必須同意讓她先用手杖各敲牠們一下。

巫婆和王子

但二王子回答說：「當然不行。我是牠們的主人，除了我以外，沒有人可以打牠們。給我那枝手杖。」他用手杖碰了狐狸，狐狸立刻變成石頭。於是他知道老婦人是個巫婆，便轉身對她說：「除非妳立刻讓我的兄弟以及他們的野獸活過來，否則我的獅子會把妳撕成碎片。」

巫婆嚇壞了，把一株小橡樹燒成白色灰燼，然後將灰燼灑向豎立在周圍的石頭。霎時，兩位王子就站在他們手足的面前，他們的野獸則環繞在四周。

三位王子一同回到城裡去，國王不曉得哪位才是他的女婿，但公主知道哪個人才是她的丈夫。王國上上下下皆為此而歡欣鼓舞。

（立陶宛童話）

措真國王的羊耳朵

很久很久以前，有個國王的名字叫做措真，他有一對像山羊一樣的耳朵。每天早上理髮時，他都會問理髮師，有沒有發現他身上有什麼奇怪的地方，而每個新的理髮師都會回答說，國王有對羊耳朵，然後國王就會下令處死這位理髮師。

這種情況持續好一陣子之後，城裡幾乎沒有理髮師可以替國王理髮了，這時輪到理髮店的大師到皇宮替國王服務。但不幸的是，在他正要出發時，卻突然生病了，不得已只有叫學徒代替他去。

當年輕人被帶到國王的房間時，國王問他，為何不是大師來，年輕人回答說，大師生病了，除了他以外，沒有別人可以擔任侍君大任。國王對這個回答很滿意，便坐了下來，將一塊上好的布圍在他的脖子上。年輕的理髮師馬上開始工作，並和其他人一樣，也注意到國王有對羊耳朵。然而，在他理完髮後，當國王照慣例詢問他是否發現國王身上哪裡很奇怪時，他卻平靜地說：「沒有，一點也沒有奇怪的地方。」這個回答讓國王非常高興，便賞賜了他十二個硬幣，還說：「以後你每天都要來幫我理髮。」

所以當學徒回到家後，大師問起他和國王的會面情形時，年輕人只回答說：「喔，很好啊！他要我以後每天都去幫他理髮，還給了我這十二塊硬幣。」絕口不提國王有對羊耳朵的事。

從此學徒固定到皇宮去，每天早上都收到十二塊硬幣。可是，過了一陣子，他守住的秘密讓他難受極了，他渴望能和某個人說。他的老師發現他有心事，就問他怎麼了。年輕人說他已經被折磨了好幾個月，除非他和某個人分享秘密，否則他永遠都不能舒坦。

「呃，相信我，」老師說：「我不會告訴別人的。或者，如果你不想這麼做，就向你的牧師告解，或是到郊外某個草地上挖個洞，挖完後，屈膝，輕聲說出你的秘密三次，然後把土埋回去。」

學徒心想，這似乎是最好的辦法，於是當天下午就到郊區的牧草地上挖了一個很深的洞，跪下來對著洞口說三次：「措真國王長了一對山羊耳。」說完後，他覺得心頭的重擔似乎都卸了下來。他小心地把泥土推回去，然後輕快地走回家。

幾個星期後，那個洞冒出了一棵喬木，它有三根莖，全都像楊樹一樣直挺挺的。幾個在附近照料羊群的牧羊人注意到了這棵樹，其中一人把一根莖砍下來，做成笛子，但他吹奏時，笛子卻不發出音樂聲，只會說：「措真國王長了一對山羊耳。」當然，很快地，整座城市都曉得這隻神奇的笛子和它所說的話。最後，這個消息傳到了國王的皇宮。國王立刻派人找來年輕的理髮師，並問他：「你對我所有的子民們說了什麼？」

理髮師試圖為自己辯護，說他從未對別人說過這件事，但國王不聽，反而拔劍出鞘。可憐的小伙子非常害怕，只好坦承自己做的事，說出他如何對著大地輕聲說了三次他注意到的事，以及當地後來冒出了一棵喬木，喬木的莖被製成笛子，但笛子吹不出音樂，只說出他說過的話。

國王下令準備馬車，帶著年輕人到那個地點，想親眼看看年輕人說得是否屬實。當他們抵達時，發現只剩下一根樹莖，國王隨即命令隨扈把那根剩下的樹莖也製成一根笛子。當笛子完成時，國王下令侍從吹奏笛子。儘管這位侍從是宮內最好的吹笛手，卻吹不出音樂，只聽到那笛子發出：「措真國王長了一對山羊耳。」於是國王知道，即使是大地也會說出它的秘密。他饒了年輕人一命，但從此再也不讓他理髮了。

（塞爾維亞民間童話）

九隻母孔雀和金蘋果

從前從前，國王的皇宮前有一棵金蘋果樹，它每晚都會開花結果，可是，每天早上果實都會不見，樹枝上的花也不翼而飛，而且沒有人能發現小偷是誰。

最後，國王對他的長子說：「要是我能防止那些小偷偷走我的金蘋果，我不曉得會有多麼高興。」

他的兒子說：「我今晚不睡覺來看守這棵樹，我們很快就會知道小偷是誰。」

等天色一暗，年輕王子就藏身在蘋果樹附近，開始看守果樹。然而，蘋果才剛開始成熟，他就睡著了，而當太陽升起，王子醒過來時，蘋果又不見了。他覺得非常丟臉，拖著腳步回去告訴他的父親。

當然，老大失敗後，老二保證自己一定會做得更好。他帶著愉快的心情在晚上看守著蘋果樹，但沒有多久，他就躺了下來，眼皮變得十分沉重，而當他被陽光照射而自昏睡中醒過來時，樹上連一棵蘋果也沒有。

接下來，輪到最小的王子，他替自己在樹下鋪了一張很舒服的床，準備上床睡覺。半夜時，他醒了過來，然後就坐起來看守蘋果樹。瞧！蘋果開始成熟了，閃亮的顏色照亮了整座皇宮。有九隻金色的母孔雀快速地從空中飛來，其中八隻落在果實磊磊的樹梢上，另外一隻卻拍著翅膀降落在王子剛剛才躺過的地上，並在瞬間幻化成一個美麗的少女，比起皇宮裡的任何女人還要漂亮許多。王子立刻就愛上她，他們彼此交談了一陣子，直到少女說她的姊姊們已經摘完蘋果，現在要回家了。王子懇求她留下一些蘋果，少女只好讓出兩顆蘋果，一顆給王子，另一顆給國王。接著，她變回孔雀的模樣，九隻孔雀一起展翅飛走。

太陽一升起，王子就進入皇宮，並將金蘋果交給父親。國王看到金蘋果非常高興，由衷地讚許小兒子的聰明。那天晚上，王子又回到蘋果樹下，所有的事情也和前晚一模一樣，如此過了幾天晚上。他的兩個哥哥因為看到他每次回來都會帶著兩顆金蘋果，就變得很不高興，決定向一位老巫婆請求幫助。老巫婆答應要跟蹤小王子，想辦法知道他是如何取得兩顆金蘋果。

那天晚上，老巫婆藏在樹下，等待王子現身。沒有多久，王子就出現了，他在床上躺下，很快就進入夢鄉。然後，半夜來臨時，傳來一陣鼓翅的騷動，八隻母孔雀降落在樹上，第九隻則化身為一位少女，跑去和王子打招呼。巫婆伸出手，剪下少女的一撮頭髮，就在那一瞬間，少女跳了起來，又變回一隻孔雀，張開她的翅膀飛走，而她本來正忙著摘果實的姊姊們也跟著飛走。

金蘋果樹下

王子對於少女意外的消失感到非常震驚，當他回過神來時，尖叫著說：「到底發生了什麼事？」他環顧四周，發現老巫婆就藏在床底下。他把她拖出來，氣憤地叫來守衛，下令盡快處死她。但這對已經飛走的母孔雀並沒有任何幫助，儘管王子每晚都回到樹下，而且為了失去所愛而在心中哀泣，但母孔雀再也沒有回來過。這種情形持續了一陣子，直到王子再也無法忍受下去，決心要走到天涯海角去尋找少女。他的父親試圖說服他，說這是沒有希望的事，以後他會發現還有其他女孩和她一樣美麗。可是，國王說的話一點用也沒有，王子什麼也聽不進去。他帶了一位僕人，隨即展開他的尋愛之旅。

旅行多日後，王子來到一個大門前，透過欄杆看到城市的街道，並看到再過去還有一座皇宮。王子想辦法要進去，但守門人把他攔了下來，想知道他是誰，為何會在這裡出現，以及他是怎麼曉得到這裡來的路。除非女皇親自到這裡來讓王子進去，否則王子是不被允許進城的。這個消息傳到了女皇耳中，她來到門前，這時，王子以為自己已經神智不清了，因為站在他眼前的竟然就是他千里迢迢尋找的少女！她趕緊走到他的面前，牽起他的手，帶他進皇宮。幾天後，他們結婚了，王子把自己的父親和兄弟忘得一乾二淨，決心在城堡裡住到死為止。

有天早上，女皇告訴他，她要獨自一個人去散步，並把十二個地窖的鑰匙交給他保管。「如果你想進入前面十一間地窖，」她說：「沒有問題。但你小心不要打開第十二道門，否則你會發生最不幸的事。」

獨自留在城堡裡的王子很快就感到厭煩，開始尋找能令他開心的事物。「第十二間地窖能有什麼呢？」他心中暗想：「什麼是我一定不能看到的呢？」他來到樓下，一間接一間把門打開。當他走到第十二間地窖的門口時，他停頓下來，但王子克制不住自己的好奇心，下一瞬間，鑰匙已經轉開鎖，地窖的門頓時大大敞開，裡面空空如也，只有一個用鐵環綁住的大桶子。但桶子裡傳來一個哀求的聲音：「請發發慈悲，兄弟，給我一點水，我快渴死了。」

心腸很軟的王子立刻取水來，從桶子上的洞把水倒進去，就在他這麼做的同時，一條鐵環突然破裂了。

王子正準備要離開，那個聲音又說：「兄弟，可憐可憐我，給我一些水，我快渴死了。」於是王子回去再拿了點水來，這次，又有一條鐵環破裂。

那個聲音第三次懇求王子給水，而當牠得到水時，最後一條鐵環也裂開了，水桶破成碎片，飛出一條龍來。龍王抓住才剛回到家的女皇，把她帶走。看到事情經過的僕人立刻跑去找王子，這可憐的年輕人聽到自己的愚蠢所導致的後果，幾乎快要瘋掉了。他只能大喊著說，他將走遍天涯海角去追龍王，不找回妻子絕不罷休。

王子到處流浪了許多個月，先從這個方向去，然後轉到另一個方向，但完全找不到龍王和牠的獵物所留下來的痕跡。最後，他來到一條小溪邊，正當他停下腳步觀看時，他發現有條小魚躺在河岸上，猛烈地拍打著尾巴，徒勞無功地想回到水裡。

「喔，請你發發慈悲，我的兄弟，」這隻小生物尖叫著：「救救我，幫我回到河裡，有天我一定會回報你的救命大恩。拿走我一片魚鱗，當你面臨危險時，用手指捏鱗片，我就會來救你！」

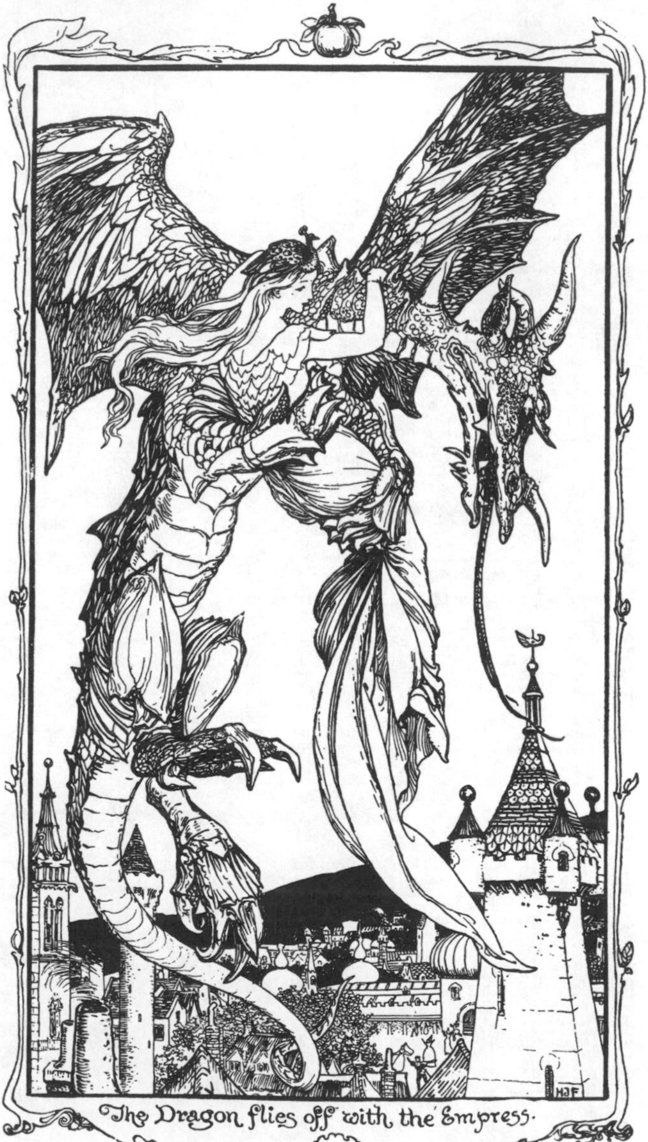
HJF
The Dragon flies off with the Empress.

龍帶著女皇飛走

王子撿起魚，把牠丟回水中，再照魚說的取下一片魚鱗，小心地用一塊布包裹著，放進口袋裡。然後他繼續上路，走了幾英哩後，又碰到一隻陷入陷阱中的狐狸。

「喔，請待我如手足，」狐狸喊道：「把我從陷阱裡放出來，以後你有需要的時候，我就會來幫你。拔掉我一根毛，當你有危險時，用手指搓那根毛，我就會出現。」

於是，王子解開了陷阱，拔掉一根狐狸毛，然後再度踏上他的旅程。但當他翻山越嶺時，他又看到一隻陷入圈套裡的狼，狼也懇求王子放牠自由。

「只要你能救我一命，」狼說：「你不會後悔的。取下我的一撮毛髮，當你需要我幫忙時，就用手指搓搓我的毛髮。」王子解開圈套把狼放走。

他繼續走了很久，沒有再發生其他冒險事件，最後，他碰到另一個也和他走在同一條路上的男人。

「喔，兄弟，」王子問說：「如果你知道的話，請告訴我龍王住在哪裡？」

那個人告訴他去哪裡找龍宮，還告訴他要花多少時間才能到那裡。王子向他道謝，按照他的指示前進，終於有一天傍晚抵達龍王住的城鎮。當他進入龍宮時，他很高興地發現，他的妻子正獨自坐在一個巨大的大廳裡，兩個人趕緊計畫要如何逃脫。他們沒有時間可以浪費，因為龍王可能馬上就會回來。他們從馬廄裡牽出兩匹馬，如閃電般騎馬狂奔而去。可是，他們才一離開皇宮的視野，龍王就回到家，並發現牠的囚犯已經不見了。牠立刻找來一隻會說話的馬，並問牠：「給我你的建議，我該怎麼做，是要像平常一樣先吃晚餐，還是出去追他們？」

「首先從容地吃你的晚餐，」馬說：「然後再去追他們。」

於是龍王開始吃飯，直到過了大半天，牠再也吃不下以後，才騎上馬去追逃犯。在很短的時間內，龍就追上王子和女皇，當牠把女皇從馬鞍上抓起來時，牠對王子說：「這次我原諒你，因為我在桶子裡時，你幫我帶水來。但你不要再回來，否則你會失去你的性命。」

王子又生氣又哀傷，繼續往前騎了一段路，幾乎不曉得自己在做什麼。然後，他再也受不了了，不顧龍王的威脅，又回到龍宮。女皇還是一個人獨坐在大廳裡，他們開始重新計畫要如何才能逃脫龍的力量。

「龍王回家時妳問牠，」王子說：「看牠是從哪裡得到那麼棒的馬，然後妳再告訴我，我會想辦法找到另一匹像這樣的馬。」

說完話後，王子害怕會碰到敵人，趕緊溜出城堡。

龍王回到家後沒有多久，女皇在牠附近坐下，開始對牠說盡好話，哄得龍心大悅，最後她問說：「告訴我你昨天騎的那匹神奇馬的事。這個世界上不可能再有一匹像牠一樣的馬吧！你在哪裡得到牠的？」

龍王回答說：「我得到牠的方法，別人都做不到。在一座很高的山上，住了一位老婦人，她的馬廄裡有十二匹馬，一匹比一匹漂亮。但在角落裡，有一隻瘦得不像樣的馬，沒有人會多看牠兩眼，可是實際上牠才是這些馬中最優秀的。牠是我的馬的雙胞胎兄弟，可以飛到雲那麼高的地方。但除非你先服侍老婦人整整三天，否則是得不到馬的。除了這些馬以外，她另外還有一隻小馬和牠的母馬，服侍老婦人的人必須照顧牠們三天，如果沒有讓牠們跑走，老婦人就會送那個人他想要的馬。但如果沒有保護好小馬和母馬，那個人就要拿自己的頭來賠償。」

隔天，王子看著龍王離開了家，就躡手躡腳地跑去找女皇。女皇把她從囚禁她的龍王那裡聽來的事情告訴他，王子當下便決定要去找那位高山上的老婦人。他不浪費時間，立刻上路。爬山的過程既漫長又艱辛，但他終於找到那位老婦人。他深深一鞠躬，對她說：「你好，老婆婆。」

「你好，小子。你在這裡做什麼？」

「我想當妳的僕人。」他回答說。

「那你就當吧！」老婦人說：「要是你能照顧我的母馬三天，我會給你一隻馬作為報酬，但要是你讓牠走丟了，那你就會失去你的頭。」她一邊說，一邊帶他走進一座被籬笆所環繞的院子，那裡每根柱子上都插著一顆人頭，只有一根柱子上是空的。而當他們經過時，那根柱子還大喊著說：「女人，把我一直在等的頭給我！」

老婦人沒有回答，但轉身對王子說：「你瞧，那些人都曾替我工作，和你的情況一模一樣，但沒有一個人能守住母馬。」

王子還是毫不退縮，他說他會信守諾言。

夜晚來臨後，他帶母馬走出馬廄。他騎上馬背，小馬則跟在後面跑。儘管母馬一直想把他甩掉，他還是想辦法待在母馬身上好長一段時間，但最後王子因為太過疲倦，突然睡著了。當他醒來時，發現自己坐在一塊圓木上，手上還拿著韁繩。他害怕地跳了起來，但母馬已經完全不見蹤影。他的心狂跳著，開始四處尋找。在沒有一點指引的情形下，王子走了很長一段路，直到抵達一條小河。看到河，他想起自己救過一條魚的事，立刻從口袋裡取出魚鱗。他的手指才剛碰到鱗片，那條魚就出現在他身旁的水流裡。

「怎麼了？我的兄弟。」魚焦慮地問。

「老婦人的母馬昨晚不見了，我不曉得要去哪裡找牠。」

「喔，我可以告訴你，牠已經把自己變成一隻大魚，小馬變成一隻小魚。但只要你用韁繩打水，並說：『來！山中巫婆的母馬。』牠就會出現。」

王子照魚的話做，母馬和小馬立刻就站在他的眼前。王子把韁繩套在母馬的脖子上，騎著牠回去，小馬依舊跟在後面小跑步。老婦人在門前迎接他們，給王子一些食物，然後帶著母馬回到馬廄去。

「你應該要去魚那裡。」老婦人吆喝著說，一邊用棍子鞭打母馬。

「我去了，」母馬回答說：「但魚不是我的朋友，牠們立刻就背叛了我。」

「那麼，下次去狐狸那裡。」語畢，老婦人回到房子裡去，完全沒有察覺王子已經聽到她說的話。

於是，當天色漸暗，王子再次騎著母馬到草地上，小馬也跟在後面小跑著。再一次地，王子試著不要從母馬的身上掉下來，然而到了半夜時，克服不了席捲而來的濃濃睡意，他又睡著了。等到王子醒來，他又發現自己坐在一棵圓木上，手上還拿著韁繩。他發出驚慌的哀叫聲，一躍而起，到處尋找跑掉的母馬和小馬。當他正在找的時候，突然想起老婦人對母馬說的話，便拿出狐狸毛，用手指搓揉。

「怎麼了？我的兄弟。」狐狸立刻出現在他面前問道。

「老巫婆的母馬從我身邊跑走了，我不曉得要去哪裡找牠。」

「牠和我們在一起，」狐狸回答說：「牠變成一隻大狐狸，牠的小馬也變成一隻小狐狸。但只要你用轡繩在地上打一下，並說：『來！山中巫婆的母馬。』牠就會出現。」

王子照做了，狐狸立刻變成一隻母馬，站在他的面前，小馬則跟在母馬的身後。王子騎著母馬回去，老婦人把食物放在桌上，然後就領著母馬回到馬廄。

「你應該要聽我的話，去狐狸那裡。」老婦人邊說邊用棍子鞭打母馬。

「我去了，」母馬回答說：「但狐狸不是我的朋友，牠們背叛了我。」

「那麼，這次你最好去狼那裡。」老婦人說，依舊沒有發現王子把她說的話全聽進了耳裡。

第三個晚上，王子又騎上母馬到草地上去，小馬也在後面小跑追隨著。他很努力保持清醒，但還是徒勞無功，當早上來臨時，他又坐在圓木上，手中抓著轡繩。王子跳了起來，隨即停下腳步，因為他想起老婦人說的話，便取出了狼的灰色毛髮。

「怎麼了？我的兄弟。」狼出現在他的眼前問。

「老巫婆的母馬從我身邊跑走了，」王子回答說：「我不曉得要去哪裡找牠。」

「喔，牠和我們在一起，」狼說：「牠變成一隻母狼，牠的小馬也變成了一隻小狼。但只要你用轡繩在這邊的泥土上打一下，並大聲呼喊：『來！山中巫婆的母馬。』牠就會出現。」

王子照做了，而當他的手指碰觸到狼毛時，狼就變成母馬，小馬則跟在牠的身後。他騎著母馬回去，老婦人在門口迎接他們，並給王子一些食物，再帶母馬回到馬廄。

「你應該要去狼那裡。」老婦人對母馬說，並用棍子打牠。

「我去了，」母馬回答說：「但狼不是我的朋友，牠們背叛了我。」

老婦人沉默地離開馬廄，王子正在門口等她。

「我有好好地替妳工作，」他說：「現在該是我得到報酬的時候了。」

「我會信守我的承諾，」老婦人說：「你可以在這十二匹馬中挑選一隻你喜歡的帶走。」

「給我那隻餓得半死的生物，」王子說：「我喜歡牠勝過那些漂亮的動物。」

「你不是說真的吧？」她回答說。

「我是說真的。」王子說，老婦人不得不讓他順心如意。於是，王子從她身邊走開，把轡繩套上馬的脖子，牽著馬走進森林，然後停下來幫牠梳理，直到牠的毛髮閃亮有如黃金一般。接著王子騎上馬背，人與馬立刻直飛上天，前往龍宮。日以繼夜等待著的女皇偷偷溜出去與王子相會，王子把女皇拉上馬，再度飛上空中。

不久，龍王回到家，發現女皇不見了。龍王對牠的馬說：「我們該怎麼辦？我們要先吃吃喝喝，還是直接去追跑掉的人？」馬回答說：「不管你先吃或不吃，先喝或不喝，追他們或是留在家裡，現在都沒有差別了，因為你永遠也追不上他們。」

龍王不作答，反而縱身上馬，立刻出發去追逃亡者。當王子和女皇看到龍王追過來時，心裡非常恐懼，因此催促王子的馬快一點，再快一點，直到馬說：「不用怕，我們不會有事的。」他們的心才平靜下來，因為他們信賴馬的智慧。

很快地，龍王的馬在他們後面喘息著，並大喊著說：「喔，我的兄弟，不要跑得這麼快，如果我想跟上你，我會掉到地上去。」

王子的馬說：「你為何要服侍那種怪獸？把牠踢下去，讓牠跌得粉身碎骨，然後加入我們。」

龍王的馬猛然一跳，用後腿直立，逼得龍王從馬的身上掉下來，直直落到一塊岩石上，身體應聲碎裂。然後，女皇騎上龍王的馬，和她的夫婿一起回到她的國度，並一起統理國家，直到多年以後。

（塞爾維亞民間童話）

詩琴手

很久很久以前，有一位國王和皇后幸福安逸地生活在一起。他們深愛對方，也沒有任何煩憂之事，但國王卻變得有些不滿足，他渴望到外界探險，和敵人一較高下，然後贏得各種榮耀和光芒。

於是，國王召集所有軍隊，下令要去征討一個遙遠的國家，因為那裡有個野蠻的君主，不僅不愛護人民，還折磨任何他碰得到的人。國王下令軍隊出發，交付大臣們他充滿智慧的建議，再深情地和妻子道別，然後就和軍隊一起遠渡重洋。

我也不曉得這段旅程究竟有多漫長，但國王最後抵達了野蠻君主的國度，並向前挺進，擊敗所有阻擋的力量。但這個情勢並沒有維持多久，因為國王來到一個隘口，碰上埋伏的大批敵軍，士兵們被打得潰不成軍，而國王自己則成了俘虜。

他被帶到野蠻君主囚禁俘虜的牢籠，我們可憐的朋友現在真的很不好過。囚犯整晚都被鏈子銬起來，白天則一起工作，必須翻土翻到泥土都黑了為止。

這種情形持續了有三年之久，國王才找到法子把消息傳給他親愛的皇后。他設法送出一封信，裡頭寫著：「賣掉我們所有的城堡和宮殿，典當我們所有的寶藏，把我從這間可怕的監牢裡救出去。」

皇后讀過信後哭得很傷心，她對自己說：「我要如何救出我最親愛的丈夫呢？如果我親自過去，野蠻的君主看到我，只會把我當成他的一位妻妾。要是我能派出大臣中的哪一位就好了，可是我不曉得我能否仰賴他們。」

她想了又想，最後腦中浮現了一個點子。她剪下自己漂亮的棕色長髮，裝扮成一個男孩，然後帶著自己的詩琴，不跟任何人說一聲，就踏入浩瀚的世界。

她行經許多土地，看到了很多城市，也經歷了許多困難，最後終於抵達野蠻君主居住的城鎮。當她到達之後，先在皇宮附近繞一圈，然後在河邊看到一座監獄。她手中握著詩琴，開始彈奏出非常動人的曲調，讓人聽了還想再聽。

過了一會兒，她開始唱起歌來，聲音比雲雀還甜美。她唱著：

「我從自己的國家，
來到這遙遠的土地，
除了詩琴以外，
什麼也不帶。

喔！誰會為了我唱的歌而感謝我，
在聽了我的樸素歌謠後給我報酬？
它聽來如同愛人的嘆息，
每天每天向你問候。
我吟唱盛開的花朵，
它們因為陽光和雨而變得甜美；
我吟唱愛戀初吻的狂喜，
以及分離的悲痛。
我吟唱監獄牆內，
悲傷囚犯的渴望，
他們的心靈嘆息著，
因為沒人回應他們的呼喚。
我的歌懇求你的同情，
還有你店裡的餽贈，
當我演奏溫柔的曲調，
我就在你門外徘徊。

如果您在宮殿裡，陛下，

聽到我在唱歌，

喔！我祈請在這快樂的一天，

您能賜與我心所求。」

沒有多久，野蠻君主就聽到這首動人的歌曲，吟唱者的聲音是如此甜美，他趕緊派人把唱歌的人叫來。

「歡迎你，詩琴手，」他說：「你從哪裡來？」

「我的國家，陛下，遠在重洋之外。我已經在世界上流浪了很多年，以我的音樂維生。」

「那麼就在這裡待個幾天，當你要走時，我會給你歌中你心所求的東西。」

於是，詩琴手留在皇宮裡，幾乎一整天都在替君主演奏和唱歌，君主也百聽不厭，幾乎廢寢忘食，更不記得要去折磨人民，除了音樂之外，他什麼也不在意，還點著頭說：「這才是演奏和唱歌。它讓我覺得，好像有隻溫柔的手，拿走我所有的煩憂和悲傷。」

三天後，詩琴手來到君主面前向他道別。

「那麼，」君主說：「你希望得到什麼報酬？」

「陛下，請賜給我一位囚犯。您的監牢裡有這麼多囚犯，如果我在旅途上能有一位作伴，我會很高興的。當我一路上聽到他快樂的聲音，我就會想起陛下，並感謝您。」

「那就過來吧！」君主說：「挑個你喜歡的人。」他親自帶著詩琴手走進監牢。

皇后走進囚犯之中，終於找到她的夫君，並帶他一同上路。他們一起走了很長一段的旅

詩琴手

程，但他始終沒有發現詩琴手的真實身分。皇后帶著他，越來越靠近他們的國家。

當他們到達國土的邊境時，囚犯說：「讓我走吧！善良的小伙子。我不是普通的囚犯，而是這個國家的國王。讓我自由，你可以要求任何回報。」

「不要跟我說什麼回報，」詩琴手說：「平靜地走吧！」

「那麼，請你跟我來，親愛的男孩，到我家作客。」

「時候到了，我自然會去你的宮殿。」詩琴手回答說，然後就和國王分道揚鑣。

皇后抄捷徑返家，比國王還早回到皇宮，並更換她的衣服。

一個小時後，皇宮中所有的人都跑來跑去高喊著說：「我們的國王回來了！我們的國王已經回到我們的身邊了！」

國王親切地和每個人問候，獨獨對皇后連正眼都不瞧一下。

接下來，他召集所有的議員和大臣，並對他們說：「看看我有個什麼樣的妻子！她現在熱烈地歡迎我回來，但當我還被關在監獄裡時，我送訊息給她，但她卻沒有做任何事。」

國王的議員異口同聲地說：「陛下，當您的消息傳來時，皇后就失蹤了，沒有人曉得她去了哪裡。她是今天才回來的。」

國王聽了非常生氣，大喊著說：「審判我不忠的妻子！要不是一位年輕的詩琴手救了我，你們永遠不會再看到你們的國王。我這一輩子都會以愛和感謝懷念這個人。」

當國王和議員們坐在一起時，皇后趕緊偽裝自己。她拿起詩琴，溜進皇宮前的院子裡，並用清晰且甜美的聲音唱道：

「我吟唱監獄牆內，
囚犯的渴望，
他們的心靈嘆息著，
因為沒人回應他們的呼喚。

我的歌懇求你的同情，
以及你店裡的餽贈，
當我演奏溫柔的曲調，
我就在你門外徘徊。

如果您在宮殿裡，陛下，
聽到我在唱歌，
喔！我祈請在這快樂的一天，
您能賜與我心所求。」

國王一聽到這首歌，立刻跑出去見詩琴手，並牽著他的手帶他進入皇宮。

「這位，」他大聲說：「就是救我離開監獄的男孩。現在，我真正的朋友，我一定會給你你心所求。」

「我確信您會比野蠻的君主還要寬大，陛下。我要求您賜與我，我向野蠻君主要求並得到的東西。但這次我不打算放棄我得到的。我要您，您自己！」

詩琴手一說完，就脫下長斗篷，每個人都發現這個人竟然就是皇后。

有誰能形容得了國王的快樂？他內心滿懷著歡喜，宴請天下一場盛大的饗宴，時間長達一週，好讓世人都來分享他的快樂。

我也出席了這場盛宴，享盡了所有的美食，而且我想一輩子都難以忘記那盛況。

（俄羅斯傳說）

心懷感謝的王子

很久很久以前，金土地的國王在森林裡迷了路。他用盡了所有的方法，還是找不到出口。當他走上一條看來比別條路還要有希望的小路時，突然看到有個男人迎面而來。

「你在這裡做什麼？朋友，」陌生人問：「天很快就要暗下來了，野獸們馬上就會從巢穴裡出來獵食。」

「我迷路了，」國王回答說：「正在試著找回原路。」

「那麼，要是你答應贈與我你回家時第一個出現的東西，我就帶你走出去。」

國王沒有立刻回答，過了一會兒才說：「我幹嘛要給別人我最好的獵犬？我一定可以和這個男人一樣找到走出森林的路。」

陌生人隨他去，但國王走了整整三天，還是沒有一點頭緒。他幾乎就要絕望時，陌生人又出現了，擋住他的去路。

「給我你回家時你家裡第一個出現的東西？」

國王還是固執到底，不肯答應給陌生人任何東西。

他在森林裡走了好多天，先試著走這條路，再試著走另一條路，但最後，他的勇氣終於喪失殆盡，疲憊地跌坐在樹下，確信自己的生命已經走到盡頭。可是，陌生人第三次出現在國王面前，並說：「你幹嘛這麼愚蠢？狗對你來說有什麼了不起，你竟然要為牠放棄你的生命？只要答應我所要求的報酬，我就會指引你走出森林。」

「好吧！我的生命價值確實超過一千隻狗，」國王回答說：「我的王國的福祉都仰賴於我。我接受你開出來的條件，帶我回我的皇宮吧！」才剛說完話，他就發現自己站在森林的邊緣，還依稀看得到皇宮的影子。他盡最快的速度跑回家，但當他一抵達宮殿大門時，一位保姆帶著還是嬰兒的皇子走了出來，小皇子伸出手來要抱爸爸。國王往後退，並下令保姆立刻帶走寶寶。然後，他的大獵狗才跳到他的身上，但獵犬的奉承只換來猛力的一推。

當國王的怒火消退之後，他才開始思考自己該怎麼做最好。他把他的孩子，一個可愛的男孩，和一位農夫的女兒交換。於是，王子過著窮人子孫的艱困生活，而小女孩則睡在金色的搖籃裡，身上覆蓋著絲質的被單。一年過後，那位陌生人出現了，要求取回他的報酬，並帶走小女孩，還以為她真的是國王的孩子。國王對於計畫的成功感到非常高興，下令準備一場盛大的筵席，並給予撫養他兒子的夫婦很多很棒的禮物，以使王子衣食無缺。可是，國王不敢把王子帶回來，以免他的詭計被拆穿。農夫夫婦非常滿意這個安排，因為他們得到豐富的食物和金錢。

後來，王子長大也長高了，住在養父母家似乎過得很快樂，但他的快樂背後總籠罩著一片烏雲，因為他常常想起那位代他受苦的可憐無辜女孩；王子的養父曾偷偷告訴他，他其實是國王的兒子。因此，王子下定決心，等他長到一定的年紀時，就要出外旅行，而且不放女孩自由絕不罷休。

想到要犧牲一位少女的生命才能成為國王，他覺得這個代價實在太大了。於是有一天，王子穿上農場僕人的衣服，在背上掛了一袋豌豆，直接走進十八年前他爸爸迷路的森林裡。在走了一段路後，他大聲喊道：「喔，我真不幸，我到底身在何處？沒有人可以告訴我要怎麼走出森林嗎？」

這時，出現了一位有著白色長鬍子的陌生人，他的腰帶上垂掛著一個皮製的袋子。他高興地對王子點個頭，並說：「我很熟悉這個地方，可以帶你走出去，但你要答應給我一個回報。」

「我這樣一個乞丐能給你什麼回報？」王子回答說：「你救了我的命，但我沒有東西可以給你。即使是我身上的外套，都屬於我的主人，我要服侍他才能換取食物和衣服。」

陌生人看著那袋豌豆說：「可是你一定擁有什麼；你帶著的這個袋子，好像很重的樣子。」

「裡面全都是豌豆，」王子回答：「我的老阿姨昨晚過世了，沒有留下足夠的錢給看護人買豌豆，但這是我國的習俗，所以我只好向我的主人借來這些豌豆，想抄森林的捷徑到我阿姨那裡。可是就如你所見的，我迷路了。」

「那麼，你是個孤兒囉？」陌生人問：「你為什麼不過來幫我工作？我家裡需要一位俐落的

The Prince meets a strange man in the wood
H.J. FORD

王子在森林中遇到一個陌生人

小伙子，而且我還滿喜歡你的。」

「對啊！何不就這麼辦，如果你同意的話。」王子說：「我從生下來就是農夫，天下又沒有白吃的午餐，不管我替誰工作都一樣。你會給我多少薪水？」

「每天給你新鮮的食物，一週吃兩次肉，還有奶油和蔬菜，另外還提供你夏天和冬天的衣服。我還會給你一塊地任你使用。」

「我很滿意，」年輕人說：「總會有人幫我阿姨辦葬禮的。我跟你走。」

這個交易似乎讓老人很高興，他像陀螺一樣旋轉，並且大聲唱歌，整座森林都迴響著他的聲音。老人和他的同伴啟程，一路上說話說得很快，因此沒有注意到他的新僕人不斷讓袋子裡的豌豆掉在地上。晚上，他們睡在一棵無花果樹下，等太陽升起後，再接續他們的行程。大約中午時分，他們來到一塊大石頭前，老人在這裡停下腳步來，審慎地四下觀望，接著吹出高昂的口哨，並用左腳在地上踩三下。突然間，石頭底下出現一個密門，像是一個通往洞穴的入口。老人抓住年輕人的臂膀，粗魯地說：「跟我來！」

濃密的黑暗緊緊裹住他們，可是王子覺得，他們走的路還要引導他們更深入地底。在過了好長一段時間後，他想，他看到了一點光亮，但那個光既非來自太陽亦非來自月亮。他渴望地看著它，卻發現那只是一種白霧，是這個詭異地底世界的唯一光芒。土地和水，樹木和植物，鳥和野獸，通通和他以往看過的不同。但最令他恐懼的是到處都瀰漫著一股絕對的安靜，連一點沙沙聲都沒有。他注意到樹枝上偶爾會有一兩隻鳥，牠們的頭抬得挺挺的，喉頭隆起，但他的耳朵什麼也聽不到。狗兒們張開了嘴像是要汪汪叫，辛苦工作的牛似乎在發出牛鳴，但王子的耳朵卻聽不到任何吠鳴聲。水無聲地流過小圓石，風吹彎了樹梢，蒼蠅和金龜子疾速地飛來飛去，但四下仍是一片靜悄悄。白鬍子老人一聲不吭，而當他的同伴想要問他這一切究竟是怎麼回事時，卻發現自己的聲音悶在喉嚨裡出不來。

不曉得這種可怕的安靜倒底持續了多久，但王子逐漸感到自己的心變得冰涼，他的頭髮像鬃毛般直立，一股寒意沿著脊椎下竄，直到最後終於——喔，令人狂喜！他豎起的耳朵依稀聽到了一點聲音，這個陰影下的生活終於變得有點真實感了。那個聲音聽起來像是有一群馬匹正走過潮濕的草地。

接著，白鬍子老人開口說：「水壺燒開了，家裡有人在等我們。」

他們繼續往前走一小段路，直到王子覺得自己似乎聽到了鋸木場的磨碾聲，似乎有數十架鋸子正在工作，但他的嚮導聽了後卻說：「祖母睡得好沉，你聽聽她的打鼾聲。」

爬過眼前一座山丘之後，王子看到主人的房子就在遠處，它的周圍有一大堆的建築物，看起來還比較像是一個村莊或甚至一座城鎮。到達房子那裡後，他發現門口有間空空的狗窩。「爬進去，」主人說：「我要先進去看看我的祖母。她和所有非常老的人一樣倔強，而且不能忍受看到新面孔。」

王子顫抖著爬進狗窩裡，開始後悔愚勇讓他陷於這種困境。

不一會兒，主人回來了，把王子從藏身處叫出來。他不曉得為了什麼在生氣，因為他皺著眉頭說：「在房子裡走路時要很小心，注意不要犯錯，否則你就遭殃了。隨時注意聆聽和觀看，但閉上你的嘴巴，不要發問，只要聽令行事。要心存感謝，但除非別人和你說話，否則不要開口。」

王子跨越門檻，看到一位美麗非凡的少女，她有一雙棕色的眼睛和金色的鬈髮。「哇！」年輕人心中想著：「如果這老傢伙的女兒們都這麼漂亮，我不介意當他的女婿。這個女孩的美麗正是我喜歡的那一型。」他看著她擺設桌子，端來食物，並在火旁坐下，似乎完全沒有注意到有位陌生男子的出現。然後她拿出針線，開始縫補她的襪子。主人獨自坐在桌前，沒有邀請新僕人或是少女和他一起用餐，而老祖母則不見身影。主人的食慾很驚人，一下子就清光所有的盤子，吃下的東西足以餵飽十二個男人。當他終於停下來後，他對女孩說：「現在妳可以收拾這些零碎食物，再拿鐵甕裡剩下的東西做你們的晚餐，但要把骨頭留給狗吃。」

王子幫女孩收拾殘局，他一點也不想吃剩菜，但後來發現食物的份量不僅足夠他們兩人吃，而且還滿美味的。用餐時，他偷瞄了女孩好幾眼，還想和她說說話，但她始終不給他開口的機會。每次他開口想說話，她就嚴厲地看著他，宛如在說：「安靜！」所以他只能用眼神傳達意思。何況，主人吃過好大的一餐飯後，正在火爐旁的長椅上伸展身子，因此什麼話都逃不過他的耳朵。

那晚用過晚餐後，老人對王子說：「由於旅行的疲勞，你可以休息兩天，在房子周圍到處看看。但後天，你就必須和我一起來，我會指出你要做的工作。那女孩會告訴你你睡覺的地方。」

王子以為現在輪到他說話了，但主人轉過身來，帶著惱怒的神情並大吼著說：「你這個狗僕人！要是你違反了房子裡的規矩，你很快就會人頭落地。閉上你的嘴，走開，讓我安靜。」

女孩做了個手勢要他跟著她走，在走過一扇敞開的門後，她點點頭要他進去。他想再多逗留一會兒，因為他覺得女孩看起來很哀傷，但他不敢這麼做，以免惹得老人生氣。

「她不可能是他的女兒，」他對自己說：「因為她有顆善良的心。我確信，她一定就是代替我被帶來這裡的女孩，我注定要冒著失去生命的風險來進行這場瘋狂的探險。」王子上了床，但過了很久才能入睡，還因為一直作夢而無法好好休息。他似乎身處危險之中，唯有女孩的力量能幫助他渡過一切。

他一醒來就想到那個女孩，並發現她正在努力工作著。他從井裡打上水來，帶進屋子裡給她，還在鐵鍋下升火。事實上，只要想到哪件事能幫上她的忙，他就去做。下午，王子出去探探新家周遭的環境，並對到處都沒有遇到老祖母感到詫異。他漫步到農場，看到一隻漂亮的白馬獨占一間馬廄，而一隻黑色的乳牛和兩隻白臉小牛則一起待在另一間，還有咯咯叫的鵝、鴨和母雞從遠處跑來。

早餐、午餐和晚餐依舊非常美味，要不是少女出現時還必須保持安靜這件事對他來說有點困難，王子對他的新住處其實還算滿意。第二天傍晚，他照著主人的話去找主人，準備接受隔天早上的命令。

「我明天要你做一件非常簡單的工作，」老人看到僕人進來時說：「拿這把大鐮刀，割下白馬一天所需要吃的草，並清理牠的馬廄。要是我回來時發現馬槽空空的，那你就慘了。你要當心一點。」

王子開心地離開房間，他對自己說：「我應該很快就能解決這個工作。就算我沒有用過犁或鐮刀，至少還看過鄉下人使用它們，我知道這有多麼簡單。」

正當他要打開自己的房門時，少女悄悄地走到他的身邊，在他耳旁輕聲說道：「他指派給你什麼工作？」

「明天，」王子回答說：「沒有什麼大事。只不過幫馬割割草，再清理一下馬廄。」

「喔，你這不幸的人！」女孩嘆息著說：「你怎麼做得完呢？那隻白馬是我們主人的祖母，牠永遠都在餓肚子，一天要二十個男人不停地割草才夠牠吃，還要另外二十個男人才能清理得了牠的馬廄。所以你一個人要怎麼做？但聽我說，照我的話去做，這是你唯一的機會。當你把馬槽填滿之後，你必須揮舞著一條粗大的藺草辮繩，藺草就生長在牧場的草原上，然後砍下一塊結實的厚木樁，並且要讓那隻馬看到你在做的事。牠會問你這是要幹什麼用的，你就回答說：『我要用這條繩子把你的嘴綁起來，這樣你就沒辦法再吃東西了；至於木樁則是用來把你綁在同一個地點上，好讓你無法把玉米和水弄得到處都是。』」少女語畢即輕手輕腳地離開，就像她來時一樣。

隔天一早，王子準備開始工作。他割草割得比預期還要順暢，很快就有足夠填滿馬槽的草。他把草放進馬槽裡，然後又去割草回來要填滿馬槽，但他驚恐地發現，馬槽竟然已經空了。於是他知道，沒有少女的警告，他一定會不曉得該怎麼辦。他開始照著少女的話去做，先把混在草裡的藺草挑出來，快速地編成繩辮。

「小伙子，你在做什麼？」那隻馬好奇地問說。

「喔，沒什麼，」他回答道：「只是編一條綁下巴的繩子，然後把你的嘴巴綁起來，以免你想要吃更多的東西。」

白馬聽到這句話後，深深地嘆息，對已經吃到的東西感到心滿意足。

年輕人接著清理馬廄，馬知道牠碰到了一個能手。到了中午時，馬槽裡還有飼料，馬廄則乾淨如新。他才剛做完事，老人就走了進來，很驚訝地站在門口。

「你真的是靠自己的聰明辦到的嗎？」他問：「還是有人提示你？」

「喔，我沒有靠別人，」王子說：「只靠我這顆可憐軟弱的腦袋瓜子。」

老人皺著眉頭走開，王子為了事情逐漸好轉而歡欣鼓舞。

傍晚時，他的主人說：「我明天沒有什麼特別的事情要你去做，但因為那個女孩在房子裡要做的事情很多，你要去幫她擠黑乳牛的牛奶。但小心，你要把牠的牛乳擠乾淨，否則你就慘了。」

「好，」他走開時王子心想：「除非這個工作背後還有什麼玄機，不然聽起來並不是很困

H.F
HOW THE BLACK COW WAS TRICKED

黑乳牛被騙的過程

難。我以前從未擠過牛乳，但我的手指敏捷又有力。」

他覺得很睏，於是朝自己的房間走去，這時少女又走過來問他：「你明天的工作是什麼？」

「我要幫妳的忙，」他回答說：「一整天都沒有什麼事，只要幫黑乳牛擠奶就好。」

「喔，你真的很不幸，」她哀泣著說：「就算你從早做到晚也無法完成這件事。你只有一個方法能逃離危險，那就是當你去幫牠擠奶時，要帶著一鍋燒好的煤炭以及一個夾鉗。你要把鍋子放在牛舍的地上，把夾鉗放在火上，然後用全部的力量向鍋子吹氣，直到煤炭燒得通紅。黑乳牛會問你，你這樣做是什麼意思，你一定要回答我接下來告訴你的話。」她墊起腳尖，在王子耳邊細語，然後就走開了。

天才剛破曉，王子就從床上一躍而起，一手拿著一鍋煤炭，另一手拿著裝牛奶的提桶，直接走向牛舍，開始照著少女前一晚告訴他的話去做。

黑乳牛驚奇地看著他好一陣子，然後說：「你在做什麼？小伙子。」

「喔，沒什麼，」王子回答說：「我只是把這個夾鉗燒熱，以防你不想給我夠多的牛奶。」

黑乳牛深深地嘆一口氣，害怕地看著擠牛乳的人，但王子不理牠，只是輕快地把牛奶擠到桶子裡去，直到黑乳牛的奶全擠出來為止。

就在這個時候，老人走進牛舍，自己坐下來擠牛奶，但一滴也擠不出來。「你真的是自己一個人做到的嗎？還是有人幫你的忙？」

「沒有人幫我，」王子回答說：「除了我自己可憐的腦袋瓜子。」老人從位子上站起來，走了出去。

那天晚上，王子去見主人，聽取隔天要做的工作。老人說：「我在牧場上有一小堆草，必須拿進來乾燥。你明天要把它們全部堆在棚子裡，而且既然你很看重自己的生命，你要小心，連最小一根草都不要留在牧場上。」王子聽了很高興，因為他不用做什麼糟糕的差事。

「把一小堆草帶回來根本不需要什麼技巧，」他想：「一點也不費事，因為馬會幫我把草帶回來。我當然不要讓老祖母閒閒沒事做。」

一會兒，少女悄悄地出現，問王子隔天要做的工作。

王子笑著說：「看來我似乎要學會做所有農場上的工作。我明天要把一堆草帶回來，而且一根也不能留在牧場上。這就是我一整天的工作。」

「喔，你這個不幸的人！」她哀泣著說：「你以為你能怎麼做？就算世界上所有的人都來幫你，你也不能在一週內清理掉那一堆草，因為你一把草堆在上頭，它就會從底下再長出根來。但你聽我說，你明天破曉就要偷偷溜出去，帶著那匹白馬和強力的繩子，然後到草堆那裡，把繩子圈住草堆，再把馬套上那條繩子。當這些都做好以後，你要爬上草堆，開始數一二三。馬會問你在數什麼，你一定要回答我接下來告訴你的話。」

少女在王子耳邊輕聲細語，然後離開房間。王子除了上床以外，沒有別的事好做。

他睡得很沉，醒來時天幾乎還是暗的，但他馬上照女孩的指示進行。首先，他選了一些很牢固的繩索，然後把馬牽出馬廄，騎著牠去草堆那裡。那堆草相當於十五輛貨車的載貨量，根本就不能稱為「一小堆」。王子做了所有少女告訴他要做的事，最後坐上草堆，從一數到二十，然後聽到以馬有趣的語調問說：「你在數什麼？小伙子。」

「喔，沒什麼，」他說：「我只是好玩地數著森林裡的狼有幾隻，但牠們的數量實在太多了，我不認為我數得完。」

「狼」這個字眼才剛從他嘴裡說出來，白馬就疾馳如風，一眨眼的功夫就拖著草堆回到棚子裡去了。主人用過早餐後，進到棚子裡來，當他發現僕人已經把今天的工作做好時，驚訝得目瞪口呆。

「你真的這麼聰明嗎？」他問：「還是有人給你很好的建議？」

「喔，我只有自己可以商量對策。」王子說，老人只有搖著頭走開。

那天晚上，王子去找主人，看看明天他要做什麼工作。

「明天，」老人說：「你必須把白臉小牛帶去牧場上，而且既然你看重自己的生命，那就小心不要讓牠走丟了。」

王子沒有作答，但心想：「大多數的農夫都有一整群的牛要顧，我一定可以顧好一隻的。」他朝自己的房間走去，並在那裡遇到少女。

「明天我要做的是件白痴都會做的工作，」他說：「只要帶白臉小牛去牧場上就好。」

「喔，你好不幸！」她嘆息著說：「你知道這隻小牛動作有多麼快嗎？牠一天內就可以環繞世界三周！留意我要告訴你的話。將這條絲線的一端綁在小牛的左前腳，另外一端綁在你左腳的小拇指上，這樣小牛就永遠都離不開你的身邊，不論你是走是站，還是躺下來。」少女走後，王子就上床沉沉睡去。

隔天早上，他完全按照少女所說的去做，用絲線牽著小牛到牧場上，小牛則像隻忠實的小狗跟在他旁邊。

夕陽落下時，小牛又回到了牛舍。主人走過來皺著眉頭說：「你真的那麼聰明嗎？還是有人告訴你要怎麼做？」

「喔，我只靠我可憐的腦袋，」王子回答。老人離開時，憤憤不平地說：「我一點也不相信你說的話，我確信你一定交了一個聰明的朋友。」

晚上，他把王子叫來，並說：「我明天沒有工作要你做，但我醒來時，你必須到我的床前，伸出手來向我問安。」

年輕人對這個奇怪的反常行為感到非常納悶，邊笑邊去找少女。

「喔，這不是好笑的事情，」她嘆息著說：「他想吃了你，而我只有一個方法能幫你。你必須把一個鐵鏟燒得火熱，然後把鐵鏟，而不是把你的手伸向他。」

於是，王子隔天一大早就醒過來，在老人起床前把鐵鏟燒熱。終於，他聽到老人呼喚他：「你這個懶傢伙，你在哪裡？過來跟我說早安。」但當王子帶著火熱的鐵鏟進房間時，他的主人只說：「我今天很不舒服，甚至沒有力氣和你握手。你今天晚上再回來，到時我應該會好一點。」

王子遊手好閒了一整天，在傍晚時回到老人的房間。他的主人以非常友善的態度迎接他，而且令王子驚訝地宣稱：「我對你非常滿意。破曉時，你帶著那女孩一起過來，我知道你們一直都愛著對方，我想讓你們結為夫婦。」

年輕人快樂的差點跳了起來，但他想起房子裡的規矩，便竭力保持安靜。當他把事情告訴少女時，他很詫異地看到女孩的臉刷地變成紙那麼白，而且怕得說不出話來。

「老人已經發現誰是你的顧問，」當她終於能開口時，她說：「而且他想把我們倆都殺了。我們必須想辦法逃走，否則會沒命的。你要帶著一把斧頭，把小牛的頭一刀砍下來，然後再揮一次斧頭，把牠的頭切成兩半，你會在牠的腦中看到一顆鮮紅色的球，把那個球拿來給我。我會做其他需要做的事情。」

王子在心中暗想：「殺了小牛好過我們自己被殺。要是我們跑得掉，我們就能回家。我灑下去的豌豆一定已經發芽了，我們應該不會迷路。」

他走進牛舍，大斧一揮，殺了小牛，接著舉起斧頭把小牛的頭砍成兩半。剎那間，牛舍裡

沿著豌豆籬逃跑

充滿了光輝，因為紅色的球從小牛的頭裡掉了出來。王子撿起球，用一塊厚布把它包起來，再藏在他的胸口。不幸中的大幸是，母牛一直在睡覺而沒有醒來，否則牠一哀嚎，一定會把主人給吵醒。

王子環顧四下，看到少女站在門前，手臂上抱著一小包東西。

「球在哪裡？」她問。

「這裡。」他說。

「我們不能浪費時間，馬上就要逃命。」她走上前，把厚布稍微打開，露出閃爍著光輝的球，並用這個光照亮他們要走的路。

如同王子所預期的，豌豆已

經生根，並長成小樹籬，因此他們確定自己沒有迷路。他們一邊逃，少女一邊告訴他，她曾偷聽到老人和他祖母之間的對話，說她是國王的女兒，因為老人使了詭計才從她的雙親那裡得到她。王子知道事情全部的來龍去脈，但他保持沉默，只暗自為了自己注定要放她自由而感到高興。他們繼續走，直到天色開始亮了起來。

那天老人睡得很晚，他揉揉眼睛，慢慢才清醒過來。然後他立刻想起那對男女應該要到他的面前。他等了又等，直到過了很久，才齜牙咧嘴地對自己說：「好吧！他們不是很急著要結婚。」然後又繼續等了一陣子。

最後他終於開始感到不安，並大喊著說：「小伙子，女孩，你們怎麼了？」

他反覆說了幾次後，開始變得很害怕，儘管他怎麼呼喊，男子和少女都沒有出現。他終於生氣地從床上跳起來，去找這兩個罪人，卻發現房子裡空蕩蕩的，床鋪甚至沒有睡過的痕跡。接著他直接走去牛舍，死去的小牛屍體讓他明瞭了一切。他大聲咒罵著，快速地打開第三間棚門，並大喊著要他的小精靈僕人去把逃跑的人給追回來。「把他們帶過來，不管你們用什麼方法，因為我一定要抓到他們！」他說。語畢，精靈們就像風一樣飛了出去。

那兩個逃跑的人在經過一座大草原時，少女突然停下腳步。「發生事情了！」她說，「球在我的手中顫動，我確信後面有人正在追我們。」他們看到身後有一片烏雲飛在風的前面。於是，少女把球在手中轉三回，並高喊著說：

「聽我的話，我的球，我的球。

快點把我變成一條小河，

把我的愛人變成一條小魚。」

一瞬間，一條小河出現了，裡面游著一條小魚。小精靈們緊接著飛了過來，但牠們沒有看到任何人，等了一下，情況還是一樣，只好趕緊回家，沒有打擾小河和小魚。等小精靈們不見蹤影後，小河和小魚又變回原來的模樣，繼續踏上他們的旅程。

疲累的小精靈們空手而歸，主人詢問牠們看到

小精靈在後頭緊追不捨

了什麼，是否碰到了奇怪的事。

「沒有，」他們說：「草原上空無一物，只有一條小河和一條在河裡游水的魚。」

「白痴！」主人咆哮：「那當然就是他們！」他猛地把第五間棚門打開，並告訴關在裡面的小精靈，要他們去喝乾那條小河，然後抓住那條小魚。精靈們跳了起來，像風一樣飛去。

正當年輕的一對男女就快抵達森林邊緣時，少女再度停下腳步。「有狀況了，」她說：「球在我的手中顫動。」她環顧四下，看到比之前更大更黑的一片烏雲飛向他們，其中還摻雜著紅色的線條。「他們追來了。」她大叫著說，然後把球在手中轉了三下，對著球說：

「聽我的話，我的球，我的球。

快點把我們兩個變成別的模樣，

把我變成一叢野生的玫瑰樹，

把他變成我莖上的一朵玫瑰。」

一眨眼的功夫，他們就變成玫瑰樹叢和玫瑰了。這個變化剛剛好趕得上，因為精靈們已經飛過來了。牠們四處尋找著小河和小魚，但除了一叢玫瑰花外，什麼也沒看到，只有懷著歉意打道回府。當精靈們消失不見後，玫瑰花和樹叢又變回原來的模樣。王子和少女走得比以前更快，準備待會再小小休息一番。

「怎麼樣？你們找到了嗎？」小精靈回到家後，老人問說。

「沒有，」精靈領袖回答說：「我們在沙漠裡並沒有看到小河，也沒有看到小魚。」

「其他什麼都沒有看到嗎？」

「喔，沒有，只看到森林邊有一叢玫瑰樹，上面有一朵玫瑰花。」

「白痴！」他大吼一聲：「那就是他們啊！」他用力打開第七扇棚門，那裡關了他最強力的小精靈們。「把他們帶來給我，不管你們用什麼方法，不論死活！」他大發雷霆地說：「我要他們！撕毀玫瑰樹和它的根，不要留下任何東西，不管那個東西有多麼奇怪。」

這時，逃命的兩人正在樹林裡的陰影下休息，稍作吃喝，以恢復體力。突然，少女抬起頭來觀望。「有事情發生了，」她說：「球幾乎要跳出我的胸口！肯定有人在後面追我們，危險很接近，但樹木卻把敵人的身影擋住了。」

她邊說邊把球拿在手上，然後對著球說：

「聽我的話，我的球，我的球。

快點把我變成一陣微風，

把我的愛人變成一隻小蟲。」

剎那間，女孩就融入了稀薄的空氣之中，王子則像隻小蟲一樣快速地在空中飛來飛去。接下來，一群精靈蜂湧而至，遍尋奇怪的事物，因為他們既看不到玫瑰樹叢，也看不到玫瑰花。然而，他們才一轉身準備空手而歸，王子和少女就又站在大地之上。

「在老人親自過來找我們之前，」她說：「我們必須盡最快的速度逃跑，因為不管我們偽裝成什麼模樣，老人都會發現的。」

他們不停地跑，直到底達森林最黝黑之處，那裡極為黑暗，若不是有球發出的光芒，他們根本不可能找到路。他們非常疲累，而且喘不過氣來，但終於來到一塊大石頭處，球則不斷地在抖動。少女看到這種情形，便高聲地說：

「聽我的話，我的球，我的球。

快點把這塊石頭推到一邊去，

好讓我們找到一扇門。」

大石立即滾開來，於是他們穿過門，再度回到這個世界上。

「現在我們安全了，」女孩哀泣著說：「在這裡，老巫師沒有力量對付我們，我們可以保護自己不受他的魔法攻擊。但我的朋友，我們必須分離。你將回到你父母身邊，而我也必須去找我的爸媽。」

「不要！不要！」王子說：「我永遠也不要離開妳。妳一定要跟我走，嫁給我做我的妻子。我們已經一起渡過很多危險，現在我們要分享彼此的快樂。」少女先是不從，但最後還是跟著他走。

他們在森林裡遇到一位伐木工人，才曉得皇宮和全國的人都在為了王子的失蹤而哀傷，他們一直在找他，但許多年過去了，還是沒有王子的消息。於是，藉由神奇之球的幫助，少女讓王子穿上他失蹤當時所穿的衣服，好讓他的爸爸能認出他來。她自己則留在一位農夫的農舍裡，以便父子倆能單獨相會。

可是，國王已經不在人世了。失去兒子讓他哀慟不已，生命力也跟著大受損害。臨終前，他向人民坦承，他欺騙了那位老巫師，讓他把農夫的小孩，而不是王子帶走，所以才會遭致失去王子的懲罰。

王子聽到這個消息後痛苦地哭泣，因為他始終深愛著父親。他有三天三夜不吃不喝，但到了第四天，他站在人民的面前，成為新任國王，並傳喚他的大臣們，將自己所遭遇到的怪事，以及少女如何讓他安全地度過一切，通通告訴大家。

於是，大臣們齊聲說道：「讓她成為您的妻子，我們至高無上的皇后。」

這就是故事的結局。

（愛沙尼亞童話）

從蛋裡生出來的小孩

從前有一個皇后，因為沒有小孩而感到難過，國王在家陪她的時候，她就已經很悲傷了；國王不在家時，她根本誰也不見，整天就是坐著哭泣。

現在，國家正好與鄰國爆發戰爭，所以皇后一個人被留在皇宮裡。

由於她實在太不快樂了，似乎連牆壁都讓她感到窒息，所以她漫步到花園裡，讓自己置身於菩提樹蔭下碧草如茵的河岸邊。她一直待在那邊，直到樹葉間傳來沙沙的聲音，才抬起頭，她看到一個老婦人拄著枴杖一跛一跛地朝著流過地面的小溪走來。

老婦人先是在溪邊一解乾渴，然後就走向皇后對她說：「我斗膽跟妳說話，但我並無惡意，尊貴的女士。不要怕我，因為我將為妳帶來好運。」

皇后狐疑地看著她，並回答說：「妳看來並非是特別好運的人，也不像有很多的好運可以

妳因為兩件事而心事重重

分享給其他人。」

「粗糙的樹皮下，藏著平滑的木頭和甜美的果仁，」老婦人說：「讓我看看妳的手，我可以看到未來。」

皇后將手伸出來，老婦人仔細地觀看上面的紋路，然後說：「妳因為兩件事而心事重重，一件舊的一件新的。新的是妳的丈夫遠離妳去打仗，但相信我，他很好，很快就會給妳帶來好消息。但另一件事讓妳苦惱更久，因為沒有孩子，妳失去了快樂。」聽到這些話，皇后臉色發紅並想把手抽回來，但老婦人說：「耐心點，有些事我還想看得更清楚。」

「可是妳究竟是誰？」皇后問道：「因為妳似乎能夠看透我的心事。」

「我是誰無關緊要，」她回答說：「但是值得慶幸的是，我可以為妳指引一條路，以減輕妳的憂傷。不過如果有什麼好事發生，妳必須確實遵守我接下來要告訴妳的話。」

「噢，我會確實遵守的，」皇后哭喊：「如果妳可以幫助我，妳可以得到妳要的任何回報。」

老婦人站著想了一下，然後從衣服的褶層拿出一些東西，將一層又一層的包裝打開，取出一個樺樹皮製的小籃子。她把籃子拿給皇后，並說：「在這個籃子裡，有一顆鳥蛋。妳必須把它放在溫暖的地方三個月，蛋就會變成一個娃娃。妳要把娃娃放在用軟羊毛包裹的籃子裡，然後不要管它，因為它不需要任何食物。慢慢地，妳會發現它長到嬰兒的大小。然後妳會有個自己的小孩，但妳必須把自己的小孩放在這個小孩的旁邊，並讓妳的丈夫看看他的兒子和女兒。妳要自己養育男孩，但妳必須把女孩託付給褓母。當受洗的日子到來，妳要邀請我當公主的教母，邀請的方法是，在搖籃裡面，妳可以找到一副天鵝的翅膀，把它丟出窗外，我就會立刻出現在妳的面前。不過，千萬不要告訴任何人發生在妳身上的事。」

皇后才要回話，老婦人已經一跛一跛地走開，而且走不到兩步，就搖身一變為一個年輕的女孩，飛也似的離開。看到這個變身的過程，皇后幾乎不敢相信她的眼睛，如果不是手中拿著籃子，她可能還以為自己做了一場夢。就在不久前，她還只是一個散步到花園的可憐傷心女子，但現在一切感受都不同了。她趕忙回到房裡，小心翼翼地探進籃子裡撫摸蛋。就在那裡，有一個淡藍色的小東西，上面有些綠色的小斑點。她把蛋拿出來放在自己的懷裡，因為這裡是她可以想到的最溫暖的地方。

在老婦人到訪的十四天後，國王打敗敵人回到家裡，這證明老婦人說的話是真的，皇后的心跳得很厲害，因為現在她希望其他的預言也能實現。

她把籃子和蛋當成最重要的寶物，並為這個籃子量身訂做了一個金盒子，好讓放在裡面的蛋不受到任何傷害。

三個月過去了，皇后按照老婦人的叮囑將蛋從懷裡拿出來，安穩地放入羊毛包裹的籃子內。隔天早上她跑去看，先看到一些破掉的蛋殼，然後就看到一個娃娃躺在蛋殼的碎片中。她感到非常快樂，便讓這個娃娃靜靜地長大，並按照老婦人的交代，耐心地等待自己小孩的出生，好把他放在這個娃娃的旁邊。

隨著時間流逝，皇后把小女孩從籃子裡抱出來，並把她和自己的兒子放在一個閃耀著珍貴寶石的黃金搖籃內，然後派人把國王帶過來。當國王看到這兩個孩子時，他簡直高興得快要瘋了。

很快地，所有王公大臣被邀請參加皇室寶寶受洗的日子來臨了。當一切就緒後，皇后輕輕將窗戶打開一點，讓天鵝的翅膀飛出去。於是，在賓客們紛紛湧入的同時，一輛由六匹奶油色的馬所拉的精緻馬車突然駛了過來，一名穿著如同太陽般亮眼服飾的年輕女士步出馬車。她的臉被面紗遮住，但是當她走到抱著小孩的皇后面前並揭開面紗時，每個人都不禁為她的美貌感到讚嘆。她把小女孩抱在懷裡，並在眾人面前把她舉起來宣佈，從今以後，這個小孩的名字叫做蛋得裡。這是皇后才了解的名字，因為只有皇后知道這個孩子是來自一顆蛋；至於男嬰，則取名為威廉。

在慶祝宴會結束後，客人逐漸散去。教母將女嬰放在搖籃內，並對皇后說：「在這個小孩睡覺時，一定要把籃子放在她的旁邊，並把蛋殼留在裡面。只要妳照著我的話做，就不會有邪惡的事情發生在她身上。要把它當作妳最寶貝的東西，並教導妳的女兒也這樣做。」她親了小孩三下後，就登上馬車揚長而去。

兩個孩子都長得很好，蛋得裡的褓母愛她如己出。小女孩一天天長大，似乎變得越來越漂亮，人們老是說，她很快會跟她的教母一樣美麗。但是除了褓母以外，沒有人知道，每逢夜晚小女孩熟睡時，一個陌生而甜美的女人總是會出現，並俯身看著孩子。褓母把她的所見告訴皇后，但兩人決定將這件事當作彼此之間的秘密。

兩個小孩將近兩歲時，皇后突然生病了。全國最好的醫生都被派來醫治皇后的病，但她卻毫無起色，因為死亡是無藥可治的。皇后知道自己就快死了，便派人傳喚蛋得裡和已經成為她的貼身侍女的褓母。皇后把這個幸運的籃子交付給她最忠實的僕人，並懇求她要小心珍惜。皇后說：「等我的女兒十歲時，把籃子交給她，但要嚴重告誡她，她未來的幸福就在於自己如何保護這籃子。至於我的兒子，我沒有什麼好擔心的，他是這個王國的繼承人，他的父親將會照顧他。」這名侍女表示將遵守皇后的指示，並保守這個秘密。然後，就在同一天的早上，皇后過世了。

幾年後國王再娶，但和第一任妻子的情況不同，他並不愛他的第二任妻子。他娶第二任妻子只是為了個人的野心。國王的第二任妻子討厭她的繼子和繼女，國王看在眼裡，就把他們交給蛋得裡的褓母照顧，安置在第二任妻子看不到的地方。但是，只要他們不小心闖入皇后所經之路，她就會把他們像狗一樣踢開。

蛋得裡十歲時，她的褓母將籃子交給她，並千叮萬囑她母親的遺言。但小女孩實在太小了，不了解這個禮物的價值，因此起初並不是很在意。

又過了兩年，有一天國王不在的時候，繼母看到蛋得裡坐在一棵菩提樹下，她就如往常一樣怒從中來，狠狠地揍了蛋得裡一頓，蛋得裡只能跌跌撞撞地回到自己的房間。當時褓母並不在房裡，而蛋得裡哭泣時，看到放在黃金盒子裡的珍貴籃子，便想這裡面可能有什麼東西可以安慰她。蛋得裡興奮地看著裡面，卻只看到一堆毛線和兩片空蛋殼。失望至極的她拿起毛線，發現下面有副天鵝翅膀，就自言自語道：「這是什麼垃圾！」還把翅膀往打開的窗戶外面一丟。

突然，一個漂亮的女人出現在她的身邊，並拍拍蛋得裡的頭說：「不要害怕，我是妳的教母，我來看妳了。妳哭紅的眼睛告訴我妳並不快樂，我知道妳的繼母對妳很不好，但是妳要勇敢，要有耐心，美好的日子將會來到。等妳長大以後，她就不能對妳怎麼樣了，而且只要妳小心絕不要離開妳的籃子，就再也沒有人可以傷害妳。替這個小籃子做一個用絲製的盒子，日日夜夜藏在妳的衣服裡，妳就可以安全地避開妳的繼母和其他企圖傷害妳的人。倘若妳發現自己陷入困境，不曉得該怎麼辦時，把天鵝翅膀從籃子裡拿出來，然後丟出窗外，我馬上會過來幫妳。現在，我們到花園來，我好在菩提樹下和妳說說話，沒有人會聽到我們在菩提樹下的對話。」

她們有太多話要對彼此說，以至於等到教母跟這個孩子說完話時，太陽已經下山，也是她該離開的時候了。她說：「給我籃子，妳需要吃些晚餐，我不能讓妳餓著肚子上床。」

接著，她朝籃子唸了一些咒語，她們的面前立刻出現一個擺滿水果和蛋糕的桌子。吃過飯

沒有人發現仙女和蛋得裡穿越敵軍而去

後，教母帶蛋得裡回去，一路上還教她唸咒語，這樣籃子就會變出她想要的東西來。

過了幾年，蛋得裡成長為一名少女，看過她的人都認為，全世界再也沒有比她更甜美的女孩了。

大約就在這個時候，爆發了可怕的戰爭，國王和他的軍隊節節敗退，最後退回城裡，並被敵軍包圍。這次的圍城為時甚久，以至於食物開始匱乏，甚至連皇宮內都沒有足夠的食物。

有天早上，晚餐和早餐都沒得吃的蛋得裡覺得非常飢餓，就讓翅膀飛了出去。既虛弱又難過的她一看到教母出現，忍不住哭了，久久說不出話來。

教母說：「別哭，親愛的孩子。我將帶妳離開這一切，但其他人只能留下來讓命運去決定。」然後，她要蛋得裡跟著她，兩個人一起穿過城門，走過外面的軍隊。沒有人阻止她們，或者說似乎沒有人看到她們。

隔天，城堡投降了，國王和他的臣子成為階下囚，但是他的兒子卻趁亂逃脫，而皇后則意外被茅刺死。

與教母一同擺脫敵軍後，蛋得裡脫掉華服，換上農婦的衣服，而且為了偽裝得更好，教母還把她的容貌完全改變。教母愉悅地說：「當時機來臨，妳希望回復原來的面貌時，只要對著籃子說出我教過妳的那些咒語，並說妳希望回復原來的面貌，很快就會變回來的。不過，現在妳不得不先忍耐一段時間。」教母再度告誡她要小心保管這個籃子，然後就跟她道別。

多日來，蛋得裡從一個地方流浪到另一個地方，找不到棲身之所。雖然從籃子取得的食物讓她免於挨餓，但她還是很高興在屬於她的美好時光來臨前，能夠在一間農戶裡找到工作。一開始，她覺得這個工作很困難，但一方面她學習的很快，另一方面可能籃子也暗地助她一臂之力。無論如何，三天後她把每件事都做得很好，好像她已經花了一輩子的時間清理鍋碗瓢盆和打掃房間似的。

有天早上，蛋得裡在門前忙著擦洗一個木桶時，一位高貴的婦人剛好經過這個村落，並被蛋得裡開朗的面容所吸引。她停下腳步，把蛋得裡叫過來說話。

她問蛋得裡：「妳願意為我工作嗎？」

蛋得裡回答：「如果我現在的女主人同意的話，我非常樂意。」

這名女士回說：「我會處理的。」這名女士果真去交涉這件事，當天蛋得裡就坐在馬伕的旁邊，前往該名婦人的家。

六個月過去了，好消息傳來，國王的兒子勵精圖治，最終打敗了篡位者，但同時蛋得裡也得知老國王在被俘期間已經過世了。蛋得裡為老國王的去逝難過地哭泣，但她只能偷偷掉淚，因為她並沒有告訴女主人她的過去。

一年的哀悼期結束後，年輕的國王宣佈他要結婚，並命令王國內所有的未婚女子都要赴宴，以便從中挑選一名妻子。幾週來，國內所有的母親和女兒都忙著準備漂亮的衣服及嚐試新的髮型，而蛋得裡的女主人的三個可愛女兒也跟其他人一樣雀躍萬分。蛋得裡的手很巧，整天都在為這些女孩子準備漂亮的衣服，但晚上她上床時，總會夢到她的教母俯身對她說：「妳幫那些年輕女孩打扮，但當她們出發後，妳自己也要跟在後面過去，沒有人會比妳更美麗的。」

等到這個重要日子來臨時，蛋得裡幾乎無法克制自己的感受。當她幫女主人的女兒著裝完畢，並看著她們跟著母親離開後，就撲倒在自己的床上哭了出來。可是，她依稀聽到一個聲音說：「看看妳的籃子，妳會發現妳需要的東西。」

蛋得裡不假思索，馬上跳了起來，拿著籃子唸咒語，接著就看到床上有一件如星光般閃耀的衣服。她高興地顫抖著雙手穿上衣服，然後走下樓，發現門前停了一輛漂亮的馬車，一等她坐好，馬車就像風一樣的飛奔而去。

國王的皇宮是在很遠的地方，但蛋得裡似乎只花了幾分鐘就抵達皇宮的大門。正要下車時，她突然想到自己竟然沒帶籃子出來。她該怎麼辦？回去拿籃子以防厄運降臨，或進入皇宮，賭賭看不會有壞事發生？她還沒做出決定，就有一隻小燕子銜著籃子飛過來，讓她又開心了起來。

宴會已經到達高潮，年輕漂亮的女孩讓廳堂生色不少，但當門打開，蛋得裡現身時，其他女孩全都黯然失色。她們盯著蛋得裡，滿心的希望都消失無形。她們的母親則紛紛耳語著說：「這一定是我們失蹤的公主。」

年輕的國王已經不認得她，但他一直跟在她的身邊，眼睛一刻也離不開她。午夜時，奇怪的事情發生了，濃密的雲霧突然瀰漫廳堂，使得廳堂裡一度一片漆黑，然後雲霧突然變亮，蛋得裡的教母就站在那裡。

她轉身向國王說：「這個你一直以為是你妹妹的女孩，在敵軍包圍城池時失蹤了。不過，她根本就不是你的妹妹，而是鄰國國王的女兒。她被交給你的母親撫養，以免遭受巫師的荼毒。」

她說完這些話後就消失了，此後再也沒有出現過，而那個神奇的籃子也跟著不見。現在蛋得裡的厄運已經結束，再也不需要教母和籃子了。她和年輕的國王從此一起過著幸福快樂的日子。

（愛沙尼亞童話）

史丹包羅文

曾經發生過的事的確發生過，如果沒有，這個故事也就不會被傳開來了。

在一個村莊外面，放牧的牛兒吃著草，四處遊蕩的豬隻用鼻子在樹根間挖來挖去，附近則有一棟小房子，裡面住著一個男人和他的妻子，但是他的妻子卻成天傷心不已。

「親愛的老婆，妳怎麼了，低垂著頭像朵枯萎的花蕊？」有天早上她的丈夫問她：「妳要什麼都有了，為什麼不能像其他女人那般快樂？」

「不要管我，也不要去找原因。」她回答，還哭了起來。男人不想逼問她，只好走開去工作。

不過他還是無法釋懷，幾天後他又問她為何傷心，卻還是得到相同的答案。終於，他再也按捺不住，又問了第三次，逼得妻子轉身回話。

「天呀！」她大叫：「你為什麼就不能罷休？如果我告訴了你，你就會變得跟我一樣痛苦。如果你肯相信我說的話，你最好什麼都不要知道。」

但是，沒有人會滿意這樣的答案，你愈要他不問，他就愈好奇，愈想知道來龍去脈。

「好吧，如果你一定要知道，」妻子終於說：「我就告訴你，這是個不祥的房子，非常不祥的房子。」

「妳的乳牛產的牛奶難道不是村裡最好的？妳的樹難道沒有長滿果子，妳的蜂房不是充滿蜜蜂？誰家的玉米田比得上我們的？妳說這些話簡直是無稽之談！」

「沒錯，你說的都是真的，但是我們沒有孩子。」

然後，這個名叫史丹的男人終於了解妻子的痛苦，他頓悟，但也傻了眼，從此一切事情便不再美好。從那天開始，這個村莊外的小房子住了一個不快樂的男人和一個不快樂的女人。眼看著丈夫難過，這個妻子變得更加痛苦。

這樣的情況持續了一段日子。

幾個禮拜過去，史丹認為他該去詢問智者要怎麼辦才好。他花了一天行程來到智者的家，看到智者正坐在門前，史丹在他面前跪下來說：「給我孩子，大人，給我孩子。」

「當心你所求的，」智者回道：「孩子不是負擔嗎？你有足夠的錢來提供他們衣食嗎？」

「只要給我孩子，大人，我會想辦法解決的。」在得到智者的示意之後，史丹才離開。

當晚，他抵達家門時，雖然又累又髒，但是心中卻充滿希望。就在他靠近房子的時候，他聽到非常吵鬧的聲音。他抬起頭看，發現到處都是孩子，花園裡有孩子，院子裡有孩子，還有

STAN BOLOVAN MEETS HIS FAMILY

史丹包羅文看到自己的小孩

孩子擠在每個窗戶往外看，史丹覺得彷彿全世界的孩子都聚集在那裡。孩子們一個比一個小，一個比一個吵，而且一個比一個更調皮，頑劣的程度無人能比。史丹看著這個景象，不禁恐懼得全身發冷，因為他知道這些全都是他的孩子。

「天啊！好多孩子！好多！」他自言自語。

「噢，不會太多。」他的妻子微笑道，後面跟著更多小孩拉著她的裙子。

但是儘管她很愛小孩，照顧一百個小孩還真不是件容易的事。幾天過後，房子裡的食物全部吃光了，他們開始哭喊：「爸爸，我肚子餓了。」史丹抓著頭，思考接下來該怎麼辦。他想的不是孩子太多，因為自從小孩子出現後，他的妻子似乎充滿了快樂，但現在他已經不知道要怎樣才能餵飽他們。母牛已經沒有奶了，而果樹離成熟的日子還很早。

「妳知道嗎，老婆，」有一天他對他的妻子說：「我必須離開，到外頭去想辦法帶食物回來，雖然我還不知道食物在哪裡。」

對飢餓的人而言，任何一條路都是漫長的，他時時刻刻想的都是他必須餵飽一百個嗷嗷待哺的孩子和他自己。

史丹不停的流浪、流浪又流浪，直到他來到是與非都混沌不明的世界末端。在這裡，他看到不遠處的一個羊欄內有七隻羊，樹蔭下也躺著一些羊群。

史丹躡手躡腳地走近，希望能想辦法悄悄地騙走幾隻羊，把牠們帶回去給家人當食物，但他很快發現這是行不通的。因為半夜裡，他聽到「咻」的聲音，天空中飛來一條龍，攫走一隻公羊、一隻綿羊和一隻小羊，以及躺在附近的三隻牛，另外還取走了七十七隻羊的奶，帶回去給牠的老媽媽，好讓牠泡在裡面，恢復青春。同樣的情形在每晚一再地重複。

看顧羊群的牧羊人束手無策，只能在一旁哭泣，龍則逕自狂笑。而史丹知道這裡不是他可以為家人謀取食物的地方。

他很清楚要和這樣強大的怪獸對抗幾乎完全沒有勝算，不過家裡飢餓的孩子一直徘徊在他的腦海裡，怎麼也擺脫不了，終於他對牧羊人說：「如果我幫你除去這條龍，你要給我什麼回報？」

牧羊人回道：「每三隻公羊中的一隻，每三隻綿羊中的一隻，每三隻小羊中的一隻。」

「真划算。」史丹回答。不過就算他真的打了勝仗，要怎樣把那麼一大群的羊趕回家呢？對於這一點，他倒是沒個主意。

但這個問題可以等之後再來解決，現在距離夜晚來臨的時間不多了，他必須想出最好的方法來與龍對抗。

就在半夜時刻，史丹感到一股全然陌生的恐懼襲來，這是一種他自己也無法形容的感覺，幾乎要讓他放棄作戰，循著最短的路跑回家去。他半轉過身，但想到孩子們又轉了回來。

「不是你死就是我活。」他對自己說，並在羊群邊找好位置。

空中充斥一聲疾響，那條龍呼嘯而過，史丹突然大喊：「住手！」

「天哪！」龍大吼了一聲，環顧四周，「你是誰，打哪來的？」

「我是整晚吃石塊，白天吃山裡的花的史丹包羅文，如果你敢動那些羊，我就在你的背上劃個十字。」

龍聽到這些話，停在半空中，因為他知道棋逢對手了。

「但是你必須先與我一戰。」牠以顫抖的聲音說。只要用對方法來對付龍，龍可是一點都不勇敢。

「要我和你一戰？」史丹回說：「我一口氣就能殺死你！」然後，他彎腰撿起腳邊的一塊大起司並說道：「去河裡拿一塊像這樣的石頭，我們馬上就知道誰是最厲害的人。」

龍按照史丹所說的，從河裡帶回一塊石頭。

史丹包羅文以智慧打敗龍

史丹問：「你有辦法從你的石頭裡取出發酵乳嗎？」

龍用一隻手舉起牠的石頭，用力把石頭捏成粉碎，但是沒有發酵乳流出來。「我當然不能！」他半生氣地說。

「好，如果你沒辦法，我可以。」史丹回說。他捏緊起司，發酵乳從他的手指間流出。

龍看到這樣，想趁機溜回家，但是史丹擋住他的路。

「我們還有一些事沒了，」他說：「就是你先前在這裡的所作所為。」可憐的龍怕得要死，擔心史丹會一口氣把牠殺了，埋在荒山野嶺。

「聽著，」最後龍說：「我想你是很有用的人，我的母親需要像你這樣的人，如果你服侍牠三天，也就是相當於你們的一年，牠將會每天給你七袋滿滿的錢。」

三天換七袋滿滿的錢！這個提議實在非常誘人，史丹難以抗拒，一下子就點頭答應，然後他們就出發了。

這是一條非常漫長的路，而當他們到達時，年紀就跟時間本身一樣老的老母龍正在等他們，史丹看到牠的眼睛在遠處如燈光般閃爍。走進房子裡，他們看到火的上面有一個巨大的水壺。年邁的母親發現兒子空手而歸，變得非常生氣，牠的鼻孔噴出火焰，正準備要開口，牠的兒子就轉向史丹。

「待在這裡，」龍說：「等我一下，我要跟我母親解釋。」

史丹非常後悔來到這個地方，但是既然來了，只好靜待行事，不能露出害怕的樣子。

「聽我說，母親，」當牠們獨處時，這隻龍說：「我把這個人帶回來好除掉他。他是一個會吃石塊，還可以把石頭擠壓成發酵奶的奇人。」他把前一天晚上發生的事一五一十地告訴牠的母親。

「就把他留給我，」老母龍說：「從來沒有一個人能逃過我的手掌心。」於是，史丹得以留下來服侍老母龍。

隔天，母龍要史丹和牠的兒子比劃，看看誰是最強的。牠取下一隻巨大的棍棒，用鐵綑綁了七次。

龍就像拿羽毛一樣地把棍棒舉起來，在頭上轉了轉，輕鬆地丟到三哩之外，並問史丹能否勝過牠。

他們走向棍棒掉下來的地方，史丹彎下腰試試，然後他感到非常恐懼，因為他知道，就算他和他所有的孩子加起來，也永遠都不可能把這根棍棒舉離地面。

「你在做什麼？」龍問道。

「我在想這個棍棒真漂亮，用它來害死你，太可惜了。」

「你什麼意思，害死我？」龍問。

「我只是怕如果我丟出去的話，你可能再也看不到明天的日出。你不知道我有多厲害。」

「別操心，快丟就是了。」

「如果你真的急著送死，讓我們先去大吃大喝三天，至少再給你三天活命。」

史丹的口氣如此平靜，龍開始有點害怕，雖然牠不太相信事情會像史丹說的那麼嚴重。他們回到房子，把老母龍儲藏的食物全部拿出來，並把食物帶到棍棒落地的地方，然後史丹坐在糧食的袋子上，靜靜地等待月亮下山。

「你在做什麼？」龍問道。

「等到月亮不會擋住我的路。」

「什麼意思？我不了解。」

「你看不到月亮正好擋住我的路嗎？但是當然，如果你要的話，我會把棍棒丟進月亮裡面。」

聽到這些話，龍第二度感到不安。

他非常珍惜這個祖父留給他的棍棒，並不希望棍棒被丟進月亮裡而不見。

「這樣好了，」牠想了一會說：「乾脆不要丟棍棒，我來丟第二次就好了。」

「不，當然不行，」史丹說：「只要等月亮落下就好了。」

但是龍非常害怕史丹的威脅真的應驗，所以他想盡辦法賄賂史丹，最後承諾要給史丹七袋錢，然後自己把棍棒丟回去。

「他的確是個很厲害的人，」龍回去後對牠的媽媽說：「你不知道，我花了多大的力氣才讓他不要把棍棒丟到月亮裡。」

老母龍也愈來愈不安了，光想到把東西丟進月亮就不是開玩笑的，因此沒人再提棍棒的事，隔天大家也都各懷鬼胎。

「去取水給我！」破曉時，老母龍說。牠給他們十二張水牛皮，命令他們在夜晚來臨前裝滿。

他們立刻出發前往溪流，龍一眨眼就把全部十二張牛皮裝滿水帶進屋裡，並把牛皮交給史丹。疲憊的史丹連空水袋都拿不起來，想都不敢想如果裝滿了水會是什麼樣子，但是他從口袋拿出一把舊刀子，開始挖溪流附近的土地。

「你在那邊做什麼？你要怎樣把水帶回屋裡？」龍問。

「怎麼做？我的天，那太容易了！我只要把這條溪帶回去。」

龍聽了後嚇得嘴巴都合不攏，他連想也沒想過，因為這條溪是打從牠祖父時代就有的。

「聽我說，」牠說：「我幫你把牛皮袋拿回去吧！」

「當然不行。」史丹回道，並繼續挖土。龍非常擔心史丹真的會這樣做，便想盡辦法賄賂史丹，最後他同意再給史丹七袋硬幣，史丹才願意離開這條河，並讓龍把水帶回屋裡。

第三天，老母龍把史丹送到森林取木材，龍如同之前一樣也跟隨史丹前去。

數不到三下，龍就已經拔起史丹砍一輩子都砍不完的樹，並把它們整齊地排好。等龍結束後，史丹看看牠，然後選了一棵最大的樹，爬到樹上，折斷一條野生的藤蔓，再把樹的頂端跟旁邊另外一棵樹綁在一起，就這樣把所有的樹都串成一排。

「你在做什麼？」龍問道。

「你自己看啊！」史丹回說，繼續靜靜地幹活。

「你為什麼把樹都串在一起？」

「這樣可以省下不必要的功夫，只要我拉起一顆樹，就可以拉起其他的樹。」

「但你要怎麼把它們帶回家？」

「我的天，你不知道我要把整座森林帶回去嗎？」史丹一邊說一邊又把兩棵樹綁在一起。

「聽我說，」龍大叫，想到會發生這樣的事就害怕的發抖，「我幫你拿木材，你可以有七倍的七袋滿滿的錢。」

「你是個好人，我同意你的提議。」史丹回說，而龍就把木材帶回去了。

三天的服侍期過去，算算也有一年了，現在唯一困擾史丹的是怎樣把所有錢帶回家裡。

晚上，龍和牠的母親長談，史丹從天花板的裂縫裡偷聽到所有內容。

「母親啊，我們好可憐，」龍說：「這個人很快就會控制我們。我們給他錢，擺脫他吧！」

但老母龍非常愛錢，所以不想這麼做。

「聽我的話，」老母龍說：「你今晚就把他殺了。」

「我怕。」龍回答說。

「沒什麼好怕的，」老母龍回說：「等他睡了，拿起棍棒往他的頭砸下去，很容易的。」

如果史丹沒有聽到這些話，可能就稱了牠們的心。等到龍和牠的母親關了燈，史丹就去拿豬的飼料槽，在裡頭塞滿泥土，並放在他的床上，蓋上衣服，然後他藏身床底，並開始大聲打呼。

很快地，龍偷偷潛進房裡，並往本該是史丹的頭的位置狠狠地砸下去，史丹在床底大哼了一聲，龍又躡手躡腳地離開房間。史丹立刻把門關上，拿掉豬的飼料槽，把所有東西都處理乾淨整齊後便躺下來，但他很精明，整晚都不敢闔眼。

隔天早上，龍和牠的母親吃早餐時，史丹走入房裡。

「早安。」他說。

「早安，睡的好嗎？」

「哦，很好。但是我夢到一隻跳蚤咬我，現在好像還有被叮的感覺。」

龍和牠的母親互望了一眼。「你聽到他說的嗎？」龍小聲說：「他說是跳蚤，但我可是用力把棍棒砸在他的頭上耶！」

老母龍現在跟她的兒子一樣害怕了，他們根本對付不了這樣的人，牠趕忙把袋子裝滿錢，以便盡快擺脫史丹。但是史丹這邊也是害怕得發抖，因為他根本提不起任何一袋錢，所以他站著不動看著他們。

「你站在那邊幹嘛？」龍問。

「喔，我站在這裡是因為我剛想到，我想再幫你們工作一年。我覺得如果我家人看到我只拿那麼一點錢回家，我會很丟臉，我知道他們會哭著說：『你看，史丹包羅文才一年就變得跟龍一樣沒用。』」

龍和牠的母親聽到後驚慌的不得了，牠們說只要史丹肯離開，牠們願意給他七倍或七倍的七倍的好幾袋錢。

「聽我說，」史丹終於說：「我看你們並不想要我留下來，我很難過自己這麼不受歡迎，我馬上就走，不過只要你們幫我把錢送到我家，那我在朋友面前就不會丟臉了。」

話才說完，龍就扛起袋子放在背上，然後跟史丹一起出發。

回家的路雖然不是太遠，但對史丹而言卻是一條非常漫長的路，終於他聽到孩子們的聲音，並突然停下腳步來。他不希望龍知道他住在哪，以免哪天牠又想拿回牠的寶藏。他該說什麼來擺脫這隻怪獸呢？突然他腦海裡靈光一閃，便轉過身來面對龍。

「我不知道該怎麼辦，」他說：「我有一百個孩子，我擔心他們可能傷害你，因為他們總是喜歡打鬥，不過我會盡量保護你。」

龍害怕得逃走

一百個孩子！那可不是開玩笑，龍害怕的連錢袋都滑了下去，然後又把錢袋撿了起來，但是孩子們自從父親離開後就一直沒有東西吃，便右手揮舞著刀子，左手拿著叉子，紛紛跑向龍，並哭喊著：「給我們龍肉，我們要吃龍肉。」

看到這可怕的一幕，龍一點也不敢停留，把袋子丟在原地，以最快的速度飛離。從此以後，龍深怕自己會遭逢不測，所以再也不敢出現在這個世界上了。

（羅馬尼亞童話）

兩隻青蛙

從前在日本有兩隻青蛙，一隻住在靠近大阪的水道裡，另一隻住在穿越京都市的清澈小溪內。由於住的很遠，牠們從來沒聽過彼此的事情，但有趣的是，牠們的腦海裡雙雙閃過應該看一下這個世界的念頭。住在京都的青蛙想要去大阪，而住在大阪的青蛙希望能去偉大天皇的宮殿所在地，京都。

於是，在一個天氣晴朗的春天早晨，牠們分別從京都通往大阪的一條路的兩端出發了。這趟旅行比牠們想像的還要累人，因為牠們對旅行所知不多，而且在兩城的中間必須翻過一座山，牠們花了好長的時間，懷抱很大的希望，才終於爬到山頂，並意外地看到眼前出現另外一隻青蛙。他們先是盯著彼此，沉默半晌，然後開始跟對方說明牠們之所以會在離家老遠的地方相遇的原因。牠們很高興地發現，彼此都希望能多了解自己的家鄉一些。既然不急著趕路，牠們就在一個涼爽潮濕的地方歇腳，並決定在各自出發前先好好休息一下。

大阪的青蛙說：「可惜我們沒能長得高大一些，不然我們就可以從這裡看到彼此的城市，並瞭解它是否值得我們繼續旅行下去。」

京都的青蛙回答道：「這很容易解決，我們只要用後腳站立，抓住彼此，那麼我們就可以看到我們將要去的城市了。」

大阪的青蛙聽了這個想法非常高興，馬上跳起來將前掌放在朋友的肩膀上，另外一隻青蛙也站起來，牠們雙雙站著盡量墊高腳，並緊緊抓著對方，以防跌倒。京都的青蛙將鼻子朝向大阪，而大阪的青蛙將鼻子朝向京都；但是愚蠢的是，當牠們站起來時，牠們的大眼睛是在頭的後面，雖然鼻子可能朝向牠們希望去的地方，但眼睛看到的卻是各自的來處。

「我的天！京都看起來跟大阪一模一樣，根本不值得這樣長途跋涉，我要回家了！」

京都的青蛙大叫：「要是我知道大阪看起來就是京都的翻版，我絕不會大老遠跑來。」牠邊說邊把手從朋友的肩膀上挪開，兩隻青蛙便一起跌落在草地上。牠們彼此禮貌地道別，然後啟程回家。結果終其一生，牠們都相信，大阪和京都看起來一模一樣，然而事實上，這根本就是兩個截然不同的城市啊！

（日本童話）

蹬羚的故事

從前在某個地方有一個男人，他花光了所有錢，窮到只能去垃圾堆裡撿一些玉米穀粒來吃。

有一天，他像往常一樣在街上翻垃圾堆，想找一些東西當早餐，突然看到一枚八分之一的小銀幣，貪心的他趕忙拾起，暗忖：「現在我可以吃頓像樣的飯了。」他在一口井邊喝了一些水，然後躺下來睡了很久，醒來時天已經亮了。接著，他又跳起來回到垃圾堆。「誰曉得，」他自言自語：「可能我不會再有好運了。」

他沿路走，看到一個男人向他走過來，扛著一個樹枝做的籠子。「嗨，老兄，」他喊：「你那裡面裝了什麼？」

男人回答：「蹬羚。」

「拿過來，我想看看。」

旁邊的人聽到他說的話就笑了出來，他們對扛著籠子的人說：「跟他做買賣你最好小心，因為除了垃圾堆撿來的東西以外，他什麼也沒有。如果他連自己都餵不飽，還能餵飽一隻蹬羚嗎？」

但是扛著籠子的男人卻回答：「自從我離家以來，至少有五十個人叫我讓他們看看我的蹬羚，但有人真心要買嗎？做生意的人一向都會被呼來喚去，誰知道哪裡可以找到買家？」他拿起籠子走向那個撿垃圾的人，人們也跟在後頭看熱鬧。

「你的蹬羚要多少錢？」這個乞丐問道：「你可以用八分之一銀幣的價錢賣給我嗎？」

扛著籠子的男人抓了一頭蹬羚出來，拿給他說：「這隻拿去，大人。」

乞丐拿了這頭蹬羚，並把牠帶到垃圾堆，他小心地挖，終於找到一些玉米穀粒，跟他的蹬羚分著吃。日日夜夜男人都與蹬羚分吃穀米，就這樣五天過去了。

有天在他睡著以後，蹬羚突然把他叫醒說：「主人。」

男人回道：「我看到奇蹟了嗎？」

「什麼奇蹟？」蹬羚問。

「你是隻蹬羚，應該不會說話，打從我出生，我的父母和世上其他人，從來沒有人跟我說過有會說話的蹬羚。」

「別管這些，」蹬羚說：「只管聽我說話。首先，我把你當作主人。再者，你用你在世界上所擁有的一切買下了我，我不會跑走。但是我每天早上會自己出去找食物，晚上再回到你身邊，你在垃圾堆找到的食物不夠我們兩個吃。」

「那就去吧！」主人答道，然後蹬羚就走了。

太陽下山後，蹬羚回來了，這個貧窮的男人非常高興，他們並躺而睡。

早上，蹬羚告訴他：「我要去覓食了。」

男人回道：「去吧，孩子。」但是蹬羚不在，讓他覺得非常寂寞，就提早到可以找到最多玉米穀粒的垃圾堆去。當夜晚來臨時，他很高興終於可以回家了。他躺在草堆上嚼著菸草，而蹬羚則輕快地跑回來。

「晚安，主人。一整天過得可好？我一直都在一個有樹蔭的地方休息，肚子餓了就吃甘甜的草，渴了就喝新鮮的水，清柔的微風為我驅散炎熱。那個地方在森林的深處，除了我以外沒人曉得，明天我還要去。」

之後連續五天，蹬羚在破曉時出發前往這個涼爽之地，但第五天，牠來到一個地方，草是苦的，牠不喜歡，就挖地面，想要挖掉不好的草，但是牠卻看到土裡埋了些東西，原來是一顆又大又亮的鑽石。「哇！」蹬羚自言自語：「主人用盡身上所有的錢買下我，或許我可以為他做些什麼。不過我得小心，不然人們會說鑽石是他偷來的。我最好自己把鑽石拿給某個非常有錢的人，看看這顆鑽石能做些什麼。」

蹬羚立即下了決定，把鑽石銜在嘴裡，在森林裡走啊走的，但是找不到有錢人可能住的地方。從清晨到夜晚，牠連跑了兩天，直到一天清晨終於看到一個大城鎮，讓牠又心生勇氣。

人們閒立在街頭做生意，蹬羚跳過去，奔跑之間鑽石閃著耀眼的光芒，人們在後面追喊，

THE GAZELLE BRINGS THE DIAMOND TO THE SULTAN

瞪羚帶著鑽石去見蘇丹王

但是牠不理，逕自跑到皇宮。蘇丹王正坐在皇宮裡享受涼風，蹬羚快步奔向蘇丹王，並把鑽石放在他的腳邊。

蘇丹王先是看了一眼鑽石，又看了一眼蹬羚，然後命令他的侍從搬來軟墊和毯子，讓跑了很久的蹬羚可以好好休息。接著他又命人取來牛奶和米，讓牠可以吃飽喝足恢復精神。

蹬羚休息的時候，蘇丹王對牠說：「告訴我，你要傳達的訊息是什麼？」

蹬羚回答說：「我的主人達來蘇丹吩咐我帶來鑽石。他聽說你有一個女兒，便送來這點小心意，請求你將女兒嫁給他做妻子。」

蘇丹王說：「我很滿意，妻子是他的，我的家人就是他的家人，奴隸也是他的奴隸，叫他空手過來見我即可。我很滿意。」

蘇丹王說完後，蹬羚站起身並說：「大人，那我先行告辭。我要先回去我們城裡，八天或是十一天內我們會前來作客。」

蘇丹王回說：「好，一言為定。」

這段期間，遠方的可憐主人為了蹬羚而傷心流淚，他以為蹬羚已經永遠離開他了。

蹬羚一回來，他馬上高興地衝過去抱牠，根本不讓牠有機會說話。

「冷靜下來，主人，不要哭，」蹬羚終於開口說：「我們先睡覺，早上你跟我一起走。」

等到清晨第一道曙光出現，他們走入森林。一直走了五天，他們在一條溪流邊休息時，蹬羚突然狠狠地揍了主人一頓，然後要主人在牠回來前待在那邊，說完就跑走了。大約十點時，牠來到蘇丹王的宮殿附近，路上到處都是列隊要向達來蘇丹致敬的士兵，當他們遠遠看到蹬羚，一名士兵飛奔通報：「達來蘇丹來了，我看到蹬羚了。」

然後蘇丹王起身，要全部的朝臣跟著他出來迎接蹬羚。蹬羚跳到蘇丹王面前向他致意，蘇丹王則禮貌地達意，並問牠先前說要同來的主人在哪。

「唉呀！」蹬羚回答：「他正藏身在森林裡，因為我們來這裡的路上遇到搶匪，他們把他打了一頓，又搶走他的衣服。他現正躲在一株樹叢下，唯恐被經過的陌生人看到他。」

蘇丹王聽到未來女婿的遭遇後，將馬調頭騎回皇宮，命令侍從把馬廄裡最好的馬配上馬鞍，又命令女奴從櫃子裡拿來一袋男人的衣服，挑出一件短袍，一條頭巾和一條腰帶，並取出一把黃金為柄的劍，及一柄短刃，一雙鞋子，和一根香郁的木頭。

他對蹬羚說：「跟士兵們一起拿這些東西給達來蘇丹，這樣他就能夠來見我。」

蹬羚回答：「我如果帶著士兵前去，我赤裸的主人不是會感到難堪嗎？我自己去就夠了，大人。」

「你一隻蹬羚怎麼有辦法處理這匹馬和所有的衣物呢？」蘇丹王問。

「這很簡單，」蹬羚回答說：「把馬和我的脖子繫在一起，並把衣服綁在馬背上。一定要綁緊，因為我跑得很快。」

一切事情都按照蹬羚的吩咐去做，待一切就緒後，蹬羚對蘇丹王說：「再會，大人，我走了。」

「再見，蹬羚，」蘇丹王回說：「下次見面是什麼時候？」

「明天大約五點的時候。」蹬羚回說，扯了一下馬的韁繩，雙雙飛奔而去。

THE·GAZELLE·BRINGS·CLOTHES·TO·HIS·MASTER

瞪羚替主人帶來衣服

蘇丹王目送牠們離去，直到看不見牠們的身影，才對侍從說：「那隻瞪羚出身名門，牠來自一個蘇丹的家，這是為什麼牠和其他瞪羚如此不同的原因。」在蘇丹王的眼裡，瞪羚儼然成了一個重要人物。

而此時瞪羚正不停的奔跑，直到來到主人的棲身之地。男人一看到瞪羚就滿心雀躍。

瞪羚對他說：「主人，請到河裡洗澡。」等牠的主人洗完澡，牠又說：「現在請用泥土擦拭全身，並用沙子將牙齒刷的光亮。」待主人完成一切，牠又說：「太陽已經下山，我們該出發了。」瞪羚前去取來馬背上的衣物，主人滿心歡喜地換裝。

「主人，」等一切都準備完畢，瞪羚說：「到了我們要去的地方後，除了打招呼和問候外，你千萬要保持沉默，一切談話都交給我。我已經為你找到了一個妻子，而且也給了她衣服、頭巾及稀有珍貴的物品，所以你不需要說話。」

「很好，我會保持沉默，」男人躍上馬時說：「你給了我一切，你才是主人，而我是臣服於你的人，我一切都會聽從你的指示。」

他們上路後不停地走，直到蹬羚看到遠處出現蘇丹王的皇宮，牠說：「主人，這是我們要去的房子，你不再是個窮人，連你的名字也是新的。」

他問：「呃，那我叫什麼名字？」

蹬羚說：「達來蘇丹。」

一些士兵很快前來迎接他們，另外一些士兵則跑去通報蘇丹王他們的到來。蘇丹王立刻出來，後面還跟著所有的大臣、酋長、法官和城裡的有錢人。

蹬羚看到他們來了，就跟牠的主人說：「你的岳父來看你了，站中間的就是他，他穿著天空藍的披風，下馬去迎接他吧！」

達來蘇丹躍下馬，他的岳父蘇丹王也一樣，兩人握手並親吻對方，然後一起進入宮殿。

隔天早上，蹬羚來到蘇丹王的房間對他說：「大人，達來蘇丹熱切盼望你能賜給他妻子。」

他回說：「妻子已經準備好了，叫祭司過來吧！」典禮結束後，禮砲響起，接著奏樂，皇宮內大宴賓客。

「主人，」隔天早上蹬羚說：「我將前去旅行，七天，或許更久都不會回來，但是在我回來前，請務必不要離開這間房子。」

主人回答：「我不會離開這間房子的。」

蹬羚跑到蘇丹王面前對他說：「大人，達來蘇丹派遣我去他的城，先行安頓好房子，這趟行程將有七天，如果我七天內沒有回來，他也不會離開皇宮。」

蘇丹王說：「好的。」

蹬羚走了，牠經過森林和荒野，一直走到一個到處都是漂亮房子的城鎮。道路的底端有一棟大宅，非常漂亮，是用青玉和綠松石及大理石建的。蹬羚想著：「這是為我主人準備的房子，我要鼓起勇氣一探究竟，看看住在裡面的是誰，是否有人居住。在這個城裡我還沒有看到人，生死由命，我想不出辦法，如果我會被殺死，就讓我被殺死吧！」

牠敲了兩下門，大喊：「開門。」但是沒有回音。然後牠又喊了一次，接著有個聲音傳來：「誰在喊開門？」

蹬羚說：「是我，老婆婆，你的孫子。」

「如果你是我的孫子，」那聲音回說：「回去你來的地方，不要來這裡送死，並拖累我喪命。」

「開門，老婆婆，求求妳，我有話要告訴妳。」

她回道：「我擔心你的生命會有危險，也擔心我的安危。」

「啊！老婆婆，我不會死的，妳也不會。開門，求求妳。」她終於把門打開。

她問：「孫子，你從那裡來？有什麼話要說？」

「老婆婆，我來自一個很不錯的地方，來跟妳問好。」

「孩子啊，這裡可一點也不好，如果你想尋死，還是如果你從未見過死神，那麼今天你將知道死亡的滋味。」

「如果我將死，我就會死，」蹬羚回說：「但請妳告訴我，這棟房子的主人是誰？」

她說：「喔，天啊！這間房子裡多的是財富、人、食物和馬匹，而這一切的主人是一隻非常巨大且有神奇力量的蛇。」

「喔，」蹬羚聽到後問：「告訴我怎樣可以殺了牠？」

「孩子，」老婦人回答說：「不要說這樣的話，你會害了我們兩個。牠把我一個人安置在這裡，為牠烹煮食物。大蛇來的時候會刮起一陣風，吹起塵沙，然後滑進院子裡，享用為牠準備好的幾大鍋食物，一直吃到飽為止，然後喝光一整槽的水，之後牠會離開。每隔兩天，太陽升到房子上方時，牠就會過來。牠有七顆頭，所以你要如何對抗牠呢？孩子。」

「妳只要擔心自己，老婆婆，」蹬羚回說：「不用擔心別人。這條蛇有劍嗎？」

「牠有一把劍，非常鋒利，快如閃電。」

「給我，老婆婆。」蹬羚說。老婦人依言從牆上把劍取下，並說：「你要快，因為牠隨時都會出現。聽，風不是吹起來了嗎？牠已經來了！」

他們保持安靜，老婦人躲在簾幕後偷看，看到蛇忙著吃鍋裡的食物，那是她準備好放在院子裡的。牠吃飽喝足後來到門前說：「老女人，這是什麼味道，我聞到這房子裡有平日沒有的味道。」

「哦，主人，」她回答：「只有我，就像以往一樣只有我。只是今天我噴了新的香水，你聞到的就是這個味道。還能有什麼呢？主人。」

蹬羚一直站在靠近門的地方，前蹄緊握著那把劍。蛇把一顆頭伸進為了方便牠進出所留下的一個洞，但還沒來得及反應，蹬羚就把那顆頭砍了。不過，第二刀就沒那麼俐落，因為蛇說

蹬羚砍下巨蛇的頭

了一句：「是誰膽敢砍傷我？」第三顆頭又伸出來探看，但脖子一伸進來，馬上就跟其他頭顱一樣滾落在地。

連續六顆頭被砍，蛇生氣的揮打尾巴，捲起猛烈的塵沙，讓蹬羚和老婦人都睜不開眼。蹬羚對蛇說：「你爬過各種樹，但這棵你可爬不了。」第七顆頭衝進來時，也跟著其他頭顱一樣落地。

然後劍叮咚一聲掉在地上，蹬羚昏了過去。

看到蛇死了，老婦人高興地尖叫，跑去拿水給蹬羚，幫牠搧風，並將牠置於通風之處，蹬羚覺得舒服點，還打了個噴嚏。老婦人心裡非常高興，她餵牠更多水，一直到蹬羚慢慢可以站起來。

「帶我去看這個房子，」牠說：「從頭到尾，從上到下，從裡到外。」

她起身帶領蹬羚，給牠看滿是黃金和寶物的房間，以及其他都是奴隸的房間。她說：「寶物和奴隸，他們都是你的。」

但蹬羚說：「在我叫我的主人來之前，妳一定要妥善保管。」牠在屋裡躺著休息了兩天，並吃了牛奶和米。第三天蹬羚跟老婦人道別，啟程回到主人身邊。

聽到蹬羚來到門前，主人覺得老天爺彷彿回應了他所有的祈禱一樣，他起身吻了蹬羚，並說：「你離開了好一陣子，讓我好難過，吃不了，喝不下，笑不出來，沒有任何事能讓我快樂起來，因為我想念你。」

蹬羚回說：「我很好，我來的地方也很好，我希望四天後你能夠帶你的妻子回家。」

他說：「由你決定，你去哪，我就跟你去。」

「那麼我應該去你的岳父那邊，告訴他這個消息。」

「去吧，孩子。」

蹬羚去找蘇丹王並說：「我的主人派我來告訴你，四天後他要帶他的妻子回家。」

「他一定要這麼快走嗎？雖然達來蘇丹已經來了十四天，但我和他相處的時間不久，說的話也不多，沒有一起外出騎馬，也沒一起共餐過。」

但是蹬羚回答說：「大人，沒辦法，他想要回家，而且沒人可以阻止得了他。」

蘇丹王說：「好吧！」他召集城裡所有的人，下令在他女兒離開皇宮的那天，皇宮的女仕和侍衛要一路護送。

四天過去了，許多婦女、奴隸和馬匹前來護送達來蘇丹的妻子到她的新家。他們騎了一整天的馬，等太陽落在山的後頭，就休息並享用蹬羚給他們的食物，最後躺下來睡覺。他們繼續前進多日，不管是貴族還是奴隸都非常喜愛蹬羚，更甚於達來蘇丹。

有一天，他們終於看到遠處有房子出現，一些人看到後大聲呼喊著：「蹬羚！」

蹬羚回說：「啊！女仕們，這就是達來蘇丹的房子。」

聽到這些話，女仕們都非常高興，奴隸們也非常高興。兩個小時後，他們來到門前，蹬羚命令他們全部先待在後面，牠和達來蘇丹率先進入房子。

老婦人看到他們從院子走過來，高興地跳起來大叫。蹬羚走進時，她抱著牠並親吻牠。蹬羚不喜歡這樣，告訴她：「老婆婆，不要管我。你要迎接的是我的主人，你要親吻的也是我的主人。」

她回說：「原諒我，孩子。我不知道這位是主人。」她打開所有的門，好讓主人可以看到房子和倉庫內的一切。達來蘇丹看完後說：「把馬解開，把那些人鬆綁，一些人負責打掃，一些人鋪床，一些人打水，另外一些人出來迎接夫人。」

隨後，蘇丹的女兒和隨行的女仕及奴隸們進入房子，看到富麗堂皇的擺飾和為他們準備好的美食，不禁大叫著說：「啊！蹬羚，我們看過非常豪華的房子，看過各種人，也聽過各種事，但這棟房子和像你這樣子的蹬羚，我們從沒看過也沒聽過。」

幾天後，皇宮的女仕們說她們想要回家。雖然蹬羚懇請她們留下來，但她們不願意，所以牠就拿了許多禮物，一些給女仕，一些給奴隸。他們都認為蹬羚比主人達來蘇丹好上一千倍。

蹬羚和牠的主人住在這個房子裡好幾個禮拜，有一天，牠對老婦人說：「我和我的主人來到這裡，我為主人做了許多好事，一直到今天，他從來都沒有問我：『我的蹬羚，你是怎麼取得這個房子的？這是誰的房子？這個城鎮難道沒有人住？』我為主人做盡了好事，他卻連一天的好事都沒替我做。但是人們說：『如果你要對一個人好，不要只對他做好事，也要對他做壞事，這樣你們之間才能取得和平。』因此，老婆婆，既然我已經為主人做事，我希望看到我做的事能得到肯定，而主人也可以對我有同樣的對待。」

「好的。」老婦人回答，然後他們雙雙就寢。

天亮了，蹬羚胃痛又發燒，牠的腿也在痛。他喊著：「老婆婆！」

老婦人回答：「我在這裡，怎麼了？孩子。」

蹬羚說：「去樓上告訴我的主人，蹬羚病得很嚴重。」

「好的，孩子。如果他問起什麼事，我要說什麼？」

「告訴他我全身都很痛，我沒有一個地方不痛。」

老婦人上樓，看到女主人和主人坐在鋪滿軟墊的大理石臥榻上，他們問她：「老婆婆，有什麼事嗎？」

她說：「秉告主人，蹬羚生病了。」

女主人問：「怎麼回事？」

「全身疼痛，沒有一處不痛。」

「那我該怎麼辦？用紅穀子煮些粥給牠吃。」主人說。

但他的妻子看著他說：「呃，老爺，你叫她用紅穀子煮粥給蹬羚吃，這連馬都不吃不是嗎？老爺，這樣不好。」

但他回答：「妳瘋了！米只有人能吃。」

「哎呀，主人，蹬羚不一樣，牠就像是你最寶貴的瞳孔，如果瞳孔裡跑進了沙子，你會很難過的。」

「我的夫人，妳太多嘴了。」他說完這句話就離開房間。

老婦人看到多說無益，哭著回到蹬羚身邊。蹬羚看到她後問：「老婆婆，怎麼了？妳為什麼哭？不管好壞，請告訴我答案。」

但是老婦人不肯說，蹬羚只好一再拜託她告訴牠主人說的話。最後她說：「我上樓發現女主人和主人坐在臥榻上，他問我要什麼，我就告訴他，你生病了。他的妻子問發生了什麼事，我說你全身都在痛，然後主人叫我去拿些紅穀子煮粥給你吃。但是女主人說：『哎，主人，蹬羚是你最珍貴的寶貝，你沒有小孩，蹬羚就像你的孩子，所以你不該對他不好。牠外表看起來是蹬羚，但內心不只是蹬羚。牠在各方面都強過有教養的紳士。』但他回答說：『胡說八道，妳太多嘴了，我知道牠值多少，我花了八分之一銀幣買下牠。我有什麼損失？』」

蹬羚沉默了片刻，然後說：「前人曾經說過：『仁者如母』，我為他做了好事，我也相信前人所言。但還是請妳上樓告訴主人，蹬羚病得很嚴重，並沒有喝紅穀子粥。」

老婦人依言又回去，看到男女主人正在喝咖啡。主人聽了蹬羚所說的話，大叫：「什麼都不要說，老太婆，停下妳的腳步，閉上妳的眼睛，用蠟封住妳的耳朵。如果蹬羚命令妳來，跟牠說妳的腿彎了沒辦法走路，如果牠要妳聽，跟牠說妳的耳朵被蠟封住了，如果牠要妳說，跟牠說妳的舌頭被勾子勾住了。」

老婦人聽了這樣的話，心裡很難過，因為她知道蹬羚當初一到城裡就打算犧牲自己的性命來為牠的主人贏得富貴。牠給了主人富貴，但現在卻得不到主人的尊重。

達來蘇丹的妻子也哭了，她說：「我為你感到難過，我的丈夫，你竟然以如此惡劣的態度對待蹬羚。」

但他只回答說：「老太婆，不要管夫人說的話，告訴蹬羚去死，不要煩我，為了擔心蹬羚，我不能睡，不能吃，不能喝，一隻我用八分之一銀幣買來的牲畜應該從早到晚麻煩我嗎？不對吧，老太婆。」

老婦人下樓，蹬羚躺在樓下，鼻孔流血。她抱住蹬羚說：「孩子，你的美意被辜負了，剩下的只有忍耐。」

蹬羚說：「老婆婆，我要死了，因為我的靈魂充滿了憤怒和痛苦。我感到不齒，我為主人做盡好事，而他卻以怨報德。」牠停了一會兒，又說：「老婆婆，這間屋子裡的東西，我吃了些什麼？我可能每天吃了半盆的食物，但是我的主人有變窮嗎？難道前人不是說：『仁者如母』。」

牠說：「去告訴我的主人，蹬羚快死了。」

她依言前去，但主人說：「我已經跟妳說過不要再來煩我了。」

他的妻子很傷心，並對他說：「啊！大人，蹬羚對你做了什麼？牠曾負你嗎？你對牠不好，會招來眾怒。因為不管富貴貧賤、男人、女人，大家都愛蹬羚。啊！我的丈夫，我曾以為

瞪羚死去

你是個有大智慧的人，但你根本毫無智慧可言！」

但他只說：「妳瘋了，夫人。」

老婦人不消多時就回到蹬鈴身邊。達來蘇丹的妻子則悄悄地跟在後面，她召來一名女僕，並命令她拿一些牛奶和米煮給蹬羚吃。

她說：「還有拿些衣服給牠蓋，這個枕頭讓牠躺。如果蹬羚還要更多東西，來告訴我，不要告訴主人。如果牠願意，我會用轎子送牠去我父親那邊，他會照顧牠到康復為止。」

女僕按照女主人的命令行事，並轉達女主人所說的話，但是蹬羚沒有回話，只是翻了身，靜靜地死去。

蹬羚死去的消息傳開來後，人們紛紛哭了。達來蘇丹起身怒斥：「你們為蹬羚痛哭的樣子，好像是我死了，但牠到底只是一隻蹬羚，我用八分之一銀幣買來的，不是嗎？」

但是他的妻子說：「主人，在我們的眼裡蹬羚就是你，是蹬羚前來要求我的父親將我嫁給你，是蹬羚把我從我的父親身邊帶來，我父親是把我託付給蹬羚。」

聽到她的話，人們拉高音貝喊著：「我們沒見過你，我們看到的是蹬羚，是蹬羚在此克服難關，是蹬羚在此與死神搏鬥。

「所以當蹬羚離開世間，我們為我們自己哭泣，不是為蹬羚哭泣。」

他們又說：「蹬羚為你做了這麼多事，如果有人說他可以為你做得更多，那他一定是個騙子。像我們這種對你沒好處的人，你會怎麼對待我們？蹬羚已傷心而死，你還命令你的奴隸把牠丟進井裡。啊！不要管我們，讓我們哭吧！」

但達來蘇丹聽不進他們的話，蹬羚的屍體仍然被丟進井裡。

他的妻子聽聞這件事後，派了三個奴隸坐上驢子，送了封信給她的父親。蘇丹王看了信後，低頭哭泣，宛如失去母親一樣難過。他命人為馬匹裝上馬鞍，並召來總督、法官和所有富人，並說：「跟我來，我們去埋了牠。」

他們日夜趕路，來到蹬羚被丟進去的那口井，那是一口用石塊建造的大口井，足以容納很多人。蘇丹王進入井中，法官和富人們也跟著進入。蘇丹王看到蹬羚躺在那邊，就把牠抱在懷裡帶走。

三名奴隸回來報告女主人蘇丹王做了什麼，以及所有人哭得有多麼悲傷，她回答說：「自從蹬羚死後，我也是吃不了，喝不下，說不出話，也笑不出來。」

蘇丹王帶回蹬羚的屍體並將牠埋葬，還命令人們為牠哀悼，全城充滿哀傷的氣氛。哀悼期結束後，蘇丹王的女兒睡在丈夫身邊，卻夢到自己又回到父親的皇宮，而當她醒來，發現夢境成真。

至於蹬羚的主人則夢到自己在挖垃圾堆，他醒來後一看，發現這也不是夢，而是真的！

（史瓦西利傳說）

魚兒空中游，野兔水中跑

從前有一個老人和他的妻子一起住在一個小村莊裡，如果老太太懂得適時管住她的舌頭的話，他們本來可以過得很快樂。但每次家裡發生什麼事，或是老先生把外頭聽到的消息帶回家裡，老太太就立刻告訴全村，而這些故事被傳來傳去並穿鑿附會，最後常常導致許多麻煩，而老先生則是背後付出代價的人。

有一天，老先生駕著馬車前往森林，在抵達林邊地區後，他下車與馬車同行，突然他踩到一個軟軟的地方，腳陷進了泥土裡。

他想：「這會是什麼東西？我挖開一點看看。」

於是他挖啊挖，終於找到一個裝滿黃金和白銀的罐子。

「喔，我好幸運！可是，我要怎麼把這罐寶藏帶回家呢？我可從來不敢奢望可以瞞過我老婆，她一旦知道，一定會告訴全世界，那我就麻煩了。」

他坐下來考慮了很久，終於擬出一項計畫。他用泥土和樹枝把罐子再埋起來，然後駕車到鎮上，在市場買了一條活的狗魚和一隻活的野兔。

接下來，他駕車回到森林，把狗魚掛在一棵樹的最頂端，再把野兔綁在漁網內，繫在一條小溪邊，不管野兔在那樣潮濕的地方可能有多難受。

然後他上了車，輕快地駕車回家。

「老婆，」他一進門就喊：「妳絕對想不到有什麼好運降臨在我們身上。」

「什麼？什麼事？親愛的老公，趕快一五一十地告訴我。」

「不行，不行，妳一定會馬上出去告訴別人。」

「不會的，真的！你怎麼可以這樣想？真可恥！只要你希望，我發誓我永遠也不會……」

「哦，好吧！如果妳真的那麼想知道，聽好，」他在她的耳邊小聲說：「我在森林裡找到滿滿一罐的黃金和白銀，噓！」

「為什麼你不把它帶回來？」

「因為我們要一起駕車到那裡，小心翼翼地把它帶回來。」

於是男人和妻子一同驅車到森林裡去。

當他們駕車上路時，男人說：「我聽說了一些很奇怪的事，老婆。不久前有人告訴我，魚現在會長在樹的頂端，而且一些野生動物還會在水裡過活。嗯！時代的確不同了。」

「什麼？你一定瘋了，老公。親愛的，人們有時淨說些無稽之談。」

「無稽之談？是真的，不然你看，天啊！如果我沒看錯，那不是一條魚嗎？我確信那是一隻真的狗魚，就在樹上。」

「天呀！」他的妻子大叫：「狗魚怎麼會在那裡？它的確是一條狗魚，你不需要否認，人們說的難道是真的？」

但男人只是搖搖頭，難以置信地聳聳肩，裝作目瞪口呆的樣子，好像他真的無法相信自己的眼睛。

「你還呆站著看什麼？笨蛋，」他的妻子說：「趕快爬上樹捉那條狗魚，我們把牠煮了當晚餐。」

男人爬上樹把魚拿下來，然後他們繼續上路。

到了小溪附近，他又停了下來。

「你又看到什麼了？」他妻子不耐煩地問：「拜託你，繼續走好嗎？」

「哎呀！我好像看到我設的漁網裡有東西在動，我一定要去看看是什麼東西。」

他跑過去，往裡頭看一下，然後對他的妻子喊道：「快看！網子裡真的補到一隻四腳動物，我確信牠是一隻野兔。」

「天啊！」他的妻子驚叫：「野兔怎麼會跑進你的漁網？這是一隻活生生的野兔，你不用否認，畢竟，人們說的一定是真的。」

但她的丈夫只是搖搖頭又聳聳肩，一副難以置信的樣子。

「你現在又呆站著幹嘛？笨蛋，」他的妻子大叫：「抓起兔子，肥嫩嫩的兔子可是一頓大餐。」

老人抓起野兔，然後他們又繼續駕車到埋藏寶藏的地方。他們把樹枝掃開，挖開泥土，取出罐子，然後帶著罐子駕車回家。

現在，這對老夫婦有許多錢，他們的生活快樂而富足。但是老太太非常愚蠢，每天都大肆請客，終於她的丈夫受不了了，想跟她講理，但她就是不聽。

「你沒有權力對我說教，」她說：「我們一起發現寶藏的，就要一起花這些錢。」

她的丈夫耐住性子，但還是對她說：「妳可以隨妳高興做什麼，但是我不會再給妳一分錢。」

老太太很生氣地說：「哦！你這個沒用的傢伙，想要自己花光所有的錢。等著瞧我會怎麼做。」

她跑去總督那邊抱怨她的丈夫。

「大人啊！請保護我，讓我的丈夫不能欺負我。自從他發現寶藏後，就讓人忍無可忍，光顧著吃喝不工作，還把所有的錢據為己有。」

總督同情婦人，便命令他的大臣去調查這件事。

大臣將村裡的長者通通召來，並跟著他們去老先生的家。

他說：「總督希望你把發現的寶藏全部交給我來保管。」

男人聳聳肩並說：「什麼寶藏？我不知道你說的什麼寶藏。」

「怎麼會？你不知情？那為什麼你的妻子會跑來抱怨？不要企圖欺瞞，如果你不馬上交出所有的錢，你將因未告知總督就逕行挖寶而接受審判。」

「抱歉，大人，但到底是什麼樣的寶藏？我太太一定在作夢，而你們又聽信了她的無稽之談。」

「無稽之談？是喔，」他的妻子插嘴：「一個裝滿黃金和白銀的罐子，你稱為無稽之談？」

「你瘋了，親愛的老婆。大人，請你問她事情的來龍去脈，如果她說的話可信，我願意以我的性命為代價。」

「事情的來龍去脈是這樣的，大人，」他的妻子大聲說：「我們駕車經過森林，看到樹的頂端有一尾狗魚……」

「什麼，一尾狗魚？」大臣吼道：「妳最好不要跟我開玩笑。」

「真的，我沒有開玩笑，大人，我說的千真萬確。」

「你看吧！大人，」她的丈夫說：「她老是這樣胡說八道，你覺得她的話有多少可以相信？」

「胡說八道，是嗎？或許你也忘了，我們是怎樣在河裡發現一隻活的兔子？」

大夥哄堂大笑，連大臣也笑了。男人說：「繼續，繼續，老婆，每個人都在笑。你們自己看吧！諸位先生，她的話可以相信多少？」

「的確，」村裡的長者們說：「這的確是我們第一次聽到野兔活在水裡，魚兒在樹頂游泳。」

大臣無法裁決，只好駕車返回城裡。老婦人被大肆取笑後，從此不得不管住她的舌頭，聽從丈夫的話。她的丈夫後來用寶藏的一部份買了貨物，舉家搬進城裡，還在城裡開了一間店，並因此致富，最後平靜地渡過餘生。

一袋兩人

那個可憐的男人過的是什麼樣的生活啊！沒有一天妻子不罵他，有時甚至拿起爐後的掃把打他。他完全不得安寧，也真不曉得要如何忍受下去。

有一天，他的妻子特別不友善，把他打得這裡青一塊那裡紫一塊後，他慢慢踱步到田裡。不過他不能忍受手上無事可做，便把網子撒了出去。

你猜他抓到了什麼？他抓到了一隻鶴，而鶴對他說：「放我走，我會表達我的謝意。」

男人回答說：「不，我親愛的朋友，我要帶你回家，這樣我老婆或許就不會罵我罵個沒完沒了。」

鶴說：「那你最好和我一起回我家。」於是他們便到鶴的家去了。

當他們到達以後，你猜鶴從牆壁上拿下什麼？牠取下一個布袋，然後說：「袋裡出來兩

袋裡出來兩個人

個！」

兩個漂亮的小伙子立刻從袋子裡跳出來。他們搬來一張橡木桌子，並鋪上絲質的桌布，再把各種美味的食物和新鮮的飲料放在他們面前。男人一輩子還從未看過這麼漂亮的東西，因此心裡非常高興。

鶴對他說：「現在把這個袋子拿去給你老婆。」

男人衷心地向牠道謝，然後拿著袋子離開。

他的家距離這裡非常遙遠，由於天色逐漸暗下來，他也感到倦意，便順道去表妹家休息一下。

表妹有三個女兒，她們擺出一頓令人垂涎的晚餐，但男人一點也不肯吃，反而對表妹說：「妳們的晚餐很糟。」

「喔，你還是盡量吃點吧。」她

說。

但男人只說：「收走！」然後拿出他的袋子，大聲照著鶴教他的說：「袋裡出來兩個！」那兩位漂亮的男孩出現了，他們快速地搬來橡木桌，鋪上絲質桌巾，再擺上各式各樣美味的食物和新鮮的飲料。

表妹和她的女兒從來沒有看過這樣一頓晚餐，因此十分驚喜。但表妹暗自下決心要偷取這個袋子，便吩咐她的女兒們：「快點去把浴室的水弄熱，我相信我們親愛的客人想在上床前洗個澡。」

當男人到浴室去後，她叫女兒趕緊做一個一模一樣的袋子，越快越好。接下來，她把袋子調包，再把男人的袋子藏起來。

男人洗過澡後沉沉入睡，第二天一早就帶著他以為是鶴給他的布袋出發。

回家途中，他的心情一直很好，在森林裡行走時還一邊唱歌吹口哨，完全沒有注意到鳥兒們嘰嘰喳喳地在說話，而且是在嘲笑他。

一看到自己的家，他就從大老遠的地方高聲喊叫著：「喂，老太婆，出來迎接我！」

他的妻子尖叫著回答：「你給我進來，我要用撥火棍痛打你一頓。」

男人走進屋內，把袋子掛在一個釘子上，然後用鶴教他的話說：「袋裡出來兩個！」

但連個鬼影子都沒有。

他又說了一遍，完全照鶴教他的話說：「袋裡出來兩個！」

他的妻子聽到他說了天曉得是什麼的鬼話，拿起濕漉漉的掃把就往他身上掃，他只好趕緊又逃跑到田裡去。

在田裡，男人看到鶴高傲地在走路，就把自己發生的事情告訴牠。

「再來我家一次。」鶴說，於是他們又來到鶴的家。他們一到那裡，鶴又從牆壁上拿下什麼來？當然囉，牠拿下一個袋子，並說：「袋裡出來兩個！」

兩個漂亮的小伙子立刻從袋子裡跳出來。他們搬來一張橡木桌，鋪上絲質的桌布，再擺上各種美味的食物和新鮮的飲料。

「這只袋子給你。」鶴說。

男人誠心誠意地向牠道謝，拿著布袋離開了。他有很長的一段路要走，而他現在又餓了，於是便照著鶴教他的對著袋子說：「袋裡出來兩個！」

袋子裡立即爬出兩個手持粗棍的粗暴男人，結結實實地打了他一頓，還一邊大聲說著：

「不要向你的表妹炫燿你得到的東西，

一，二，

不然你會發現它不尋常地燙手，

一，二。」

他們不停地打，直到男人喘著氣說：「兩個回到袋裡去。」

話才一出口，那兩個人就爬回袋子裡了。

男人將布袋往肩上一扛，直接走至表妹家。他把袋子掛在釘子上，然後說：「請把浴室的水弄熱，表妹。」

表妹把浴室的水燒熱後，男人就走了進去，但他既沒有洗澡也沒有搓揉身體，只是坐在那裡等待。

同時，他的表妹覺得很餓，就把女兒們叫來，四個人一同坐在桌子前，母親說：「袋裡出來兩個！」

兩個粗暴的男人立刻從袋裡爬出來，開始邊打表妹邊大叫著說：

「貪婪的一伙人！賊兮兮的一伙人！

一，二，

把農夫的袋子還給他！

一，二。」

女人跟她的二女兒說：「快！快！叫他到我這裡來。」

「我還在洗我的頭。」男人說。

這兩個暴徒不斷地邊打邊唱：

「貪婪的一伙人！賊兮兮的一伙人！

一，二，

把農夫的袋子還給他！

一，二。」

接著，她又派小女兒去叫他，但他說：「我還沒有擦乾身體。」

最後，女人再也無法忍受下去，就把她偷來的布袋送去給男人。

現在，他可洗完澡了。當他走出浴室時，他大叫著說：「兩個回到袋裡去。」

那兩個人立刻鑽回袋子裡。

於是，男人帶著自己的兩只袋子，一只好袋子和一只壞袋子回到家。

當他快到門口時，他大叫著說：「喂，老太婆，出來迎接我。」

他妻子只尖聲叫說：「你這個瘦皮猴，進來！你的背要為此付出代價。」

男人走進小屋，把袋子掛在一根釘子上，然後照著鶴教他的說：「袋裡出來兩個。」

一瞬間，兩個漂亮的小男孩從袋子裡跳了出來，他們搬來橡木桌，鋪上絲質的桌巾，並擺上各式各樣美味的食物和新鮮的飲料。

女人吃吃喝喝，並讚美她的丈夫。

「呃，現在起，老頭，我不會再打你了。」她說。

當他們吃完飯後，男人拿起好袋子，收到儲藏間去，但把壞袋子掛在釘子上，再慵懶地走到院子裡。

同時間，他的太太覺得有點口渴，不禁面帶渴望地看著袋子，最後終於照她丈夫說過的話說：「袋裡出來兩個。」

兩個粗暴的男人立刻帶著粗大的棍子從袋裡爬了出來，開始一邊攻擊她一邊唱道：

「妳結結實實地痛打妳的老公嗎？

不要叫！

現在我們要把妳打得鼻青臉腫！

以後不要再拿棍子打人了

喔！喔！」

女人尖叫著說：「老頭！老頭！來這兒，快點！有兩個惡棍要把我的骨頭打斷了。」

但她丈夫只是慢慢地走來走去，還笑著說：「是的，他們會好好打妳一頓，老女人。」

那兩個人用拳頭重擊，又唱著：

「拳打腳踢會痛的，記住了，醜老太婆，

我們對妳是好意，我們對妳是好意；

以後把棍子擺到一邊去，

因為現在妳知道這有多痛了，

一，二。」

最後她的丈夫可憐她，便

大叫著說：「兩個回到袋裡去。」

話幾乎還沒有說完，那兩個人就又回到布袋裡了。

從此以後，男人和他的妻子幸福地生活在一起，兩人恩愛的模樣連別人看了都充滿歡喜。

而這個故事就到此告一段落。

（俄羅斯童話）

開花爺爺

很久很久以前，某個村子裡有一對老夫婦，他們因為膝下無子，無法付出自己的愛與關懷，只好把感情都投注在一隻小狗身上。牠是個非常可愛的小東西，但不像有時會發生在小孩身上的情況，牠沒有被寵壞，所以不會因為得不到想要的東西就變得不高興。牠對老夫婦的仁慈心懷感謝，從來不離開他們的身邊，不論他們是在房子的裡面還是外面。

有一天，老人在花園裡工作，小狗就像平常一樣緊緊地跟在他的身旁。那個早晨天氣很熱，所以當老人放下鏟子時，不得不擦拭汗濕的前額。就在這個時候，他注意到小狗在不遠處嗅聞著，還抓著某一塊地。這沒有什麼好奇怪的，因為所有的狗都喜歡抓地，所以老人繼續做他的事。可是，小狗卻跑過來找主人，還大聲叫著，再跑回牠剛剛抓的地點。牠這樣做了好幾次，終於讓老人納悶到底是發生了什麼事，便拾起鏟子，跟著小狗過去。小狗對自己成功地把

老人吸引過來非常高興，一直跳來跳去，大聲汪汪叫，引得老婦人也走出房子一探究竟。

老人很好奇小狗是否真的找到什麼，便開始向下挖掘，很快地，鏟子就碰到了某樣東西。他彎下腰拉出一個大箱子，發現裡面裝滿了閃亮的黃金。箱子很沉重，甚至需要動用老婦人的幫忙，才能一起把它搬進屋子裡去。你可以猜想得到，小狗那天晚上有頓多麼美好的晚餐。現在小狗讓老夫婦變富有了，他們每天都給牠所有牠愛吃的東西，而牠的坐墊更舒適得足以款待一位王子。

狗發掘寶藏的事情很快就傳遍鄰里，使得自家花園就在老夫婦隔壁的鄰居非常忌妒他們的好運，甚至到了不吃不睡的程度。這個愚蠢的男人想，既然那隻狗能找到寶藏，牠一定還能再找到別的寶藏，便懇求老夫婦把寵物借給他一陣子，讓他也可以變成有錢人。

「你怎麼能提出這種要求？」老人氣憤地說：「你知道我們有多麼愛牠，牠從來沒有離開我們的視線超過五分鐘。」

但眼紅的鄰居聽不進去，每天都來懇求，直到無法拒絕別人的老夫婦終於答應把狗外借，但只借給他一兩晚。那個男人一拿到狗，就把牠帶到花園裡去，可是狗只是到處亂跑，什麼也不做，他只好盡量耐心等候。

隔天早上，男人打開房子的門，狗快樂地跳到花園裡去，接著跑到一棵樹下，開始瘋狂地抓地。男人大聲地叫妻子把鏟子拿來，然後跟在狗的後面挖掘，因為他渴望看到寶藏露出地面的那一剎那。可是，他挖下去後找到了什麼？哎呀！只有一小堆骨頭，而且味道難聞至極，讓他一刻也不能待在那裡。男人覺得這隻狗在耍他，因此內心充滿憤怒，抓起一把十字斧，當場就把狗殺了，等到事後才發現自己做了什麼。當他想到自己必須告訴老夫婦這件事時，他變得十分害怕，但拖著不去說也沒什麼用，只有拉長了一張臉到鄰居的花園去。

「你們的狗，」他說，假裝自己在流淚：「突然倒下來死了，儘管我盡力好好地照顧牠，還給了牠想要的一切。我想，我最好直接過來告訴你們這件事。」

老人一邊傷心地哭泣，一邊把心愛寵物的屍體帶回家來，然後埋在發現寶藏的無花果樹下。他和妻子兩個人從早到晚都為了失去所愛而哀傷，沒有任何事物能給他們帶來慰藉。有一天晚上，老人睡覺時，夢到小狗出現在他的面前，並要他把小狗墳上的無花果樹給砍下來，作成一個臼。不過，當老人醒來後想到自己的夢時，卻一點也不想砍那棵樹，因為它每年都會結出許多果實來。老人找妻子商量該怎麼辦才好，老婦人豪不遲疑地說，根據過去所發生的事，還是要聽小狗的建議。於是，無花果樹倒下來了，並被做成一個漂亮的臼。到了稻米收割的時節，他們把臼從架子上拿下來，把稻穀放進去敲擊。啊，你瞧！才一眨眼，稻穀就變成黃金了。看到這些黃金，老夫婦非常開心，再一次地為他們忠心耿耿的小狗祈福。

然而，這件事很快又傳到了忌妒心重的鄰居耳裡，他立刻跑去找老夫婦借這個臼來用用。老人一點也不想讓珍貴的寶藏離開自己的身邊，但他永遠沒有辦法拒絕別人，只好讓鄰居用手臂挾著臼離開。

那個男人一回到自己家裡，立刻取來滿手的稻米，和妻子兩個人一起去除稻殼。可是，稻米非但沒有變成他們所預期的黃金，反而變成了臭氣沖天的野莓。他們一氣之下，把臼砸個粉粹，並點火燃燒碎片，然後跑得遠遠的。

隔壁的老夫婦得知臼的下場後，當然變得很不安，而且一點無法接受鄰居的解釋和藉口。但那天晚上，小狗又出現在主人的夢境之中，牠告訴主人，一定要去把臼的灰燼蒐集回家，在領主要到市中心來時，再帶著灰燼到領主必經的大街上。等領主現身後，就爬上櫻花樹，把灰燼往樹上撒下去，如此將開出前所未見的茂盛花朵來。

這次，老人不等和妻子商量是否要照小狗所說的去做，一起床就去鄰居那裡，將燒毀的臼所遺留下來的灰燼蒐集起來。他小心翼翼地把灰燼放進一個瓷瓶裡，再帶到大街上，坐下來等領主經過。櫻花樹上一朵花也沒有，因為在這個季節，小花苞都被剪下來賣給有錢人，富人則會把它們放在溫暖的地方，好讓它們提早開花，達成美化室內的效果。至於外面的樹上，沒有人期待會在一個多月內再看到最小的花苞冒出來。老人沒有等多久，就看到遠處揚起一片塵埃，他知道這一定是領主的隊伍來了。隊伍出現時，每個人都穿著最好的衣服，而路旁的民眾則在他們經過時深深一鞠躬，只有老人例外。領主看了很生氣，便叫隨從去問老人為何不遵從古老的習俗。然而，在傳訊者走到老人面前時，老人已經爬上最近的一棵樹，並把灰燼撒得又廣又遠。剎那間，樹上開滿了白色的花朵，領主的心中也充滿了歡喜。領主把老人叫去自己的城堡裡，賞賜給他許多豐厚的禮物。

我們可以確定的是，沒有多久，眼紅的鄰居又風聞了這件事，而且胸中充滿憤恨。他飛快地跑去燒臼的地方，把老人沒有蒐集到的灰燼收集起來，並帶著灰燼到大街上，希望自己的運氣能和老人一樣好，或甚至更好。當他看到領主的隊伍時，心裡非常高興，準備好要上場。領主一靠近，他就把滿滿一手的灰燼撒到樹上，然而，沒有任何花苞或花朵出現；相反地，灰燼都吹到領主和士兵們的眼睛裡去，害他們疼痛地叫出聲來。領主下令逮捕做壞事的人，把他綁起來丟到大牢裡去，並監禁他許多個月。等他被放出來後，村裡的人都曉得他做的壞事，再也不讓他繼續住在村裡。但他依舊不肯改過向善，反而變得越來越壞，最後終於走至悲慘的下場。

（日本童話）

黎明仙子

以前，該發生的事真的發生了，如果不是這樣，也就不會有這個故事了。

過去曾經有位非常偉大且擁有強大力量的君王，他所統御的帝國龐大到沒有人知道從哪裡開始又到哪裡結束。雖然沒有人曉得君王的主權倒底擴及何處，但大家都知道他的左眼會笑，右眼會哭。有一兩個膽子比較大的人曾問他這件怪事的起因何在，但他只是笑而不語，而他兩眼之間可怕的仇恨則是個只有君王自己才知道的秘密。

在這期間，君王的兒子長大了。他的三個兒子多棒啊！每個都像是天上的星星。

老大名叫佛瑞亞，長得非常高大魁梧，帝國中沒有人可以靠近得了他。

老二名叫柯斯坦，和大哥極為不同，身形嬌小清瘦，但有一隻手臂非常強壯，手腕則更有力。

THE EMPEROR WHOSE RIGHT EYE
LAUGHED WHILE HIS LEFT EYE WEPT

右眼笑左眼哭的君王

老三名叫佩特魯，長得高高瘦瘦的，不像個男孩，倒像個女孩。他很少說話，但一天到晚不是笑就是唱歌，不是唱歌就是笑。他很少板著一張臉，但在思考的時候會摸著前額的頭髮，使他看來很成熟，足以擔當父親的大臣。

「你長大了，佛瑞亞，」有天，佩特魯對大哥說：「你去問父王，為何他的一眼笑，另一眼哭。」

但佛瑞亞不肯去。他從過去的經驗中學到，這個問題會惹父王生氣。

佩特魯去找柯斯坦幫忙，但還是沒成功。

「好吧，好吧，既然大家都怕，我想我必須自個兒去問。」佩特魯最後說道。說才說完，他已經直接跑去找父王，並開口問了這個問題。

「你瞎了算了！」君王生氣地大聲斥責：「管什麼閒事？」還結結實實地賞了佩特魯幾記耳

光。

佩特魯回到哥哥們那裡，告訴他們發生什麼事。可是，沒有多久，佩特魯發現，父王的左眼哭得比較少了，右眼則笑得更多。

「我懷疑這和我的問題有關係，」他想：「我要再試一次。畢竟，挨兩個耳光沒什麼大不了。」

於是，他第二次提出這個問題，並得到相同的答覆，但左眼現在只偶爾流淚，而右眼則看起來年輕了十歲。

「一定是這樣，」佩特魯想：「現在我知道我該怎麼做了。我應該繼續問那個問題，挨幾下耳光，直到兩隻眼睛都會笑為止。」

他很快就去執行，從來不放棄。

「佩特魯，我親愛的兒子，」君王高聲說著，兩隻眼睛都在笑了：「我明白你腦中的疑惑。好吧，我會讓你知道我的秘密。我的右眼笑是因為我看著自己的三個兒子，並看到你們都那麼地強壯和英俊；左眼哭則是因為我擔心自己死後，你們將無法保持帝國的完整，不受敵人的攻擊。但要是你能幫我帶來黎明仙子的泉水，清洗我的眼睛，那麼它們將永遠都是微笑的，因為我知道我的兒子們很勇敢，足以克服任何危害。」

既然父王這麼說了，佩特魯只有拾起他的帽子，然後去找他的哥哥們。

三個年輕人一起商量對策，如同兄弟們該做的，深入地討論這件事。最後，老大佛瑞亞去馬廄挑了他們手上最好最俊的馬，替牠上馬鞍，然後離開院子。

「我要立刻出發，」他對弟弟們說：「如果過了一年一個月一週又一天，我還沒有從黎明仙子那裡回來，你，柯斯坦，最好跟在我後面過來。」語畢，他從皇宮的一角離去。

佛瑞亞連著三天三夜策馬疾馳，馬兒像不知疲倦似地飛越山谷，直奔帝國的邊境。那裡有道很深很深的峽谷，而且環繞著邊境，要越過峽谷只能靠一道小橋。佛瑞亞立刻走向小橋，回頭再看一眼自己的國家後，就走上橋去。可是，他的眼前出現了一隻龍。喔，好可怕的龍！牠有三個頭和三張駭人的面孔，三張嘴都大大地裂開，上顎直達到天，下顎直垂到地。

眼見這副恐怖的景象，佛瑞亞卻毫不遲疑地展開戰鬥。他替馬上了馬刺，猛地往前衝，直奔一個他既不熟悉也不在意的地方。

龍嘆了口氣，接著就消失得無影無蹤。

一個星期過去了。佛瑞亞沒有回家。兩個星期過去了，他還是音訊全無。一個月後，柯斯坦開始在馬廄出入，尋找一匹合用的馬。一直到過了一年一個月一週又一天後，柯斯坦騎上馬，留下小弟一人而去。

「要是我失敗了，接下來就輪到你。」他說，循著佛瑞亞走過的路前進。

橋上的龍比以前更可怕，牠的三個頭也比以前更恐怖，但年輕的英雄比他大哥更快地衝過去。

現在，柯斯坦和佛瑞亞兩人都音訊渺茫，只剩下佩特魯一個人。

「我必須去找哥哥們。」佩特魯有天對父王說。

「那就去吧！」君王說：「希望你的運氣比他們好。」父子倆告別後，佩特魯也直接前往帝國的邊境。

橋上的龍比佛瑞亞和柯斯坦所看到的還要可怕，因為這隻龍的頭不只三個，而是七個！

佩特魯看到這隻嚇死人的生物時，停了一下腳步。然後他出聲了。

「不要擋路！」他大叫著說：「不要擋路！」他又說了一次，因為那隻龍並沒有動。「不要擋路！」下達最後通令之後，他抽出劍來，衝向龍。在那一瞬間，他周圍的天空似乎變暗了，他被火包圍，右邊有火，左邊有火，前面有火，後面也有火。不論他往那裡看，所見之處都是火，因為龍的七個頭都吐出火燄來。

馬一看到這個可怕的景象，就用後腿直立嘶鳴著，使得佩特魯無法使用他準備好的劍。

「安靜！不會有事的。」他一邊說，一邊快速地下馬，但還是用左手牢牢地握住馬勒，右手則提著劍。

即便如此，事情也沒有好轉，因為他除了火和煙以外，什麼也看不到。

「這樣不行，我必須回去找另一匹比較好的馬。」他說，然後再度上馬，騎馬回家。

在皇宮的大門口，他的老奶媽布禮夏正焦急地等待著他。

「啊！佩特魯，我的孩子，我就知道你不得不回來，」她高聲說：「你沒有準備好就出發了。」

「我該怎麼做準備？」佩特魯問，半是生氣半是傷心。

「聽我說，我的孩子，」老布禮夏回答：「你永遠也無法到達黎明仙子的泉水那裡，除非你騎著你父王年輕時所騎的那匹馬。去問問要到哪裡才能找到那匹馬，騎上牠後再出發。」

佩特魯被迫回頭

佩特魯衷心地感謝她的建議，立刻趨前去向父王要那匹馬。

「以我眼之光！」佩特魯提出他的問題時，君王大聲說道：「誰告訴你這件事的？一定是那個老巫婆布禮夏。你的腦袋跑哪去了？從我年輕的時候到現在已經過了五十年，誰知道我那匹馬的骨頭在哪裡腐爛，或牠韁繩的一小部分是否還在馬廄裡。我很久以前就把牠給忘了。」

佩特魯生氣地走開，回去找他的老奶媽。

「不要洩氣，」她微笑著說：「如果事情是這樣，那一切都會沒事的。去把韁繩撿起來，然後我就知道要做什麼了。」

那個地方到處都是馬鞍、馬勒和一些皮革。佩特魯把最古老、最黑且腐爛得最厲害的一對韁繩撿起來，帶去給老奶媽。老女人對著韁繩喃喃地說了些話，再撒上一些香，然後交還給年輕人。

「拿著這對韁繩，」她說：「使勁地打向房柱。」

佩特魯照著她的話去做，而韁繩幾乎還沒有碰到柱子，就有什麼事情發生了。佩特魯驚訝地看見一匹馬站在他的眼前，那匹馬的美麗世上前所未見，牠身上的馬鞍是黃金和寶石做成的，馬勒更是華麗的讓人難以直視，以免傷到眼睛。一隻富麗堂皇的馬，一個富麗堂皇的馬鞍，還有一個富麗堂皇的馬勒，全都等著最棒的年輕王子使用！

「跳上這匹棕馬的背上吧。」老奶媽說，轉過身就回屋裡去了。

佩特魯一騎到馬背上，就覺得自己手臂的力量是以前的三倍，連心都變得比以前更勇敢。

「請在馬鞍上坐穩了，我的主人，因為我們有一段很長的路要走，而且沒有時間可以浪費。」棕馬說。佩特魯很快地發現，他們的速度是其他馬所不能比擬的。

橋上仍然站著一隻龍，但不是他之前試圖攻擊的那一隻，因為這隻龍有十二個頭，每個都比之前那隻更面目猙獰，還吐出更可怕的火焰。然而，儘管龍很可怕，牠卻碰上了敵手。佩特魯看起來一點也不提心吊膽，甚至挽起袖子，好讓手臂更能自由活動。

「不要擋路！」他挽好袖子後說，可是龍的頭只是噴出更多的火焰和煙。佩特魯不再浪費唇舌，抽出他的劍來，準備衝過橋去。

「先等一下，小心，我的主人，」馬說：「你一定要照我說的話去做。踢你的馬刺，抽出你的劍，準備好，我們要縱身一跳，躍過橋和龍。當我們在龍的正上方時，你要砍下牠最大的那顆頭，然後在我們落地前拭去劍上的血，再把劍收回劍鞘。」

於是佩特魯踢馬刺，抽出他的劍，砍掉龍的頭，把劍上的血擦乾淨，然後在馬蹄再次碰到地面前收劍回鞘。

他們就用這個方式過了橋。

「但我們還要繼續前進。」望向國土最後一眼後，佩特魯說。

「是的，前進，」馬回答說：「但你必須告訴我，我的主人，你希望用多快的速度前進。像風？還是像思想？像慾望？還是像詛咒？」

佩特魯環顧四周，再往上看天空，往下看大地。在他面前的是一大片沙漠，那個光景令他的頭髮都豎立了起來。

「我們將用不同的速度前進，」他說：「不要快到使我們疲倦，也不要慢到浪費我們的時間。」

於是他們開始前進，一天像風，隔一天像思考，第三和第四天則分別像慾望和詛咒，最後終於來到沙漠的邊境。

「現在用走的，讓我可以看清楚周遭的景物，看看有什麼是我以前沒看過的。」佩特魯說，他像剛睡醒的人一樣揉揉眼睛，因為眼前的事物實在太奇怪了，佩特魯看到一座用銅做成的森林，有銅樹和銅葉，還有銅樹叢和銅花。

佩特魯站在那邊，如同見到前所未見之物的人一樣瞪視著，這座森林他連聽都沒有聽說過。

他騎著馬直驅森林，但林中兩旁的花開始讚美佩特魯，並試著說服他摘下一些花來，替自己做一頂花冠。

「摘下我吧，我很可愛，而且可以給摘下我的人力量。」有朵花說。

「不，摘我，因為不管誰把我插在他的帽子上，那個人就會被世界上最美麗的女人所愛。」第二朵花懇求著說。然後一朵接著一朵忙著說服佩特魯，而且一朵比一朵吸引人，它們全都用柔軟甜美的聲音承諾，要給予佩特魯美好的事物，只要他肯摘下花來。

佩特魯不是聾子，他聽到它們所說的話，也正準備要停下來摘取其中一朵，但馬卻跳到另一邊去。

「你幹嘛不好好站著？」佩特魯粗啞地問說。

「不要摘花，它會帶來壞運。」馬回答說。

「為什麼會這樣？」

「這些花受到詛咒，誰摘了花就必須和森林裡的威爾瓦[1]戰鬥。」

「威爾瓦是什麼樣的妖怪？」

「喔！我懶得理你了。不過你要聽我的話：隨便你怎麼欣賞那些花，可是一朵也不要摘下來。」馬徐徐地走到另一邊去。

佩特魯從經驗中得知，聽馬的建議準沒錯，於是他努力把自己的注意力轉移到別的地方。可是沒有用。如果一個人注定是不幸的，那他就會不幸，不論他做了什麼。花朵們不停地哀求他，他的心變得越來越軟弱。

「要來的終究會來，」最後佩特魯說：「無論如何我都會看到森林中的威爾瓦，看看她長得什麼樣，以及怎樣才是和她戰鬥的最好方法。要是她注定帶來我的死亡，那麼，事情就會如此；但如果不是這樣，那我就會征服她，不管她是一千兩百隻威爾瓦還是什麼。」他彎下腰來摘花。

「你真是大錯特錯，」馬悲傷地說：「但現在已經於事無補了。準備戰鬥，因為威爾瓦來了！」

牠話都還沒講完，佩特魯也才剛把花扭成一束，四面八方就突然出現一陣柔和的微風，緊跟著微風之後又出現一陣狂風，風越來越強，越來越強，直到周圍所有的東西都變暗下來，像厚重的斗篷一樣覆蓋住他們，而腳下的大地則開始晃動。

「你怕不怕？」馬一邊甩動鬃毛一邊問說。

「目前還不怕。」佩特魯頑強地回答說，儘管一股寒顫沿著他的背脊往下竄。「該來的總是會來，不論那是什麼。」

「不要怕，」馬說：「我會幫你。拿著我脖子上的馬勒，然後想辦法用這個抓住威爾瓦。」話幾乎還沒說完，佩特魯甚至沒有時間解開馬勒，威爾瓦就站在他的面前了。她長得好可怕，讓佩特魯幾乎無法睜眼直視。

她並沒有一顆頭，但也不是沒有頭。她沒有從空中飛過來，但也不是在地面上行走。她有像馬一樣的鬃毛，像鹿一樣的角，一張像熊的臉，眼睛則像臭鼬，身體則帶有以上這些動物的部分特徵。這就是威爾瓦。

佩特魯踩穩馬蹬，開始在自己四周揮劍，但他感受不到任何東西。

一日一夜過去了，戰鬥仍然沒有一個結果，但威爾瓦終於開始喘氣了。

「讓我們暫停，休息一會兒。」她說。

佩特魯停下來，劍也放低了。

「你一刻也不能停。」馬說，佩特魯又鼓足全部的力氣，比之前更加努力揮劍。

威爾瓦像馬一樣嘶鳴，像狼一樣嚎叫，重新對佩特魯展開攻擊。然後，又過了一日一夜，戰鬥比之前更為猛烈。佩特魯變得精疲力竭，幾乎快不能挪動他的手臂。

「讓我們暫停，休息一會兒，」威爾瓦第二次大叫著說：「我看你和我一樣疲倦了。」

「你一刻也不能停。」馬說。

佩特魯繼續戰鬥，雖然他幾乎沒有動手的力量。不過，威爾瓦已經停止攻擊他，開始小心

THE BATTLE WITH THE WELWA IN THE COPPER WOOD

與威爾瓦在銅林之戰

翼翼地施展拳腳，好像再也沒有攻擊的力量。

第三天，他們還是繼續戰鬥著。就在天空開始變得通紅時，佩特魯不知怎麼找到方法把馬勒套到疲累至極的威爾瓦頭上。瞬間，有隻馬從威爾瓦身上跳了出來，那是世界上最美麗的馬。

「祝你有個甜美的人生，因為你把我從魔法中解救了出來。」牠說，並用鼻子摩擦牠兄弟的鼻子。牠告訴佩特魯自己的故事，以及牠是如何被魔法迷惑了多年。

佩特魯把威爾瓦和自己的馬用繩子綁在一起，繼續往前騎。他要騎到哪裡呢？我無法告訴你，我只知道他快速地騎出這座銅林。

「停下來，讓我看看四周，有什麼是我以前沒看過的。」佩特魯再次跟馬說。因為他眼前出現了一座更神奇的森林，由閃閃發光的樹木和閃亮的花朵所組成。這是一座銀森林。

和之前一樣，花朵們開始懇求年輕人把它們摘下來。

「不要摘它們，」威爾瓦警告說，在他身邊小跑著：「因為我的兄弟比我還要強壯七倍。」儘管佩特魯從經驗中得知這代表什麼意思，但他還是克制不住，遲疑了一會兒就採下花來，為自己編造一個花冠。

接下來，比起前一次，狂風更大聲地呼嘯，大地更劇烈地震動，天色變得更黑，銀森林的威爾瓦以七倍的速度衝過來。他們打了三天三夜，佩特魯才終於把馬勒套到第二隻威爾瓦的頭上。

「祝你有個甜美的人生，因為你把我從魔法中解救出來。」第二隻威爾瓦說，他們全體又繼續向前旅行。

沒過多久，他們來到一座遠比前兩座更可愛的金森林，佩特魯的同伴再次懇求他趕快騎過去，不要摘下那些花朵。但佩特魯對他們說的話全都裝聾作啞，就在他編織好金色的花冠前，他感覺到有個他還看不到但可怕的東西，正往他靠過來。他拔出劍來準備戰鬥。「不是我死，」他大聲說：「就是我的馬勒套到牠的頭上。」

他的話幾乎還沒有說完，一片濃霧就包圍住他，使他看不到自己的手或聽到自己的聲音。他揮劍戰鬥了整整一天一夜，但一次也沒有看到敵人。突然，濃霧開始變淡，並在第二天破曉時完全消失殆盡，陽光從天空灑下，佩特魯覺得自己宛如新生。

至於威爾瓦呢？她不見了。

「你最好趁現在喘息一下，因為戰鬥會重新再來一次。」馬說。

「攻擊我的是什麼？」佩特魯問道。

「威爾瓦，」馬回答說：「化身為濃霧。你聽，她來了！」

佩特魯甚至還沒深吸一口氣，就感覺到身邊有東西靠近，但他無法分辨那是什麼。它是一條河，但又不是河，因為它似乎沒有在地面上流動，而是隨意地流向各個地方，且不留痕跡。

「唉！我慘了。」佩特魯哀叫，終於感到害怕。

「小心，千萬不要站著不動。」棕馬呼喚著他，但無法再多說什麼，因為水令牠感到窒息。

戰鬥重新開始。佩特魯又打了一天一夜，完全不曉得自己打到誰或什麼東西。第二天的黎明，他覺得自己的兩隻腳已經要廢了。

「我完了。」他想，在絕望中出拳出得更密更重。太陽出來了，水也不見了，但他一點都不曉得水是如何及何時消失的。

「喘息一下，」馬說：「因為你沒有時間可以浪費。威爾瓦馬上就會回來。」

佩特魯不作答，只是懷疑自己這麼累還能如何繼續戰鬥下去。但他在馬鞍上坐好，握劍等待。

然後又有東西靠近了。我無法告訴你那是什麼，不過，你或許會夢到這種生物。牠有威爾瓦所沒有的特徵，但沒有威爾瓦所具有的特徵，至少，這是佩特魯眼中所看到的。她用腳飛行，用翅膀行走，她的頭在背後，尾巴則在身體的上方，她的眼睛在脖子上，她的脖子則在前額上，我實在不曉得要怎麼再深入形容她的模樣。

佩特魯有片刻覺得他被恐懼緊緊包圍，然後他抖抖身體，振作精神，像是之前都沒有打過一樣重新投入戰鬥。

隨著時間的過去，他的力量開始減弱，當黑暗降臨時，他幾乎不能抬起他的眼皮。到了半夜，他知道自己不再是騎在馬上，而是站在地上，但卻不曉得自己是怎麼到地上的；而當清晨灰白的曙光出現時，他已經沒有用腳站在地上，而是用膝蓋跪在地上繼續戰鬥。

「再多撐一下，就快結束了。」馬說，牠看到佩特魯的力量在快速地消退中。

佩特魯用自己的長手套擦去眉毛上的汗水，然後奮不顧身地站起來。

「用馬勒打威爾瓦的嘴。」馬說，佩特魯照作了。

威爾瓦大大地嘶鳴一聲，聲音大到讓佩特魯以為自己將一輩子失聰。儘管她自己也差不多氣力耗盡，但她還是衝向敵人攻擊，可是佩特魯瞪大眼睛，在她衝過來時把馬勒拋向她的頭，於是破曉時，已經有三隻馬在他身邊小跑著。

「希望你的妻子將是女人中最美麗的，」威爾瓦說：「因為你把我從魔法中解救出來。」四隻馬一同急速奔馳，並在夜晚來臨時抵達黃金森林的邊緣。

然後，佩特魯想到他戴著的花冠，以及他為它們所付出的代價。

「畢竟，我要這麼多花幹嘛？我把最好的留下來就好了。」他自言自語地說，拿起銅花冠和銀花冠，把它們丟掉。

「住手！」馬大叫：「不要把它們丟了。我們可能會用得上。彎下腰把它們撿起來。」佩特魯只好彎下腰又把花冠撿了回來，然後一人四馬繼續前進。

傍晚時，陽光越來越暗，所有的小蟲開始出來叮人。佩特魯看到眼前有一叢低矮的灌木林。

同時間，馬自己停了下來。

「怎麼了？」佩特魯問。

「我怕將有壞事臨頭。」馬回答說。

「怎麼說？」

「我們即將進入女神米沃琪[2]的國度，我們越深入，天氣就會變得越來越冷。雖然沿路有燃燒旺盛的火堆，但我怕你會停下來靠火取暖。」

「為什麼我不該取暖？」

「如果你這麼做了，就會有可怕的事情發生。」馬悲傷地說。

「好吧，前進！」佩特魯輕快地大聲說道：「要是我非得忍受寒冷，那我就一定要忍受下去。」

他們一步一步踏入米沃琪的國度，空氣變得越來越冰冷，直到他們的骨髓都要結凍了。可是，佩特魯不是懦夫，他經歷過的戰鬥增強了他的忍受度，讓他勇敢地通過這個考驗。

道路兩旁是一堆又一堆燃燒旺盛的火，有些人就站在火旁，在佩特魯經過時愉快地跟他說話，並邀請他加入。佩特魯嘴裡的氣息都冰凍了，但他不予理會，只是要他的馬再跑快一點。

沒有人曉得，佩特魯究竟要默默地與寒冷對抗多久，畢竟米沃琪的國度無法在一天內走完，但他繼續奮鬥，儘管到處都有爆破的冰凍岩石，儘管他的牙齒不停地打顫，甚至連眼皮都凍僵了。

最後，他們抵達米沃琪住的地方。佩特魯從馬上跳下來，把韁繩往馬的脖子上一丟，就進屋去。

「你好，老婆婆。」他說。

「很好，謝謝你，我凍僵了的朋友。」

佩特魯笑了，等她接下來要說什麼。

「你很勇敢地忍受寒冷，」女神繼續說，在他肩膀上拍拍，「現在你應該得到你的獎賞。」

她打開一個鐵櫃，從裡面取出一個小盒子。

「你看，」她說：「這個小盒子已經放在這裡好多年了，等待著哪個人能通過冰封國度的考驗。拿去，珍藏它，因為有一天它可能會幫助你。如果你打開盒子，它會告訴你任何你想要知道的事，還會將祖國的消息告訴你。」

佩特魯打從心底感謝她賜與的禮物，然後騎上馬背，繼續前進。

當他離開小屋一段距離後，他打開盒子。

「你有什麼命令？」裡面傳來一個聲音問道。

「把我父王的消息告訴我。」他回答說，心情不由得緊張起來。

「他和貴族們正在開會。」盒子回答。

「他還好嗎？」

「不是很好，因為他非常憤怒。」

「什麼事情惹他生氣？」

「你的哥哥柯斯坦和佛瑞亞，」盒子回答：「依我看來，他們好像想控制他和整個王國，但老人說他們並不能勝任。」

「快點走，好馬兒，因為我們沒有時間可以浪費。」佩特魯大聲說，然後關上盒子，放在自己的口袋裡。

他們像鬼又像旋風一樣快速前進，半夜趕路時更像吸血鬼一樣。沒有人知道他們到底跑了多久，因為路程實在太遠了。

「停！我要給你一些建議。」馬最後說道。

「你有什麼建議？」佩特魯問。

「你已經知道什麼是寒冷，現在你必須忍受酷熱，熱到你想都想不到的程度。要像你之前那樣勇敢。不要讓任何人引誘你納涼，不然不幸就會降臨到你的身上。」

「前進！」佩特魯說：「你不用擔心。既然我都沒有被冰給凍住，我也不可能會被溶化。」

「怎麼可能不會？這是會連你的骨髓都被溶化的熱度，那是只有在雷神[3]的國度才感受到的熱度。」

天氣真的很熱。馬蹄鐵都開始溶化了，但佩特魯不在乎。汗水從他的臉上流下，他就用手套把臉擦乾。這真的是他以前從未感受到的燠熱。在路上，還不到丟一塊石頭那麼遠的距離，有一道最誘人的溪谷，那裡充滿了成蔭的樹木和汩汩的溪流。當佩特魯看到這些時，他的心在燃燒，他的嘴巴則被烤得焦焦乾乾的。有一些美麗的少女站在花叢中，她們用甜美的聲音呼喚他，使他不得不閉上眼睛抵擋她們的魔力。

「來吧，我的英雄，過來休息，那些熱會殺了你的。」她們說。

佩特魯搖搖頭不說話，因為他已經說不出話來了。

在這種惡劣的情況下，佩特魯繼續騎馬前進，但沒有人曉得究竟有多漫長。突然間，熱度似乎稍減，而他看到遠方的山丘上有座小屋。這是雷神的住處。當他在雷神的門口收起韁繩時，女神親自到門口來迎接他。

她歡迎佩特魯的到來，和善地請他進屋去，要他訴說所有他的冒險故事。佩特魯將身上發生過的事全都告訴她，還提及他在這裡說完話後就要向她告別的原因，因為他沒有時間可以浪費。「因為，」他說：「誰知道黎明仙子那裡有多遠呢？」

Among the Flowers
were lovely maidens
calling to him with
~soft voices~

花朵中的少女們柔聲呼喚著他

「留下來一會兒，因為我要給你一些忠告。你即將進入維納斯[4]的國度，你當我的傳信者，去告訴她，我希望她不會誘使你拖延你的行程。回程時，你再過來找我，我會給你一個以後或許能幫得了你的東西。」

佩特魯騎上馬，走還不到三步，就發現自己已經進入一個新的國家。這裡既不冷也不熱，空氣溫暖柔和宛如春天，但路上有很多覆蓋了砂子和有刺植物的矮灌木林。

「那是什麼？」佩特魯問，他看到遠遠的灌木叢終端，有個看來像是房子的東西。

「那是維納斯女神的家，」馬回答說：「要是我們努力跑，應該可以在天黑前到達。」馬像箭一樣飛奔出去，黃昏來臨時，他們已經靠近那棟房子了。佩特魯一看到房子，心就猛跳，因為這一路上，他一直被一群陰森森的人影追在身後，在他前後左右跳著舞。儘管佩特魯是個勇敢的男人，還是偶爾會感到一陣戰慄。

「她們不會傷害你，」馬說：「她們是旋風的女兒，只是在月妖出來前嬉戲而已。」

馬在房子前停下腳步，佩特魯跳下馬來，就要從門口走進去。

「不要這麼急，」馬大叫：「我要先告訴你幾件事。你不能就這樣進去維納斯女神的家。她永遠都有旋風守衛著。」

「那我該做什麼？」

「帶著銅花冠到那邊的小山丘去。到達後，你要自言自語說：『世界上真有這麼美麗的少女嗎？像天使一般，靈魂那麼地優美！』然後高舉銅花冠，大聲說：『喔！要是我知道是否有哪個人能接受我這個花冠，要是我知道就好了。要是我知道就好了。』接著把花冠丟出去。」

旋風抓住花冠

「為什麼我要這樣做？」

「不要問，去做就對了。」馬回答說，佩特魯也照做了。

他才剛把銅花冠拋出去，就有一股旋風飛向他，把花冠扯碎。

然後，佩特魯又回去找他的馬。

「停！」馬大叫著說：「我還有其他事要跟你說。帶著銀花冠去敲維納斯女神的窗戶。當她說：『誰在那裡？』你就回答你是徒步走來，而且在灌木叢裡迷了路。她會叫你再回去走一遍，但你小心不要離開你站的地方。你一定要跟她說：『不，我不要這麼做，因為我從小就聽說過維納斯女神的美麗，而我穿著鐵底皮鞋旅行了九年又九個月，贏得銀花冠之戰，做了那麼多，又受苦受難，可不是毫無意義的，我希望妳能准許我把銀花冠獻給妳。』你一定要說這些話。接下來的事就要靠你自己了。」

佩特魯不多問，直接走向女神的房子。

這時天色已經非常暗了，只有從窗戶透出的光線能指引他的方向。聽到他的腳步聲，有兩隻狗開始大聲吠了起來。

「狗在對誰叫啊？那個人不想活了嗎？」維納斯女神問說。

「是我，女神，」佩特魯有點膽怯地回答：「我在灌木叢裡迷路了，不曉得我今晚要在哪裡睡覺。」

「你把馬留在哪裡？」女神尖銳地問道。

佩特魯沒有回答。他不確定自己應該要說謊還是實話實說。

「走開，小伙子，這裡沒有你該待的地方。」她回答說，離開窗戶邊。

佩特魯趕緊把馬教他說的話全說出來，才剛說完，女神就開了窗，溫柔地問他：「讓我看看那個花冠，小伙子。」佩特魯把花冠拿給她。

「進到房子裡來，」女神繼續說：「不要怕那些狗，牠們知道我的意願。」牠們真的知道，因為當年輕人經過時，牠們已經對著他搖尾巴了。

「晚安。」佩特魯進房子時說，並在火邊坐下，自在地聆聽女神要說的話。她大多都在數落男人的不是，顯然對男人滿懷怨恨。但佩特魯同意她說的每件事，因為他被告知只要保持禮貌就好。

然而，還有哪個人比她還老？我不曉得為何佩特魯能把眼睛一直放在她的臉上，除非他是要數清楚她臉上的皺紋有幾條，但如果真是這樣，他必須要有七條命，每條命都比一般人長七倍，才有可能數得清楚。

維納斯看到佩特魯定睛看著她，心裡感到非常高興。

「現在的情況都和以前不一樣了，當我出生時，這個世界還不是個世界。」她說：「當我長大時，這個世界才剛形成，每個人都認為我是前所未有的美麗女孩，也有很多人為此而討厭我。但每過幾百年，我的臉上就會出現一條皺紋。現在我老了。」她接著告訴佩特魯，她是某位帝王的女兒，黎明仙子是住這附近的鄰居，但兩人吵架吵得很厲害，黎明仙子對她說了很多難聽的話。

佩特魯不曉得該做什麼。大部分時間，他都只是安靜地聆聽，但偶爾他會為了禮貌而說：

「是，是，她一定對妳很不好。」除此之外，他還能做什麼？

「我要交派你一個任務，因為你很勇敢，可以完成任務。」在說了很長的一段話後，他們兩個人都變得昏昏欲睡，這時，維納斯說：「在黎明仙子家附近有一座泉水，凡是喝了水的人都會變得像盛開的玫瑰一樣美麗。幫我取一壺泉水來，我會做任何事來表達我的感謝。這很不容易，沒有人比我更清楚這一點，那個王國每一邊都有野獸和可怕的龍看守著，但我會詳細跟你解釋那邊的情況，而且我有個東西要給你。」她站起來打開一個由鐵片封住的櫃門，拿出一支非常迷你的笛子。

「你看到這個了嗎？」她說：「我年輕時，有個老人給我這支笛子，不管誰聽到笛子的聲音都會睡著，沒有任何事物能吵醒他。帶著笛子，進入黎明仙子的國度時要不停地吹奏它，這樣你就會平安無事。」

聽到這裡，佩特魯告訴她，自己在黎明仙子之泉另有別的任務，不過維納斯聽了他的故事只是更高興。

佩特魯向她道晚安，把笛子放進盒子裡，然後在最底層的臥室睡覺。

天亮前他就醒來了，他先給馬兒們吃玉米，再帶牠們去井水那裡喝水，然後他穿好衣服，準備出發。

「停！」維納斯從窗戶邊大聲說道：「我還有一個忠告要跟你說。把一匹馬留在這裡，只帶三隻去就好。慢慢騎，直到你抵達黎明仙子的國度，然後下馬用走的。回來時，把你的三匹馬留在路上，你用走的過來。但最重要的是，小心不要直視黎明仙子的臉，因為她的眼睛有魔力，瞄一下就會讓你上當。她很惡毒，比你所能想像得更為惡毒；她有貓頭鷹的眼睛，狐狸的臉，還有貓的爪子。你聽到我說的話嗎？聽到了嗎？千萬不要看她。」

佩特魯謝過她後，終於上路。

在遙遠的天際，也就是天地合而為一的地方，星星親吻著花朵之處，散發著一股柔和的紅色光線，就像春天時天空有時會出現的那種顏色，只是這個光線更美麗，更神奇。

那個光線是從黎明仙子的皇宮後方散發出來，而佩特魯花了兩天兩夜，經過充滿花朵的草原後，才到達光線的源頭。除此之外，那裡既不熱也不冷，既不亮也不暗，而是各有一點這些成分。佩特魯沒有花太長的時間就找到他要走的路。

過了一陣子，佩特魯看到天空的紅色中出現了某種白色的東西，而當他靠近時，他發現那原來是座城堡，一座炫麗到讓他眼睛張不開的城堡。他從不曉得世界上竟然有這麼美麗的城堡。

但他沒有時間可以浪費，於是他抖抖身子，從馬背上跳下來，把馬留在露水濕重的草地上，開始邊走邊吹奏他的笛子。

他還沒有走幾步，就踩到一個因為音樂而被催眠的巨人。他就是城堡的守衛之一。他仰躺在那裡，看來巨大無比，佩特魯儘管行事匆匆，還是不禁停下腳步觀測他的大小。

佩特魯越是深入，看到的東西就越奇怪恐怖，包括獅子、老虎、七個頭的龍，但牠們都在陽光下平躺著入睡。不用多說龍長得什麼模樣，因為現在大家都曉得，龍不是可以拿來開玩笑的東西。佩特魯像風一樣跑過牠們的身邊，但到底是焦急還是恐懼驅使他快速前進？

佩特魯叫醒巨人

最後，他來到一條河邊，但你們不要以為這條河和別條河一樣，因為河裡流的不是水，而是牛奶，河床裡有寶石和珍珠，而不是砂子和卵石。水流的速度既不快也不慢，而是忽快忽慢。河流環繞著城堡，岸邊則有一些睡著的獅子，牠們的牙齒和爪子都是鐵做的。再過去則是只有黎明仙子才會有的花園，而在花朵中竟然有位仙子睡在那裡。這些都是佩特魯從河的另一邊看到的。

但佩特魯要怎麼過河呢？當然，河上有一座橋，但就算這座橋沒有被睡著的獅子所守衛，那也根本就不是要讓人走過去的。誰知道橋是由什麼打造的？它看起來就像柔軟的綿綿小雲。

於是他站著思考自己該怎麼辦，因為他非得過河不可。過了一會兒，他決定冒著風險，走回睡著的巨人那邊。「醒來，我勇敢的手下！」他大叫著，搖了搖他。

巨人醒過來，並伸手去抓佩特魯，就像要抓一隻蒼蠅一樣。但佩特魯繼續吹奏他的笛子，於是巨人又倒了回去。佩特魯試了三次，當他覺得自己能好好控制巨人之後，他拿出一條手帕，把巨人的兩隻小指頭綁在一起，然後抽出他的劍，第四次高聲喊道：「醒來，我勇敢的手下！」

當巨人明白佩特魯在他身上施展的技法時，他對佩特魯說：「你說這是公平的戰鬥嗎？如果你真是個英雄，就照遊戲規則來打。」

「我會的，但現在我要先問你一個問題。你能發誓你會帶我過河嗎？如果我光明正大地和你打？」巨人發誓說他會。

當巨人的手被鬆開後，立刻撲向佩特魯，想要以他的重量把佩特魯壓垮。然而，巨人碰到了敵手，佩特魯可不是昨天，也不是前天才第一次和人戰鬥，而且他已變得很勇敢。

佩特魯和巨人交手了三天三夜，有時是佩特魯佔了上風，有時是巨人佔了上風，直到最後兩個人都在地上纏鬥著，只是佩特魯處於上方，而他的劍則指著巨人的喉嚨。

「放了我！放了我！」巨人尖叫著說：「我認輸了！」

「你會帶我過河嗎？」佩特魯問。

「我會。」巨人喘著氣說。

「如果你不守信用我該怎麼辦？」

「殺了我，隨便你用什麼方法。但現在先讓我活著。」

「很好。」佩特魯說，然後他把巨人的左手和右腳綁在一起，用一條手帕把他的嘴巴堵住，以免他大聲叫出來，再用另一條手帕縛住他的眼睛，才帶他去河邊。

他們一到河邊，巨人一腳就跨過了河，他用手掌抓住佩特魯，然後在對岸把他放下來。

「這樣很好。」佩特魯說。然後他用笛子吹奏幾個音符，巨人再度入睡。即便是在下游洗澡的仙子們，聽到音樂也很快地就在花叢中睡著。佩特魯經過時看到她們，心想：「如果她們都這麼漂亮，那黎明仙子怎麼會醜呢？」但他不敢逗留，繼續往前走。

現在他站在一座非常美麗的花園裡，比從遠處觀看更為美麗。但佩特魯快速穿越花園走向城堡時，卻看不到一朵枯萎的花朵，也看不到小鳥。沒有人擋住他的去路，因為大家都睡著了，甚至連樹葉都停止顫動。

佩特魯穿越庭院，進入城堡。

我們不用說他在那裡看到了什麼，因為全世界都知道黎明仙子的宮殿不是普通的地方。黃金和珠寶就像我們生活中的木頭一樣到處都是，單是關著太陽之馬的馬廄，就比世界上最偉大帝王的宮殿還要壯觀。

佩特魯走上樓梯，快速地走過八百四十間房間，每間房間都懸掛著絲質的織物，但除此之外全都空蕩蕩的。在第四十九間房，他看到黎明仙子本人。

在這大如一座教堂的房間的正中央，佩特魯看到他千里迢迢過來尋找的，那座遠近馳名的泉水。泉水看來和其他泉水並無什麼不同，更怪的是，黎明仙子竟然將自己的寢室和泉水弄在一塊兒，但任何人一看就知道它在那裡已經有數百年了。黎明仙子就睡在泉水旁邊，那可是黎明仙子本人！

佩特魯看著她，神奇的笛子掉到身邊，他屏住了呼吸。

在泉水附近有張桌子，桌上放了鹿奶作的麵包，以及一壺酒。這是力量的麵包和年輕的

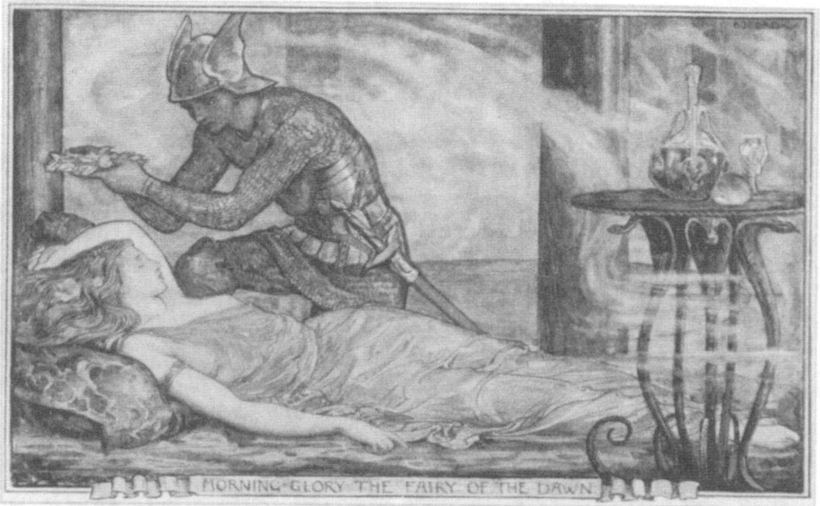

黎明仙子沐浴在晨光之下

酒，佩特魯不禁想要擁有它們。他再看一眼麵包和酒，然後再看看黎明仙子，她還在絲質的墊子上睡覺。

當他東看西看的時候，一陣薄霧飄了過來，仙子緩緩張開眼睛看著佩特魯，讓佩特魯更加神魂顛倒，但他想起自己的笛子，簡單吹出幾個音符，讓仙子又睡著，而他則吻了她三下。他彎下腰來，將金色的花冠放在她的前額，接著吃了一片麵包，又喝了一杯年輕之酒，然後反覆這麼做了三次。最後，他裝滿一瓶的泉水，迅速離開。

當他再度經過花園時，他覺得花園似乎和先前看來很不一樣。花朵更美了，河水流得更快了，陽光更加閃亮，仙子們也更為快活。這些全都是因為佩特魯親吻了黎明仙子三次之故。

他安全地通過所有地方，很快就又騎回馬鞍上。佩特魯騎馬騎得比風還快，比思想還快，比慾望還快，比仇恨還快。最後，他下了馬，把馬留在路邊，然後徒步走進維納斯女神的家。

女神知道他回來了，就走出來迎接他，還帶來了白色的麵包和紅色的酒。

「歡迎你回來，我的王子。」她說。

「日安，並致上我無盡的謝意。」年輕人說，然後拿出裝滿神奇之水的瓶子，女神高興地收下。短暫的休息之後，佩特魯又準備上路，因為他沒有時間可以浪費。

他只停留幾分鐘，很快就向維納斯道別，因為他曾對雷神承諾過要回去拜訪她。臨別前雷神把他叫了回來。

「停下來，我有件事要警告你，」她說：「小心你的生命，不要和任何人做朋友；不要騎得太快，或讓水失去控制；不要相信任何人，要逃離諂媚的話語。去吧！保重，因為你的路途還很遙遠，這個世界很壞，你卻擁有非常珍貴的東西。不過，我要給你這件衣服，好幫你一把。這衣服看起來沒什麼，但它是有魔力的，穿著它的人永遠也不會被閃電打中，被長茅刺到，或被劍擊中，而飛箭則會擦身而過。」

佩特魯向她道謝後就騎馬離去。途中，他拿出寶貝盒子，詢問家鄉的事情。不好，盒子說。君王的眼睛現在全瞎了，佛瑞亞和柯斯坦懇求他將帝國的統治權交到他們的手上，但君王不肯，他說要等用黎明仙子的泉水洗滌眼睛後，他才肯走下寶座。兩兄弟去找老布禮夏商量，她告訴他們，佩特魯已經帶著泉水正在歸途中。兩兄弟準備要來見他，並試著從他手中拿走神奇之水，以贏取帝國的統治權。

「你說謊！」佩特魯生氣地大叫，把盒子往地上一扔，盒子就破碎了。

不久，佩特魯從遠處就可以看到自己的國土了。他騎馬靠近一道橋，以便能好好看看祖國。當他還著迷地看著祖國時，聽到遠處似乎有人在呼喚他的名字。

「你，佩特魯！」那個聲音說。

「走！走！」馬大叫著說：「如果你停下來就會發生不好的事。」

「不，讓我們停下來看看那是誰或是什麼東西。」佩特魯回答，讓馬轉過身，面對他的兩個哥哥。他已經忘了雷神給他的警告，所以柯斯坦和佛瑞亞說著柔軟諂媚的話接近他的時候，他從馬背上一躍而下，衝過去抱住他們。他有上千個問題想問他們，也有上千件事要告訴他們。但他的棕馬悲傷地站著，低垂著頭。

「佩特魯，我親愛的弟弟，」佛瑞亞終於開口說：「我們幫你拿水不是比較好嗎？路上可能有人會想搶你的水，但沒有人會懷疑我們身上有水。」

「正是如此，」柯斯坦也說：「佛瑞亞說得對。」但佩特魯搖搖頭，並告訴他們雷神說的話，以及她送給他的衣服。兩兄弟這下明白，只有一個方法能殺死佩特魯。

在投一塊石頭出去的距離，有一條湍急的溪流，裡面有個顯然很深的水淵。

「你不渴嗎？柯斯坦？」佛瑞亞問，並對他擠擠眼。

「是啊！」柯斯坦回答，完全明白佛瑞亞想要做什麼。「來吧！佩特魯，趁我們還有機會的時候喝點水，然後準備回家。有我們兩個人陪你比較好，可以保護你不受傷害。」

馬發出一聲嘶鳴，佩特魯立刻知曉馬的意思，因此拒絕和哥哥們同行。

相反地，他直接回去找父王，並用神奇的水醫好他的眼睛。至於他的哥哥們，則再也沒有回來過。

（羅馬尼亞童話）

1 一種妖怪。

2 德文「米沃琪」（Mittwoch）是指水銀的女性型態。

3 德文寫作「Donnerstag」，意指雷神，也就是木星。

4 原文「Vineri」意指週五，同時也是維納斯。

魔刀

很久很久以前，有個年輕男子發誓絕不娶沒有皇家血統的女人。有一天，他提起全部的勇氣，到皇宮裡請求國王把女兒嫁給他。國王對於唯一的小孩要嫁給這麼一個男人不是很感興趣，但他客氣地說：「很好，小伙子，要是你能贏得公主，那你就能娶她為妻。條件是：在八天內，你必須想辦法馴服三匹從未有過主人的野馬，並帶來給我。第一匹要純白色的；第二匹的身體要是狐狸紅，但頭是黑色的；第三匹則要像煤炭一樣黑，但頭和腳是白色的。除此之外，你必須也給皇后，我的妻子，帶來禮物，那就是在這三隻馬身上滿載到不能再載的黃金。」

年輕人聽到這些話後頓覺不知所措，但他克制住自己，並感謝國王的和善，然後離開皇宮，同時一邊納悶自己該如何達成這項指配給他的任務。幸運的是，國王的女兒偷聽到她爸爸說的每個字，還認為這個年輕人是她見過最英俊的男人。於是，她急步走回房間，寫了一封信

躲在簾幕之後的公主

給他，並交由一個信得過的僕人送達。信中，她懇求她的求婚者在明天一早到她的房間來，而且，要是他真的想要娶她為妻，那麼，在聽到她給的建議前不要貿然行事。

那天晚上，當她的父親睡著以後，公主輕輕地爬到他的臥室，在他收藏寶藏的櫃子裡尋找一把有魔力的刀，然後在她上床睡覺前，把刀藏在一個安全的地方。

太陽幾乎還沒有升起，公主的奶媽就把年輕人帶進公主的宮殿。兩個人有幾分鐘都沒有開口說話，只是站在那邊，快樂地握著彼此的手，直到最後兩人都大聲地說，除非死亡，否則兩人再也不會分開。然後少女說：「帶走我的馬，然後直接騎往夕陽的方向，直到你看到一座有

有法力的刀

三個山峰的山丘。當你到達那裡之後，先右轉後再左轉，然後你會看到一座陽光普照的草原，上面有許多匹馬正在吃草。從這些馬中，你必須挑出我爸爸形容給你聽的那三匹馬。要是牠們很怕生，拒絕讓你靠近，那就拔出你的刀來，讓太陽光照射在刀身上，這樣整座草原都會被它的反光給照亮，然後馬就會自己過來親近你，還會讓你把牠們帶走。當你確定得到馬後，四處看看，尋找一棵絲柏樹，它的根是銅，樹幹是銀，葉子則是黃金。你到樹那裡，用刀把樹根砍下，然後你就有數不盡的一袋袋黃金。讓馬滿載這些黃金，然後回來找我父王，並告訴他你已達成你的任務，可以娶我為妻。」

公主說完她要說的話，現在要靠年輕人自己去進行他的部分了。他把刀藏在腰帶的摺疊處，騎上馬，出發去尋找那座草原。他沒什麼困難就找到了那座草原，但馬兒們都很怕生，他一靠近，牠們就全部飛奔而去。然後他抽出刀來，把刀高舉向太陽，整座草原立刻充滿了光輝。馬兒們從各個方向奔至他的身邊，每隻馬都跪下來要服侍他，但他只選了國王要求的那三匹馬。他用絲質的繩子把三匹馬和自己的馬綁在一起，然後四處尋找絲柏樹。那棵樹獨自矗立在一角，他立刻過去，用刀把土挖開。他挖得越來越深，直到銅樹根都露了出來，而在銅樹根的底下，他的刀子觸到埋藏的寶藏。那些寶藏被裝成一袋袋的，而且到處都是。他費了很大的勁把它們從埋藏處拿出來，然後一袋接著一袋放到馬背上去，等到馬無法再揹更多的東西時，他就帶著馬回去找國王。當國王看到他時，心裡不禁感到納悶，但沒有猜出這位年輕人是怎麼辦到的，直到婚禮結束之後。

當時他問女婿想要什麼樣的嫁妝，但新郎卻回答說：「高貴的國王，我要的只是你的女兒能做我的妻子，並永遠享用你那有魔力的刀。」

（塞爾維亞民間童話）

牧兔人傑斯柏

從前有個國王，統治一個介於太陽升起和日落之間的國家。和古老時期的國家常有的形式一樣，那是一個小國家，而當國王爬到皇宮的屋頂上時，只要看向四周，就可以看到自己國土的邊境。但既然國家都是他自己的，他還是為此感到驕傲，並常常懷疑國家要是沒有了他該怎麼辦。他只有一個小孩，是一個女兒，因此他先見之明地設想她該有個能夠在他去世之後成為國王的丈夫。但要到哪裡去找一個夠有錢又夠聰明、足以和公主匹配的人，卻讓國王傷透腦筋，使他常常在夜裡想到睡不著。

最後，他想到了一個計畫。他對全國宣布（並請最近的鄰國也把他的聲明刊在他們的國土上），只要有人可以帶來一打從未見過的上等珍珠，並可完成國王所指派的任務，那就能娶公主為妻，將來便可繼承王位。他想，只有很有錢的人才能帶來珍珠，而他所指定的任務則需要有

不凡的才華才能完成。

許多人試著達成國王所開出的條件。富有的商人和外國的王子一個接一個的來到國王的面前，人數有時多到令人厭煩。但即使他們都能帶來非常漂亮的珍珠，卻沒有一個可以完成國王指派的最簡單任務。有些冒險家也來了，他們想用假珍珠來欺騙國王，但國王不是那麼容易上當，所以他們很快就被趕走了。過了幾個星期，追求者的人數開始減少，但他還是看不到一個合適的女婿人選。

在國王的領土上，瀕臨大海的一隅，有一個窮漁夫，他有三個兒子，名字分別是彼特、保羅和傑斯柏。彼特和保羅已經是大人了，至於傑斯柏則才剛成年。兩個哥哥比小弟高壯力大許多，但傑斯柏是三人中最聰明的，儘管彼特和保羅都不肯承認這一點。不過，隨著這個故事的發展，我們將會越來越明白這是個事實。

有一天，漁夫出海打魚去，並從這天的漁獲中帶回三個冰凍的生蠔。當他們打開生蠔的殼後，發現裡面各有一顆漂亮的大珍珠。這三個兄弟當場就想到自己也可以成為公主的追求者。經過一番討論之後，大家同意用抽籤的方式來分得珍珠，並按照年紀輪流得到追求公主的機會。當然，要是大哥成功了，另外兩個弟弟就不用麻煩了。

隔天早上，彼特將他的珍珠放在一個小盒子裡，出發前往國王的皇宮。走沒多久，他碰到了螞蟻國王和甲蟲國王，牠們身後各自帶著大批軍力，準備要打仗。

「來幫我的忙，」螞蟻國王說：「甲蟲對我們來說太大了。以後我會回報你的。」

「我沒有時間可以浪費在別人的事情上，」彼特說：「你們盡力去打就是了。」說完他就走開了。

再走了一段路，他碰到一個老婦人。

「早安，年輕人，」她說：「你起得真早。你盒子裡裝了什麼呢？」

「炭渣。」彼特魯莽地說，並繼續向前走，又自言自語地說：「妳那麼愛問，我就這樣回答妳。」

「很好，那就是炭渣。」老婦人在他身後大叫，但他假裝沒有聽到。

很快地，他到了皇宮，也立刻就被帶去見國王。當他打開盒子的蓋子時，國王和所有的隨從都異口同聲地說，這些珍珠是他們看過最好的珍珠，而且大家都看得目不轉睛。但接下來奇怪的事情發生了，珍珠的白色開始褪去，變得越來越沒有光澤，直到最後它們看來像是炭渣一樣。彼特太吃驚了，無法為自己辯解，但國王一個人倒是說了很多話。最後，彼特很高興能用自己的腿盡快地飛奔回家。他沒有對爸爸和弟弟們說明自己身上發生的事，只說他失敗了。

隔天輪到保羅出去試試他的運氣。他很快就碰到了螞蟻國王和甲蟲國王，牠們和自己的軍隊一整晚都在戰場上扎營，現在又準備要開戰了。

「過來幫幫我，」螞蟻國王說：「我們昨天很慘。我有一天會回報你的。」

「我不在乎你今天是不是也很悽慘，」保羅說：「我有更重要的事情要做，而不是在這裡和你們攪和。」

於是他繼續走，又遇到那位老婦人。「早安，」她說：「你的盒子裡裝了什麼？」

「炭渣。」保羅說，和他哥哥一樣沒禮貌，也和哥哥一樣急著教人家要有禮貌。

「很好，裡面裝的就是炭渣。」老婦人在他身後大叫，但保羅沒有回頭看她，也沒有回答她。不過，在他的珍珠也在國王和眾人面前變成炭渣，自己只能立刻回家之後，他倒是回想起她說的話。而當大家問他是否成功的時候，他就繃著一張臉。

第三天，輪到傑斯柏試試他的運氣了。他起床吃了早餐，但彼特和保羅卻躺在床上粗言相向，說他回來的時候會比去的時候還快，因為既然他們都失敗了，他也不可能會成功的。傑斯柏不作聲，但把他的珍珠放在小盒子裡，然後走出門。

螞蟻國王和甲蟲國王再度整軍上戰場，但螞蟻軍隊的數量大幅減少，沒希望能再多撐過一天。

「過來幫幫我，」螞蟻國王對傑斯柏說：「不然我們就會被徹底打敗了。我有一天會回報你的。」

傑斯柏聽說螞蟻是聰明且勤奮的小生物，但沒有聽過任何人說甲蟲的好話，於是他同意提供螞蟻所求的幫助。他第一次攻擊，甲蟲就潰不成軍，驚慌地逃走，而那些逃亡成功的，都是在傑斯柏的靴子踩在牠們身上以前，就近躲進洞穴裡。短短幾分鐘內，螞蟻贏得了這個戰爭，牠們的國王對傑斯柏說了一番動聽的話，感謝他伸出援手，並承諾將幫助他渡過一切難關。

「當你需要我的時候，就叫我，」牠說：「不論你身在何處。我永遠都在附近，要是我能幫助你，我一定不會辜負你的期望。」

傑斯柏對此感到好笑，但他還是維持一副正經八百的臉，並表示自己會記住的，接著繼續上路。在經過一個轉彎處，傑斯柏突然遇到了那位老婦人。「早安，」她說：「你的盒子裡裝了什麼啊？」

「珍珠。」傑斯柏說：「我要用它們去皇宮贏得公主為妻。」為了取信於她，傑斯柏還把蓋子打開，讓她看看。

「漂亮，」老婦人說：「真的很漂亮，但它們只能讓你在贏得公主的路上前進一小步，除非你可以完成國王指派給你的任務。不過，」她說：「我看到你帶了一些吃的東西。你何不把食物給我，反正你在皇宮裡會被款待一頓很好的晚餐。」

「好的，當然，」傑斯柏說：「我並沒有想到這一點。」然後他把所有午餐都給了老婦人。

他繼續上路，才走了幾步，就聽到老婦人把他叫回來。

「給你，」她說：「我用這支哨子交換你的午餐。它看起來沒什麼，但要是你吹它，你丟掉的東西或被人拿走的東西就會立刻回到你身邊。」

傑斯柏向她道謝，儘管他不認為這支哨子會有什麼作用。他繼續上路。

當傑斯柏把珍珠展示給國王看時，每個人都發出了驚嘆和歡喜的聲音。但國王發現傑斯柏只是一介漁夫，心裡便老大不高興，因為這不是他所期待的女婿類型。然後，他把這話對皇后說了。

「不要緊，」她說：「你只要指派他永遠也做不到的任務就可以了，我們很快就會把他打發走。」

「是啊！當然，」國王說：「我現在真的很健忘，因為最近實在太忙了。」

那天晚上，傑斯柏和國王皇后以及貴族們共享晚餐，晚上被安排睡在一間比他夢想中還要富麗堂皇的房間。這一切對他來說都是那麼新奇，他一點也睡不著，因為他一直在想，到底會有什麼任務要他去做，以及他將如何去完成。即使床是那麼的柔軟，當早晨終於來臨時，他還是很高興。

用過早餐後，國王對傑斯柏說：「跟我來，我會告訴你你首先要做的事。」他領著傑斯柏去穀倉，地板中央放著一大堆穀物。「你看，」國王說：「這堆穀物裡混合著小麥、大麥、燕麥和裸麥，各有一大包的份量。在太陽下山前一個小時，你必須把這些穀物分成四堆，要是有一顆穀物被放錯堆，那你就沒有機會娶我的女兒。我會把門鎖上，這樣就沒有人能進來幫你的忙，然後我會在指定的時間回來，看看你是否完成這項任務。」

國王離開了，傑斯柏絕望地看著眼前這項任務。他坐下來，試著去想自己能怎麼做，但他很快就明白，單靠他一個人是無法在時限內完成的。向外求援是不可能的，除非……他突然想起來，螞蟻國王能幫他的忙。於是他開始呼叫螞蟻，沒有多久，螞蟻國王就出現了。傑斯柏解釋他遇到的困難。

「就這樣而已嗎？」螞蟻說：「我們很快就會把穀物分好。」他下達命令，一、兩分鐘後，一串螞蟻進入穀倉，遵從國王的命令開始把穀物分到正確的一堆。

傑斯柏看了牠們好一會兒，但牠們連貫的動作加上他昨晚沒有睡覺，使他不由得沉沉入睡。當他再度醒過來時，國王剛好走進穀倉，並驚訝地發現任務不只完成了，傑斯柏還有時間可以小睡一番。

「太棒了，」國王說：「我無法相信你真的有可能做得到。不過，後面還有更難的任務，你明天就會知道。」

隔天，當傑斯柏聽到指派給他的任務時，心裡也同意這個任務更為艱難。國王的獵場看守人抓到了數百隻兔子，牠們要被野放到一座大草原上，傑斯柏必須一整天看著牠們，並在傍晚時把牠們安全地帶回家。要是有一隻沒有回來，那他就必須放棄和公主結婚的想法。在他腦子還沒有完全轉過來，並想到這是個不可能的任務時，獵場看守人就打開大布袋，裡面裝了帶到草原上來的兔子，各有小小一撮尾巴和長長的耳朵，而且全都跑向不同的方向。

「現在，」國王一邊走一邊說：「讓我們看看你的聰明是否能在這裡派得上用場。」

傑斯柏手足無措地站著，由於沒別的事好做，只好把雙手插進口袋裡，這是他的習慣。結果他在口袋裡發現老婦人給他的口哨。他想起老婦人說這個口哨的作用，但他懷疑，口哨的力量是否足以喚回數百隻跑向不同方向，且現在可能已經跑到數英哩之外的兔子。然而，他一吹哨子，幾分鐘後，兔子紛紛從四面八方經過圍籬跳回到草原上來，而且不消多久的時間，就全都圍著他站著。之後，只要不跑出草原之外，傑斯柏就讓牠們盡情地去跑。

國王叫一位看守人在附近待一會兒，看看傑斯柏會發生什麼情況。他以為，無疑地，只要傑斯柏看清楚這個地帶，就會趕緊溜之大吉，再也不會到皇宮去露面。因此當國王知道兔子神祕地回來，以及傑斯柏有可能完成任務時，他覺得非常驚訝且煩惱。

「一定要從他那裡用拐的或騙一兩隻出來，」他說：「我要去跟皇后討論看看，她很會做計畫。」

稍後，一個穿著破爛的女孩來到草原上，並走到傑斯柏面前。

「請給我一隻兔子，」她說：「剛剛有人來我們家，還要留下來吃晚餐，但我們沒有東西可以請他們吃。」

「我不能給妳，」傑斯柏說：「因為首先，牠們並不屬於我，再者，我有件很重要的事要完成，得看傍晚時牠們是否能夠全數歸來。」

但那個女孩（她是個非常漂亮的女孩，雖然穿得那麼破爛）不斷地求他，他最後不得不說：「好吧！吻我一下，妳就可以拿走一隻。」

A hare for a kiss

一隻兔子換一個吻

他看得出女孩不是很喜歡這樣，但她還是同意了，她吻了他一下，然後把一隻兔子放在圍裙裡帶走。她幾乎還沒有走出草原，傑斯柏就吹起他的哨子，兔子立刻像條鰻魚般鑽出牢籠，用最快的速度跑回主人身邊。

過沒多久，這位牧兔人又有一位訪客。這次是個穿著農夫服飾的粗壯老婦，她也想要一隻兔子，好請意外的訪客吃飯。傑斯柏再度拒絕，但老婦人不斷強求，更不肯接受拒絕，他最後只好說：「好吧！妳可以拿走一隻兔子，而且也不用付錢，只要妳墊起腳尖，看著天空，像隻母雞一樣咯咯叫，繞著我走一圈就可以。」

「呸！」她說：「這是什麼可笑的要求，要是被鄰居看到會怎麼想，他們會以為我瘋了。」

「隨便妳，」傑斯柏說：「妳應該知道自己到底要不要一隻兔子。」

沒有別的辦法，老婦人只好優雅地表演，雖然咯咯叫得不是很好，但傑斯柏讓她過關，然後給她一隻兔子。但她才一離開草原，他又吹起哨子，長腿長耳朵的兔子就用迅雷不及掩耳的速度跑了回去。

下個跑來要兔子的人，是位穿著宮廷侍從官服飾的胖老頭。他穿著宮廷的制服，而且一副不可一世的模樣。

「年輕人，」他說：「我要一隻兔子，你說個價錢，但我一定要拿到一隻兔子。」

「好吧！」傑斯柏說：「你輕輕鬆鬆就可以得到一隻兔子。只要倒立，然後用兩隻鞋跟互相敲擊，大聲地說：『萬歲』，那兔子就是你的了。」

「呃，什麼？」老頭說：「我？倒立？這是什麼鬼主意！」

「喔，好吧！」傑斯柏說：「你不喜歡就不用做，不過這樣你就拿不到兔子了。」

任誰都看得出來，老頭非常地不情願，但他掙扎一番，還是在草地上頭下腳上的倒立起來，輕輕地用兩腳互擊，喃喃地說了聲「萬歲」。傑斯柏沒有很嚴格要求，所以還是給了他一隻兔子。當然，沒過多久，兔子又回來了，就像其他兔子一樣。

傍晚來臨時，傑斯柏身後跟著那一百隻兔子回到了皇宮。皇宮裡的人都覺得很神奇，國王和皇后則看來很洩氣，但大家發現，事實上公主對傑斯柏笑了。

「好，好，」國王說：「你真的做得很好。如果你能夠完成明天我指派給你的小任務，就算任務已圓滿達成，你可以娶公主為妻。」

隔天，國王宣布，傑斯柏的任務要在皇宮大廳裡進行，每個人都可以過去看他。國王和皇后坐在寶座上，公主坐在他們的身邊，貴族和貴婦人則擠滿大廳的四周。國王比了個手勢，兩個僕人就拿著一個空空的大盆子，放在寶座前的空位上，傑斯柏則被要求要站在盆子裡面。

「現在，」國王說：「你必須告訴我們足以裝滿這個大盆子的事實，否則你無法得到公主。」

「但我要怎麼知道盆子滿了沒有？」傑斯柏問。

「這你就不用擔心了，」國王說：「那是我的事。」

大家都覺得這不太公平，但沒有人願意第一個說出這個想法，傑斯柏只能裝得很勇敢的樣子，然後開始說他的故事。

「昨天，」他說：「當我在牧兔的時候，出現一個穿得很破爛的女孩，她求我給她一隻兔子，但她必須親我一下才能得到兔子。而那個女孩就是公主，不是嗎？」他看著公主說。

公主臉紅了，而且看來非常不自在，卻不得不承認這是個事實。

「這沒有把盆子裝滿多少，」國王說：「繼續。」

「之後，」傑斯柏說：「一個粗壯的老婦人穿著農夫的衣服，過來跟我要兔子。但在她得到兔子前，她必須墊著腳尖繞著我走路，吊起眼睛，而且像母雞一樣咯咯叫。而那個老婦人就是皇后，不是嗎？」

皇后滿臉通紅，但無法否認這是個事實。

「咳，嗯，」國王說：「這確實有點份量，但盆子還沒有滿。」他對皇后低聲說：「我沒有想到妳會這麼蠢。」

「那你又做了什麼？」她低聲回問。

「妳以為我會為他做什麼嗎？」國王說，然後急促地下令傑斯柏繼續。

「接下來，」傑斯柏說：「出現了一位胖老頭，他也為了同樣的事情而來。他非常驕傲且有威嚴，但為了得到兔子，他卻必須倒立，互擊他的鞋跟，然後大聲說：『萬歲』，而那個老頭是……」

「停！停！」國王大叫：「你不用再多說了，盆子已經滿了。」所有貴族都鼓掌慶賀，國王和皇后接受傑斯柏作為他們的女婿，而公主也非常高興，因為這時她已經愛上他了，畢竟傑斯柏是那麼的英俊又聰明。當國王有時間去思考時，他很確定自己的王國在傑斯柏的手上將會安全無虞，只要傑斯柏照顧人民就像照顧兔子那麼好就行了。

（斯堪地那維亞傳說）

地下工作者

在一個過了聖誕節但還不到新年的嚴寒夜晚裡，一個男人走路到隔壁村子。路程並沒有那麼遠，不過雪太厚了，覆蓋住所有的道路、圍牆和籬笆等可以指引方向的東西，所以他很快就迷路了，只慶幸自己還能在一棵濃密的圓柏樹後避避風頭。他打算在這裡過一晚，他想，太陽升起時，他就能看清楚他要走的路。

於是，他像隻豪豬一樣把腿蜷曲在身下，把自己用羊皮覆蓋起來，然後進入夢鄉。他究竟睡了多久，這個我也不曉得，但過了一會兒，他發現有人正溫和地搖著他的身子。有個陌生的聲音輕聲說道：「好傢伙，起來！要是你繼續躺在這裡，你會被埋在雪裡，而且沒有人曉得你發生了什麼事。」

沉睡的人緩緩地從他的皮毛中抬起頭來，張開沉重的眼皮。有個瘦長的男人站在他的身邊，手上拿著一株比他還高的小樅樹。「跟我來，」那個男人說：「我們在不遠處升了一堆大火，你在那裡休息會比在這個溼地好得多。」那人不假思索，馬上起來跟著陌生人走。雪下得很大，他連自己身前三步的距離都看不清楚，直到陌生人揮揮他手中的東西，才看到他們前面的雪分成兩堆。沒多久，他們就抵達一座森林，並看到親切的火光。

「你叫什麼名字？」陌生人突然轉過身來問道。

「大家叫我漢斯，隆漢斯的兒子。」鄉下人說。

有三個男人穿著夏天穿的白色衣服坐在火前，而方圓三十英哩內，冬天被驅逐出境了。沼澤乾乾的，植物綠油油的，草地上則因為有蜜蜂和金龜子的嗡嗡聲而生意盎然。但在這些聲音的上方，隆漢斯的兒子還是聽到風的呼嘯聲，以及樹枝承受不起雪的重量時所發出的劈啪折斷聲。

「如何？隆漢斯的兒子，這裡不是比你的圓柏樹叢要舒服得多了？」陌生人笑著說。漢斯回答說，能帶他來這裡真是感激不盡。他把羊毛皮丟下來，捲成一個枕頭。他們喝了一杯熱飲，待兩人的心房都暖哄哄的之後，就在地上躺了下來。陌生人用漢斯聽不懂的語言和其他人說了一會兒的話，漢斯聽了一下子就沉沉入睡。

當他醒過來時，森林和火堆都不見了，他不曉得自己身在何處。他揉揉眼睛，開始回想前一晚發生的事，他想自己一定是在作夢，但儘管如此，他還是搞不清楚自己是如何來到這個地方的。

突然間，他聽到一陣很吵的聲音，並感覺到腳底下的土地在震動。漢斯聆聽了一會兒，決

地下工人

定要前往聲音的來處，希望自己能遇到一些人。他來到一個石洞的入口，洞窟裡似乎有火。他進入石洞，看到一間大型的鐵工廠，裡面有一群男人，發出鼓動風箱和揮舞鐵鎚的聲音，而每層砧台上都有七個人，以及你找遍天下也遍尋不著的一組古怪鐵匠。他們的頭比小小的身體還要大，所用的鐵鎚也是身體的兩倍大，但即使是世界上最強壯的男人，也無法像他們如此牢牢地握緊鐵棍，更無法像他們如此精力充沛地敲擊著。

這些小鐵匠們穿著皮製的圍裙，覆蓋住從脖子到腳的身體正面，但背面卻是光溜溜的。手握著松木權杖的男人坐在牆邊的高腳椅上，正緊盯著小傢伙們工作，在他附近有個大型的罐子，工人們時不時要去那裡喝點水。主人沒有穿昨天的白色衣服，而是黑色的短上衣，用一條有著巨大金屬扣的皮腰帶固定位置。

偶爾，主人會用權杖指示他的工人，因為在這麼吵雜的環境下，說話是沒有用的。

就算有人發現陌生人出現，也沒有人看他一眼，只是繼續進行手上的工作。在辛勤工作數小時之後，終於到了休息的時間，他們把鐵鎚都丟在地上，接著便走出洞穴。

主人從座位上下來，並對漢斯說：「我看到你進來了，但工作很急迫，我不能停下來和你說話。今天你一定要當我的客人，我會給你看看我的生活。在這裡等一下，等我脫下這些髒衣服。」他邊說邊把洞穴裡的一扇門打開，並請漢斯先走進去。

喔，漢斯驚訝地看到自己的眼前出現了何等的富貴和寶藏！地上堆滿了金塊和銀塊，閃耀的光芒讓人不敢逼視。漢斯好玩地數數它們的數量，在數到五百七十七時，看到主人轉過身笑著大聲說：「別想去算它們的數量，你會耗費太多時間。你從那堆之中選幾塊吧！我送你當禮物。」

漢斯不等對方再說第二次，馬上停下來撿金塊，但就算他用盡所有的力量，也無法用雙手移動金塊，更別提從地上舉起來了。

「哎呀！你的力氣和跳蚤差不多，」主人笑說：「那你只能用眼睛看看就心滿意足了。」

他叫漢斯跟著他穿越別的房間，直到他們進入一間比教堂還大，裡頭也和其他房間一樣滿是金銀的房間。看著這些足以買下全世界王國的財寶就這樣埋在地下，漢斯心想，它們變得對誰也沒有用處了。

「到底是為了什麼原因，」他問他的嚮導：「你們要在這裡收集這些財寶，讓它們變得對誰都沒有用處？要是到了一般人的手裡，每個人都會變得很有錢，不再需要工作或挨餓了。」

「正是為了這個原因，」他回答說：「所以我必須把寶藏放在他們拿不到的地方。要是人類沒有被迫去賺每天的一碗飯，那整個世界都會閒置下來。只有透過工作和關懷，人類才能學到好的一面。」

聽到這些話，漢斯感到非常詫異，不禁懇求主人告訴他，讓這些金銀財寶躺在這裡，已經滿滿超過儲藏間的財富還在持續增加中，對任何人到底有什麼用處。

「我不是人類，」他的嚮導說：「雖然我有人的外型，但我其實是世界的照顧者之一。我和我的工人要做的就是在地底備好金銀，每年讓其中的一小部分露到土地上，但只有剛好能達成我們任務的數量。沒有錢財就沒有麻煩，我們必須先挖出黃金，然後和大地、泥土或沙子混在一起。然後，在人類經過長時間的努力尋找之後，就會有一些幸運的人或有耐性的人找到黃金。不過，我的朋友，現在是晚餐時間了。如果你想繼續待在這裡欣賞這些黃金的話，那就留下來，等我叫你。」

在他離開的期間，漢斯一間又一間的到處去看寶藏，有時試著弄斷一小塊金塊，但總是白費力氣。過了一會兒，主人回來了，但他改頭換面得非常徹底，漢斯幾乎不能相信這是同一個人。他身上所穿的絲質衣裳閃耀著最鮮豔的顏色，還有金色的邊緣和蕾絲；他的腰上繫著一條金色的腰帶，身上戴的寶石則讓他宛如冬日夜晚閃爍的星星；另外，取代木杖的是一隻精工刀鑿的金色權杖。

財寶的主人把門鎖上，將鑰匙放進自己的口袋裡，然後帶領漢斯進入另一間房間，裡面已經為他們備好晚餐了。桌子和椅子全都是銀做的，而餐盤則由實金所打造。他們直接入座，由十二個小僕人服侍，僕人們的動作是如此俐落，漢斯幾乎以為他們身上有翅膀；他們的身高還不到桌子的高度，所以常常要跳起來拿餐盤。對漢斯來說，每件事都是那麼地新奇，儘管他相當手足無措，但還是非常享受，尤其是當那個戴著金色皇冠的男人開始告訴他許多他從未聽過的事情時。

「在聖誕節和新年之間，」他說：「我常常到處閒逛，觀看人類並學習他們的一些事情，這讓我感到很快樂。但到目前為止，就我所見所聞，我無法說關於人類的好話。他們總是在吵鬧不休，抱怨彼此的錯誤，卻沒有人想到自己的缺失。」

漢斯想說這些話並不是真的，但他做不到，他安靜地坐著，幾乎沒有在聽他的朋友說的話。然後他在椅子上睡著了，完全不曉得接下來發生了什麼事。

睡著的時候，他做了一場美夢，夢中，金塊不斷地出現在他眼前。他覺得自己比清醒的時候要強壯許多，還輕鬆地在把兩塊金塊揹在背上。他一直試揹，到最後他的力量似乎用盡了，幾乎無法呼吸地倒在地上。然後他聽到歡樂的聲音，以及鐵匠們鼓動風箱時的韻律，他甚至覺得自己眼前彷彿看到了一閃一閃的火光。他伸伸懶腰，慢慢清醒過來，發現自己在綠色的森林裡，對著他閃爍的不是地底的火光，而是太陽。他坐起來，納悶自己為何感覺如此怪異。

最後，他想起一切，而當他在心中回想所有他看過的神奇事物時，他試著把它們和日常生活連結在一起，但這麼做只是徒勞無功。在反反覆覆思考到自己快要發瘋了之後，他終於試著相信，自己在聖誕節和新年之間，在森林裡遇到了一位陌生人，並在大火堆前和他度過一夜，隔天兩人還一起吃晚餐，喝了他此生喝過最好喝的飲料。簡而言之，他這兩天都在和另一個男人狂歡作樂。但在這裡，在太陽光有如夏日艷陽般強烈的照射之下，他很難接受這個解釋，並覺得自己可能被某位巫師耍了。

在他附近，在太陽光下，有火燒過的痕跡，而當他靠近時，他發現自己以為是灰燼的東西其實是銀粉，而半燒了的木材則是黃金做成的！

喔，漢斯心想，他真是走運啊！但在別人看到這些以前，他要去哪裡找一個袋子把寶藏裝起來帶回家呢？需求是發明之母。漢斯脫下他的皮毛外套，用外套小心地收集起銀粉，不留一點下來，再把金條放在上面，用自己的皮帶綁住外套，不讓任何一點東西外漏。這些東西事實上不是太重，不過在他的想像中卻是很重的，因此他慢慢移動，直到他找到安全的藏寶地點。

漢斯突然變得富有起來，財力雄厚到足以買下一間自己的房子。但他是個謹慎的男人，因此決定最好離開自己原來的鄉里，在國家遙遠的另一邊尋找一個家，那裡不會有人認識他。他沒有花多久時間就找到他要的房子，而且付錢買下之後，他手頭還剩下相當多錢。落腳之後，漢斯娶了一位住在附近的漂亮女孩，生下幾個小孩，並在臨終時告訴孩子，有關地底主人以及他如何讓漢斯變富有的故事。

（愛沙尼亞童話）

長鼻矮人的歷史

要是你以為仙子、女巫、魔術師等人只有在東方國家才有，或只是雷席德國王那個時代的事，那你就錯了。每個國家每個年代都有仙子，即使是現在也有很多這樣的人物，問題在於我們要如何才能看到他們。

幾百年前，在德國一座大城裡，住了一位補鞋匠和他的妻子。他們很窮，工作得很辛苦。男人整天坐在街角的一個小攤位裡，修補任何帶到他面前的鞋子；至於他的妻子，則在市場販賣自家菜園裡種植的水果和蔬菜，由於她總是弄得乾淨整齊，貨物擺得很吸引人，所以有相當多的客人。

這對夫妻有個兒子名叫傑姆，他是個長相英俊且討人歡喜的十二歲男孩，而且長得比同年齡的孩子還要高。他常常和媽媽一起坐在市場裡，幫客人把買的東西提回去，所以客人常常會給他漂亮的花朵，或一片蛋糕，或甚至是一些零錢。

有一天，傑姆和媽媽一如往常坐在市場裡，有相當多品質優良的香草和蔬菜誘人地擺在木板上，而在一些較小的籃子裡則放了剛採下的梨子、蘋果和水蜜桃。傑姆用最大的音量叫喊著：「這邊，先生，看看這些漂亮的甘藍菜和新鮮的香草！剛採下的蘋果，女士；剛採下的梨子和水蜜桃，全都廉價出售。來買喔！來買喔！」

正當他叫喊的時候，有位看來一臉煩惱憤怒的老婦人經過市場。她有張小小尖尖的臉龐，上面佈滿了皺紋，眼睛則紅紅的，而細長的鷹鉤鼻幾乎要垂到下巴去。她柱著一隻長長的枴杖，一跛一跛拖著腳步跌跌撞撞地走著，宛如隨時就要鼻子朝下地跌下去。

她一路都用這個姿勢走過來，直到走到傑姆和媽媽的攤位前才停下。

「妳是賣香草的哈娜嗎？」她操著粗啞的聲音問道，頭還來回搖擺著。

「是的，我是，」哈娜回答：「有什麼是我能為妳效勞的嗎？」

「等一下，等一下，讓我看看這些香草。我想知道妳是否有我要的東西。」老婦人說。她將一雙可怕的深棕色手臂伸入香草籃，開始用瘦骨嶙峋的手指把所有擺放整齊的香草翻一遍，時不時把它們拿到鼻子前聞一聞。

看到自己的貨品被如此對待，補鞋匠的妻子感到非常厭惡，但她不敢說什麼。當醜老太婆把整籃的東西都翻過之後，她喃喃地說：「爛東西，爛東西，五十年前，東西要好得多，這些全部都是爛東西。」

這讓傑姆非常生氣。

「妳是個很無禮的老太婆，」他大聲說：「妳先用妳那可怕的棕色手指把我們所有好的香草搞得亂七八糟，再用妳的長鼻子聞它們，聞到沒有人想買，然後妳又說這些都是爛東西，可是公爵廚師的香草都是跟我們買的。」

老婦人眼神銳利地看著這個冒失的男孩，令人很不愉快地笑了幾聲，然後說：「看來你不喜歡我的長鼻子，小子。這樣吧，你自己也該有根長鼻子，長到你的下巴。」

她一邊說，一邊搞亂籃子裡的甘藍菜，一個一個拿起來，用力擠壓，然後丟回去，再度喃喃自語地說：「爛東西，爛東西。」

「妳的頭不要那樣搖，」傑姆焦慮地懇求：「妳的脖子就像甘藍菜梗一樣細，可能會斷掉，然後妳的頭就會掉到籃子裡去，那這樣還會有誰來買東西？」

「你不喜歡細脖子嗎？」老婦人說：「那麼你就不會有細脖子，但你的頭會緊緊貼著兩個肩膀之間，肯定不會掉出來。」

「不要對小孩說這些鬼話，」傑姆的媽媽終於開口說道：「如果妳想買，請動作快一點，因為妳害得其他客人都不敢過來了。」

「很好，我會照妳所說的去做，」老婦人一臉氣憤地說：「我要買這六顆甘藍菜，但就如妳所看到的，我只能拄著拐杖走路，不能提任何東西。叫妳的兒子幫我把東西帶回家，我會付他錢的。」

小男孩不喜歡這麼做，甚至開始哭了起來，因為他很怕這個老太婆。可是他的媽媽叫他去，她認為不幫助這麼一個脆弱的老人是不對的。於是，他一邊哭一邊把甘藍菜放在一個籃子裡，然後跟著老婦人穿越市場。

她花了超過半小時才走到這個小鎮遙遠的另一頭，最後終於停在一棟破爛的小房子前面。她從口袋裡抽出一根生鏽的鉤子，把它插進門上的一個小洞裡，然後門就開了。當他們走進去時，傑姆大吃一驚。房子裡面裝飾得美輪美奐，牆壁和天花板是由大理石作成的，家具是鑲了黃金和寶石的黑檀木，地板則是平滑的玻璃，小男孩還在上面滑倒了好幾次。

老太婆拿出一個銀製的口哨，吹到滿屋子都聽得到口哨聲後，很多隻天竺鼠立刻從樓梯上跑下來。不過傑姆覺得很奇怪，因為牠們都用後腳走路，還穿著堅果殼的鞋子和男人的衣服，甚至還戴著最時髦的帽子。

「我的拖鞋呢？懶惰鬼，」老太婆大聲說，用枴杖打牠們。「你們要我在這裡站著等多久？」

牠們趕緊跑上樓，帶回一雙用皮繩縫起來的椰子鞋。老太婆穿上鞋後，就不再拖著腳一跛一跛地走路。她把拐杖丟掉，輕快地走在玻璃地面上，拉著小傑姆跟在她的身後。最後，她在一個看來似乎是廚房的房間停下來。那裡放了一大堆深淺不一的鍋子，桌子是桃花心木作成的，沙發和椅子更是以上等質料製成。

「坐下，」老太婆愉快地說，把傑姆推向沙發的一角，然後把一張桌子放到他的前面。「坐下，你走了很遠的路，又拿了很重的東西，我一定要給你一些東西來酬謝你。等一下我會給你好喝的湯，好喝到你一輩子都忘不了。」

說完後，她再次吹響口哨。首先，穿著男性服飾的天竺鼠出現了。牠們繫上大大的廚房圍

傑姆跟著老婦人走

裙，腰帶上還掛著切肉用的刀子和湯勺等等。接著，數隻松鼠跳了進來，牠們也用後腳走路，穿著在腳踝處束緊的土耳其式蓬蓬長褲，頭上戴著小小的綠色絲絨帽。牠們似乎是廚師的幫手，因為牠們爬上牆壁，拿下深鍋和淺鍋、雞蛋、麵粉、奶油和香料，然後帶到爐子那邊。老太婆在爐邊忙著，傑姆可以看到她正在煮非常特別的東西。最後，湯汁開始沸騰起泡，她取出湯勺，將湯舀入一只銀色的碗裡，然後放在傑姆的面前。

「吶，小男孩，」她說：「喝下這碗湯，然後你會得到所有我身上讓你高興的東西。你也會變成一個很棒的廚師，但真正的香草，不，真正的香草，你是永遠也找不到的。為何你媽的籃子裡沒有呢？」

小男孩無法思考她究竟在說什麼，但他倒是知道這碗湯嚐起來真是美味極了。他媽媽常常給他一些好東西，但從沒有像這湯這麼好喝。香草和調味料的味道從碗裡飄出來，湯頭嚐起來既甜又酸，味道非常濃烈。當他喝完時，天竺鼠點燃某種阿拉伯的香薰，室內逐漸瀰漫著藍色的香氤。香味越來越濃，小男孩差點就無法忍受。他提醒自己必須回到媽媽那裡，但每次他想站起來，就又昏沉沉地倒回去，最後終於在沙發的一角沉沉入睡。

他做了很奇怪的夢。他以為老太婆把他的衣服全都脫下，然後用松鼠的皮包覆住他。接著，他和其他松鼠與天竺鼠在一起，牠們全都非常愉快且禮貌周到，然後大家一起服侍老太婆。首先，他學著用油擦拭她的椰子鞋；然後他學著捕捉小小的日飛蛾，用最細的篩把牠們磨好，再用磨得的麵粉做成柔軟的麵包給沒有牙齒的老太婆吃。

就這樣，他一樣一樣地做，每項工作都做了一年的時間，才換下一個工作，直到第四年才晉升到廚房的位子。在這裡，他從廚師的幫手變成糕點大廚，手藝臻至完美。他可以做所有最難做的菜，兩百種不同的餡餅，還有添加各式各樣香草的湯。他全都學起來了，而且學得又好又快。

當他和老太婆住了七年之後，有天她正要出門的時候給他下了一個命令，叫他宰殺一隻雞，拔了牠的毛，然後在牠體內塞滿香草，並在她回來前把雞烤好。他中規中矩地做事，先扭了雞的脖子，再把牠放進滾水裡，仔細地去除所有雞毛，然後把雞皮洗刷乾淨。接著，他去取一些香草來裝填雞身。在儲藏室裡，他發現有一個半開的櫥櫃，他不記得以前曾經看過這個櫥櫃。他偷偷地往裡面一瞧，看到裡頭擺著很多籃子，籃子裡飄散出一股強烈且令人喜愛的氣味。他打開一個籃子，發現裡面有非常不尋常的香草，它的莖和葉都是藍綠色的，上面還有一朵深紅色的小花，花瓣的邊緣則是黃色的。他凝視著花朵，聞一聞它的味道，發現這和老太婆煮給他喝的湯一樣，有一種奇異而濃郁的味道。但這個味道太濃了，他開始一直打噴嚏，打到最後，他醒過來了。

他躺在老太婆的沙發上，並驚訝地瞪視著四周。「呃，人真的會做很奇怪的夢。」他對自己說。「哎呀！我甚至可以發誓我曾經是隻松鼠，還是天竺鼠之類的同伴，並成為一個很棒的廚師。等我告訴媽媽，她不曉得會笑成什麼樣子。但她會不會罵我在一間陌生的房子裡睡著，而沒有在市場裡幫她的忙？」

他一躍而起，準備要走，但他的四肢似乎因為睡了很久而變得僵硬，尤其是他的脖子，因為他沒有辦法好好移動自己的頭。他笑自己怎麼還是那麼愛睏，以至於鼻子一直撞到牆壁或是廚櫃，蠢極了。松鼠和天竺鼠在他身後一邊跑一邊嗚咽地哭著，宛如牠們也想走，所以當他走到門口時，就請牠們跟他一起走，但牠們全都轉過身，快速地跑回房子裡。

城鎮的這一帶有點偏遠，有許多狹窄的巷道是傑姆所不熟悉的，他對它們的蜿蜒曲折感到困惑，對人群的反應也很不解，因為他們似乎正為了某種表演而一副很興奮的樣子。從他聽到的，他猜想他們看到一個矮人，因為他聽到人們大叫著說：「看看那個醜矮人！」「他的鼻子好長啊！而且你們看，他的頭緊緊貼著肩膀之間，還有那雙醜陋的棕色手掌。」要不是他急著回去媽媽那邊，他會跟大家一起去看，因為他喜歡看巨人和侏儒之類的表演。

當他抵達市場時，他覺得很困惑。他媽媽就坐在那裡，籃子裡還是有非常多的水果，所以他想自己應該沒有睡那麼久。但他發現她好像很哀傷，因為她沒有招呼經過的行人，反而把頭埋在兩手之間，而當他靠近時，他發現她看起來比平常要蒼白許多。

他為了自己該做什麼而遲疑，但最後他輕巧地走到她的身後，一隻手放在她的手臂上，並說：「媽媽，怎麼了？妳在生我的氣嗎？」

她立刻轉過身並跳了起來，還發出一聲害怕的慘叫。

「你要幹嘛？你這個可怕的小矮人？」她大叫著說：「走開，我受不了這種惡作劇。」

「可是，我親愛的媽媽，妳是怎麼了？」傑姆重複說道，心裡感到非常害怕。「妳一定是生病了。妳為什麼要趕走自己的兒子呢？」

「我已經說過了，走開。」哈娜再說一次，語氣非常憤怒。「你的惡作劇是無法從我這裡拿到什麼，你這個怪物。」

「喔！天哪！喔！天哪！她一定是失神了。」少年自言自語：「我要如何帶她回家呢？我最親愛的媽媽，請仔細看看我。難道妳看不出來我是妳的兒子傑姆嗎？」

「喔，你聽過這麼厚顏無恥的事情嗎？」哈娜轉向鄰居問道：「你看這個嚇人的小矮人，你相信嗎？他居然要我以為他是我的兒子傑姆？」

所有市場裡的女人都跑過來一起說話，她們全力責罵傑姆，並說他對哈娜女士做這種惡作劇是非常無恥的事情，因為哈娜可愛的兒子七年前被人帶走，她到現在還無法走出失去兒子的傷痛。這些婦女威脅說，要是他不立刻走開，她們就要撲上來，好好打他一頓。

可憐的傑姆不曉得這到底是怎麼一回事。他確定他今早才和媽媽一起到市場，幫忙弄好攤

哈娜認不出傑姆

位，然後前往老太婆的屋子，在那裡喝了碗湯並小睡了一下。可是現在他回來了，她們卻說那是七年前的事，並說他是個可怕的小矮人。哎呀！他究竟碰到了什麼事？當他發現自己的媽媽一點都不想和他有任何關聯時，他眼睛含著淚水轉身走開，悲傷地走向他爸爸的攤位。

「現在，我要看看他認不認得我，」他想：「我就站在門口和他說話。」

當他抵達爸爸的攤位時，他站在門口往裡面看。補鞋匠正在忙，所以過了好一陣子都沒有看到他的出現，但補鞋匠突然往上一看，發現有人來了，手上的鞋子、線和其他東西通通掉到地上，驚恐地大叫：

「老天！那是什麼呀？」

「你好，先生，」男孩一邊走進去一邊說：「你好嗎？」

「非常不好，先生。」他爸爸回答。傑姆很驚訝，因為他似乎不認得傑姆。「生意不好，我孤孤單單一個人，又越來越老，可是請工人很花錢。」

「但你不是有個兒子嗎？他可以一點一點學會做你的工作。」

「我本來是有個兒子，他名叫傑姆，現在應該是個高壯的二十歲小伙子，可以成為我的好幫手。唉！當他只有十二歲時，他很機伶且手腳俐落，也學會了很多事情，甚至還是個很帥的男孩，又很令人愉快，所以客人都很喜歡他。但是啊，但是啊，人世間不如意事總有十之八九。」

「那你兒子現在在哪裡？」傑姆用顫抖的聲音問道。

「只有老天才知道，」男人回答說：「七年前他在市場被人帶走，之後我們就再也沒有他的消息。」

「七年前！」傑姆驚恐地高聲說道。

「是的，沒錯，七年前，我太太回家哀嚎哭泣著說小孩整天沒有回來，儘管我覺得這似乎是昨天才發生的事；我總是說這樣的事情是可能會發生的。傑姆是個很帥的男孩子，每個人都喜歡找他幫忙，我太太對於有這麼一個兒子非常驕傲，喜歡讓他把蔬菜等東西帶到別人家去，而他總是受到人家的疼愛，並盡量請他幫忙。但我總是說：『小心，這是座大城鎮，有很多壞人，小心看顧著傑姆。』然後事情就發生了，有一天一位老太婆出現，買了很多東西，超過她所能負荷的份量，於是我太太很好心地把小孩出借，然後，我們就再也沒有看到他了。」

「而這是七年前的事，是不是？」

「是的，七年了，我們大聲呼喚他，一戶一戶地去找。很多人都認識我這個帥兒子，也很喜歡他，但我們怎麼也找不到他。似乎沒有人認識那個買蔬菜的老婦人，只有一個九十歲的老太太說，那可能是每五十年會進城來買東西的香草仙子。」

他爸爸一邊說，傑姆也越來越明白事情的經過，並終於了悟他之前並不是在作夢，而是真的以松鼠的模樣服侍老婦人長達七年的時間。他一面回想，心中充滿了忿怒。他七年的青春歲月被人偷走，而他得到了什麼？學著擦拭椰子鞋，擦亮玻璃地板，並從天竺鼠那裡學會做菜！他站在那裡思考，直到最後他爸爸問他：「有什麼是我可以為你服務的嗎？年輕的先生。我是否該幫你做一雙拖鞋，或者，也許，」他微笑著說：「一個鼻套？」

「你要為我的鼻子做什麼？」傑姆問說：「我又為何會需要它？」

「呃，每個人都有自己的品味，」補鞋匠說：「但我不得不說，要是我有根像你一樣的鼻子，我會訂做一個紅色的皮套。這裡有張很好的皮，而且能保護你。像你這樣子，一定常常會撞到東西。」

小伙子驚恐得說不出話來。他摸摸自己的鼻子，發現鼻子很粗，而且非常長。那麼，老太婆已經把他變了個模樣，而這就是為何他媽媽認不出他來，還叫他是個可怕小矮人的原因。

「先生，」他說：「你這裡有鏡子可以讓我看一下嗎？」

「年輕人，」他爸爸說：「幾乎沒有人會喜歡你的長相，你不需要浪費時間從鏡子中端詳自己。此外，我這裡也沒有鏡子，要是你非得要找到鏡子，你可以去找理髮師俄奔，向他借個鏡子，他就住在那邊。再見了。」

他說完話，就輕推傑姆到街上，關上門，繼續工作。

傑姆過街到理髮院去，對方是他以前就認識的人。

「你好，俄奔，」他說：「我可以在你的鏡子前看一下我自己嗎？」

「這是我的榮幸。」他笑著說，而他店裡的人也都笑了。「你是個漂亮的年輕人，有天鵝般的長脖子，白色的手，以及小小的鼻子。難怪你很驕傲，但你可以愛看多久就看多久。」

理髮師說，室內眾人響起一陣竊笑。同時間，傑姆走到鏡子前，悲傷地看著自己在鏡中的身影。他的眼睛流出了淚水。

「難怪連妳也沒辦法認出自己的孩子，親愛的媽媽，」他想：「他曾經讓妳感到驕傲的外貌已經變得完全不一樣了。」

他的眼睛變得很小，像豬的眼睛；他的鼻子很大，而且長過他的嘴，垂到下巴；他的喉嚨似乎完全不見了，他的頭則僵硬地卡在肩膀之間。他不比七年前高，當時他只有十二歲；但他橫向發展，胸口和背部隆起，像是兩只袋子。他的腿小而瘦弱，但手臂卻像成年人那麼大，還有棕色的大手和細長的手指。

然後，他想起那天早上剛見到老太婆時的情況，也想起了她的威脅，便不發一語地離開理髮院。

他決定再去找他的媽媽，並發現她還在市場內。他懇求她安靜地聽他說話，讓她想起他和老太婆離開的那一天，以及許多他的童年往事，並告訴她香草仙子如何對他施展魔力，讓他服侍她七年的時間。哈娜不曉得該怎麼想，這個故事太詭異了，而且要把她那個帥兒子和這個可怕的小矮人聯想在一起似乎也是不可能的事。最後，她決定要去找她的丈夫談這件事。她收起她的籃子，要傑姆跟在她的身後，然後直接走去補鞋匠的攤位。

「你看，」她說：「這個傢伙說他是我們走失的兒子。他告訴我他如何在七年前走失，以及被仙子下魔咒的事。」

「真是的！」補鞋匠插嘴生氣地說：「他這樣告訴妳嗎？等一下，你這傢伙，我一個小時前才告訴他這些事情，然後他就去找妳胡說八道。所以你被下了魔咒是嗎？我的兒子。等一下看我怎麼對你下魔咒！」

他說完話就拿起一捆皮帶，往傑姆身上用力一打，傑姆只能哭著跑出去。

可憐的小矮人四處遊蕩，沒有食物也沒有水可以喝，晚上還因為能在教堂的階梯上躺下來睡覺而感到慶幸。隔天早上天一亮，他就醒了，開始思考他要如何賺錢養自己。突然，他想起自己是個很棒的廚師，便決定要去找個地方工作。

一等到天際大白之後，他就出發前往宮殿，因為他知道統治這個公國的大公喜歡吃好東西。

當他抵達宮殿時，所有的僕役都聚集在他身邊取笑他，他們說話的聲音和笑聲太大了，以致於總管家急急地走進來大聲說：「行行好，安靜一點不行嗎？你們難道不曉得大公還在睡嗎？」

有些僕役立刻跑走，其他人則指向傑姆。確實，當總管家看到這麼可笑的景象時，他自己也很想笑出來，但他下令僕役們走開，然後把小矮人帶到自己的房間。

當他聽到小矮人要求做廚師時，他說：「你錯了，小伙子。我想你是要成為大公的小矮人，不是嗎？」

「不是的，先生，」傑姆回答說：「我是個很有經驗的廚師，如果你好心帶我去見大廚，他可能會發現我很有用。」

「好吧！就隨你的意思。但相信我，你當大公的小矮人還比較容易些。」說完話，總管家帶他去大廚的房間。

「先生，」傑姆一邊說，一邊彎腰鞠躬，直到他的鼻子差點就碰到了地板，「你想不想要一位有經驗的廚師？」

大廚把他從頭看到腳，然後大笑出聲。

「你是個廚師！你以為我們煮飯的爐子很矮嗎？你以為你看得到任何擺在爐子上的燉鍋嗎？喔，親愛的小傢伙，不管是誰叫你來的，他只是想要取笑你。」

但小矮人並沒有因此而放棄。

「在這樣一間房子裡，多一個蛋或兩個，或是一點奶油，或是麵粉和調味料，又有什麼差別呢？」他說：「說出你希望我煮的東西，把我需要的材料給我，你就知道了。」

他再多費了一些唇舌，終於說服大廚讓他一試身手。

他們走進廚房，那是一個非常大的地方，至少有二十個火爐，總是不停地在燃燒。一條清澈的水流流經室內，水流的一頭則養了活魚。廚房裡的每樣東西都是最好最漂亮的，一大堆廚師和助理正忙著準備菜餚。

「大公說他午餐要吃什麼？」主廚問。

「先生，大公點了丹麥湯和紅漢堡水餃。」

「好，」主廚說：「你聽到了嗎？你想你做得出這些菜嗎？你是做不出水餃來的，因為這是秘密的食譜。」

「就這樣而已嗎？」傑姆說，他常常做這兩道菜。「沒有比這個更簡單的了。給我一些蛋，一片野豬肉，以及湯要用的根莖和香草；至於水餃，」他低聲對主廚說：「我要四種不同的肉，一點紅酒，鴨骨髓，一些薑，以及一種名叫療癒的香草。」

「唉呀！」大吃一驚的主廚大聲說道：「你在哪裡學會做菜的？是的，正是這些材料沒錯，雖然我們從沒有用過療癒香草，但我確信這會讓菜更加美味。」

於是傑姆獲准一試身手。他的身高幾乎碰不到火爐，但在兩張椅子上放上一張寬寬的厚木板後就沒問題了。所有的廚師都圍著他觀看，並忍不住讚許他做菜時的俐落手腳。最後，一切都準備就緒，傑姆下令把這兩道菜拿去燒，直到他說好為止。然後他開始數數：「一、二、三……」直到數到五百時，他才大叫說：「好了！」他們把燉鍋拿起來，傑姆請主廚嚐嚐味道。一位廚師拿了一根金湯匙，清洗一下並擦乾淨後遞給主廚，主廚一本正經地靠近，嚐了嚐味道，嘴巴接著發出嘖嘖聲。「真的是一等一的好！」他宣稱：「你確實是個大師，小傢伙，而療癒香草更是別具風味。」

當他說話的同時，大公的近侍進來說，大公已經準備要吃午餐了。於是他們立刻把菜餚用銀盤子盛好送過去。主廚帶傑姆到他的房間，但幾乎還沒有時間問他問題，就接到命令要他立刻去見大公。傑姆火速穿上最好的衣服，然後跟著傳訊人的後面過去。

大公看來非常滿意。他已經把盤子裡的食物一掃而空，主廚走進去時他正在擦嘴巴。「今天是誰煮我的午餐的？」他問：「我必須說，你的水餃一直非常美味，但我不認為以前有今天這麼好吃。是誰煮的？」

「這有段奇怪的故事，殿下。」主廚說，接著將事情的來龍去脈告訴大公。大公非常驚訝，並派人把小矮人找來，還問了他許多問題。當然，傑姆不能說出自己被變成一隻松鼠的經過，但他說他沒有雙親，是一位老太婆教他做菜的。

「如果你留在我這邊，」大公說：「你每年會得到五十個金幣，還有一件新外套和幾件褲子。你必須親自煮我的晚餐，並指導別人做我的晚餐，以後你的職稱是助理主廚。」

傑姆深深彎腰一鞠躬，承諾將順從新主子的要求。

他沒有浪費時間，馬上開始工作，而每個人都很高興有他在廚房，因為大公不是個有耐性的人，以前要是食物不合他的口味，他常常對著廚師和僕人丟擲盤子和菜餚。不過，現在一切都改觀了，大公不再抱怨，一天吃五餐而非三餐，還認為所有的菜都很美味，所以一天天地胖了起來。

於是傑姆住在宮殿裡有兩年的時間了，並受到眾人的尊敬，而且只有在想到自己的父母時才感到悲傷。日子就這樣一天天過去，直到發生了這件事。

長鼻子矮人（這是大家對他的稱號）總是盡量親自去市場採買，只要時間容許，他就會去市場買肉和水果。一天早上，他去鵝市場尋找一些美味的肥鵝。現在沒有人會嘲笑他的外表了，大家都曉得他是大公的特殊貼身廚師，而他的鼻子轉到哪個方向，在那個方向賣鵝的女人就會覺得很驕傲。

他注意到有個女人和她養的幾隻鵝獨坐在一旁，沒有像其他人一樣大聲向客人招呼或誇讚自己的鵝有多好。他走到她那邊，摸摸並掂掂鵝的重量。他發現這些鵝非常好，於是就買下三隻鵝和關鵝的籠子，再往他的寬肩上一揹，然後打道回宮。

他一邊走，發現三隻鵝中有兩隻像普通的鵝一樣咯咯叫或尖叫，但第三隻卻安靜地坐著，偶爾還會深深地嘆口氣，像個人似的。「這隻鵝生病了，」他說：「我一定要趕快宰了牠，開膛清洗。」

然而那隻鵝卻清清楚楚地回答說：

「擠壓得太大力，

我會咬人，

要是你扭我的脖子，

我會送你早點上西天。」

小矮人非常害怕，馬上把籠子放下來，看到那隻鵝用悲傷的大眼睛凝視著他，並再度嘆息。

「天啊！」長鼻子矮人說：「原來妳會說話，鵝小姐。我從來沒想到會這樣。呃，別沮喪，我不會笨到傷害一隻這麼稀有的鳥。但我打賭妳並非一直都穿著羽衣的，我自己還不是曾經是一隻松鼠？」

「沒錯，」鵝說：「你猜對了，我並不是生下來就是這個可怕的模樣。喔！沒有人想得到，偉大的偉樂伯之女咪咪，會被宰殺成為大公桌上的菜餚。」

「放輕鬆，咪咪小姐，」傑姆安慰著說：「我是個說話算話的人，也是大公的助理主廚，沒有人敢傷害妳的。我會在我的房間幫妳弄一個小籠子，妳會吃得很好，我也會盡量過來和妳說話。我會告訴其他廚師，我要養肥一隻鵝，為大公做一道非常特殊的菜餚，但一有機會，我就會放妳自由。」

鵝眼裡含著淚水向他道謝，小矮人也信守他的諾言。他殺了另外兩隻鵝來做晚餐，但在自己的房間中替咪咪做了一個小小的收容所，假裝要親自養肥這隻鵝。他把自己所有的空閒時間都用來和她說話及安慰她，並給她吃所有最可口的食物。他們將彼此的故事和對方分享，傑姆這才知道咪咪本來住在高斯蘭，是偉樂伯巫師的女兒。偉樂伯和一位仙子鬧翻了，對方用奸計背叛他，把他的女兒變成一隻鵝，還把她帶去遙遠的地方，以作為報復。當長鼻子矮人把自己的故事也告訴她時，她說：「我懂得一點這方面的事情，而根據你所說的，你是被下了香草魔咒，也就是說，如果你能找到那個讓你醒過來的香草，那麼你就能打破魔咒了。」

這只給傑姆帶來些許慰藉，畢竟他要去哪裡找到那種香草呢？

大約就在此時，鄰近的王子來拜訪大公，兩人是朋友。大公派人把長鼻子矮人找來，對他說：「現在是你大展身手的時候了。這位來我家住的王子，是除了我以外吃得最好的人，也是個很棒的美食鑑賞家。只要他在這裡，你就必須注意，要讓我桌上的菜餚不斷為他帶來驚喜。同時，不要惹我生氣，小心同一道菜不要出現兩次。你儘管去拿你需要的東西，不用客氣，甚至你要把黃金和寶石給鎔了，也沒有關係。我寧可變成窮光蛋，也不要在他面前丟臉。」

小矮人一鞠躬，回答說：「我會遵從殿下的指示。我會盡全力讓您和王子都感到滿意。」

從這時候開始，這位矮小的廚師幾乎都待在廚房沒有出來，四周則圍繞著他的幫手。他下達命令，烤呀燉的，調味成各式各樣的菜餚。

王子在大公這裡住了兩個星期，而且極為享受。他們一天吃五次飯，大公也對小矮人的手藝滿意得沒話說，因為他看到自己的客人有多麼心滿意足。第十五天，大公派人把小矮人找來給王子看看。

「你是個非常棒的廚師，」王子說：「你也真的知道什麼才是好的食材。我在這裡的期間，你從來沒有重複過一道菜，而且所有的菜都出色極了。但請告訴我，為何你從沒有做菜中之后，蘇則賴恩肉餡餅？」

小矮人非常驚恐，因為他從來沒有聽過這道菜。但他沒有驚慌失措，只是回答說：「我在等，希望閣下能再多待一些時候，因為我提議用這道真正皇家的菜餚，作為您在此逗留最後一天的特別菜色。」

「當然，」大公笑著說：「那我想你準備要在我死的那天才做，因為你從沒有做過這道菜給我吃。不過，你必須再發明別的菜色，因為明天我的桌上就要有這道餡餅。」

「遵命。」小矮人說，然後就離開了。

但他一點也高興不起來。丟臉的時刻似乎馬上就要到來，因為他完全不曉得要怎麼燒這道菜。他滿腹哀傷地回到自己的房間。當他沉浸在自己的思緒中時，自由地走來走去的鵝小姐咪咪出現在他面前，並問他怎麼了。當她聽說此事後，便說：「高興點，我的朋友。我很清楚這道菜，我們在家裡常吃，我可以猜想得到它是怎麼做的。」然後她告訴小矮人要放些什麼材料，最後並說：「我想這樣就可以了，要是有一些小地方沒有注意到，或許他們也不會發現。」

確實，隔天一道周圍飾以花朵且富麗堂皇的餡餅上桌了。傑姆自己穿上最好的服裝進入餐廳。當他走進去時，切肉的人正在切肉餅，分給大公和客人享用。大公大口一咬，吞下去後張大了眼睛。

「喔！喔！這真的可以稱之為餡餅之后，同時我的小矮人應該要被稱為廚師之王。你不認為嗎？親愛的朋友。」

王子吃了幾小口，仔細品嚐檢視，然後帶著諷刺的微笑說著賣弄玄虛的話語：「這道菜做得很好，不過並沒有如我期望得完整。」

大公立刻發起脾氣來。

「狗廚師！」他大吼著說：「你怎麼敢給我吃這樣的菜？我現在很想把你的頭砍下來作為懲罰。」

「請手下留情，殿下。我根據最正確的原則來做這道肉餅，沒有遺漏任何一個地方。請問王子我應該還要放什麼進去？」

王子笑著說：「我確信你無法像我的廚師做得那麼好，長鼻子朋友。你要知道，你得放一種名叫風味的香草，這個國家並不懂得這種香草，但它會給餡餅帶來一種特殊的味道，少了它，你的主子永遠也吃不到最完美的味道。」

大公憤怒異常。

「可是我要吃到最完美的味道，」他大聲咆哮：「明天不是餡餅做好，就是這個傢伙的人頭落地。去，卑鄙的人，我給你二十四小時的期限。」

可憐的小矮人趕緊回到自己的房間，將自己的悲慘境遇告訴鵝小姐。

「喔，只是這樣嗎？」她說：「那我可以幫助你，因為我爸爸教會我認識所有的植物和香草。還好現在是新月期間，因為這種香草只在這個時候生長。可是你要告訴我，宮殿附近可有栗子樹？」

「喔，有的，」長鼻子矮人大叫著說，大大鬆了一口氣，「就在靠近湖那邊，距離宮殿只有幾百碼，那裡有一大叢栗子樹。但妳問這個幹嘛？」

「因為那種香草只會生長在栗子樹下，」咪咪回答：「所以我們不要浪費時間，趕快去找。把我挾在你的手臂下，出了門後再放我下來，我會去找香草。」

他照著她的話做，一到院子就把她放在地上，她則搖搖晃晃地盡快朝著湖邊前進。傑姆懷著焦慮的心情跟在她的後面，因為他的性命就仰賴於她能否成功找到那種香草。鵝到處尋找，卻徒勞無功。她在每株栗子樹下尋找，用她的鵝嘴翻找每一根草，但什麼也找不到，而天空已經漸白了。

突然，小矮人注意到一棵大樹獨自生長在湖的另一邊。「妳看！」他大聲說：「讓我們到那裡去試試看。」

鵝拍動羽翼，跳到前面去，小矮人則用自己短小的腿盡力地快速前進。那棵樹形成了巨大的樹蔭，站在樹下幾乎全無光線，但鵝突然站住不動，高興地拍著翅膀，然後摘下某樣東西，再拿給她驚訝的朋友，說道：「就是這個！這裡還有很多，你不會不夠用的。」

小矮人站著凝視這株植物。它散發出一種強烈的甜味，讓他想起自己受到魔咒的那一天。這植物莖和葉都是藍綠色，上面有朵深紅色的花，花瓣的邊緣是黃色的。

「多麼神奇啊！」長鼻子矮人大叫：「我相信這就是讓我從松鼠變成現在這副可憐模樣的香草。我該試試看嗎？」

「先不要，」鵝說：「你先摘滿一手的植物，然後我們一起回到你的房間。把你所有的錢和衣服收好，再試試看香草的力量。」

於是，他們回到傑姆的房間，他把自己存下來的五十幾塊金幣、衣服和鞋子通通收好，捆成一個包袱。完成之後，他將臉埋在香草之中，深深吸入它們的香味。

就在他這麼做的時候，他的四肢開始發出劈帕聲，並伸展開來，他覺得自己的頭從肩膀上升，他往下看著自己的鼻子，看見它越來越小，他的胸口和背部則變得扁平，他的腿也拉長了。

鵝驚異地看著他。「喔，你真是又高又帥啊！」她大叫著說：「感謝老天，你變了好多。」

傑姆向她做出道謝的手勢，滿懷感謝。不過，他沒有被事情沖昏頭，而忘了他欠朋友咪咪小姐一份情。

「我欠妳一條命和我的自由，」他說：「要不是妳，我永遠也無法回復我原本的樣子，而且很快就會被砍頭了。我現在要帶妳回去妳爸爸那裡，他一定知道如何幫妳解開咒術。」

鵝開心地接受他的建議，一人一鵝想辦法在沒有人注意的情形下溜出宮殿。

旅途中沒有發生任何意外，巫師很快就解救了自己的女兒，還一再向傑姆道謝，給了他許多寶貴的禮物。傑姆不浪費時間，趕快回到自己的家鄉，他的雙親也很願意認這位英俊挺拔的年輕人為自己失散許久的兒子。他用巫師給他的錢開了一家店，而且生意興隆，從此過著快樂

鵝找到了神奇的香草

的生活。

不過，我不能忘了告訴你們一件事，那就是傑姆的消失造成宮殿裡的大騷動，因為大公下令，小矮人如果沒有找到需要的香草，就等著被砍頭，但小矮人消失了。王子暗示大公讓自己的廚師逃跑，因此有違自己的承諾。這件事導致兩位王公之間的戰爭，史上稱為「香草戰爭」。經過許多次戰役和人命的損失之後，雙方最後終於達成和平，而這個和平被稱為「餡餅和平」，因為在正式的晚宴上，王子的廚師做了餡餅之后蘇則賴恩，而大公宣稱這確實是道極品。

食人貓納達

從前有一個蘇丹，他很鍾愛自己的花園，並在裡面種植了來自世界各地的樹木、花朵和水果。他每天都會去花園三次，先是早上七點他起床後，然後是下午三點，最後是五點半。他的眼睛從不漏看任何一株植物，但最令他流連忘返的是一棵棗樹。

蘇丹有七個兒子，其中六個兒子強壯且有男子氣概，讓蘇丹引以為傲，但最小的兒子卻整日泡在屋子裡的女人堆中，因此不得蘇丹喜愛。蘇丹和他談過，但他一點也不在乎；蘇丹痛打他，他還是不在乎；蘇丹把他綁起來，他仍然不在乎；最後蘇丹累了，不再企圖改變他的行事作風，就隨他去。

時間一天天過去，有一天，蘇丹很高興地看到他的棗樹就快結出果子了，他對大臣說：「我的棗樹要長出果子了。」他對官員說：「我的棗樹要長出果子了。」他也對法官說：「我的

棗樹要長出果子了。」他把這個消息告訴了城裡所有富人。

蘇丹耐心地等了幾天，等到棗子快成熟時，就把六個兒子叫到跟前，對他們說：「你們當中必須有一個人來看管棗子，等它們成熟。因為要是沒人看管，奴隸就會來偷，那我這一年又會是什麼棗子都沒有。」

大兒子說：「父親，我這就去。」而且說走就走。

他做的第一件事是召集他的奴隸，命令他們整晚在棗子樹下擊鼓，因為他怕自己會睡著。奴隸聽命擊鼓，大兒子隨著鼓聲一直跳舞到凌晨四點，然後天氣變得非常寒冷，他跳不下去了，這時有一名奴隸跟他說：「天快亮了，樹安然無恙，主人你就躺下來睡一下吧。」

於是他躺下來睡著了，而他的奴隸也跟著睡。

幾分鐘後，鄰近的灌木林中飛來一隻鳥，把棗子吃得精光，一顆也不剩，然後又飛回灌木叢去。不久，一名奴隸醒來，看到棗子不見了，就跑去把年輕的主人搖醒說：「你父親派你來看顧這棵樹，你沒有看好，現在棗子都被鳥吃光了。」

年輕人跳起來，親自跑去棗樹那邊看，發現棗子全都不見蹤影，便大喊著說：「我要怎麼跟父親交代？我要告訴他棗子被偷了？還是說下大雨被暴風吹掉？可是他一定會叫我把它們撿起來交給他，但我又能拿什麼給他？不然我告訴他貝都因人（譯註：遊牧民族）把我趕走，等我回來的時候，棗子都不見了。但他會說：『你有奴隸，難道他們不會跟貝都因人打嗎？』最好還是實話實說，就這麼辦。」

他直接去找父親，看到父親正坐在陽台上，旁邊圍著五個兒子。年輕人向父親行禮。

蘇丹說：「跟我說花園的情況。」

大兒子回答說：「棗子都被鳥吃光了，一顆也沒剩。」

蘇丹沉默半晌，然後問道：「鳥飛來的時候你在哪？」

大兒子回說：「我看著棗樹直到雞啼，天快亮的時候，我去躺了一會兒，然後就睡著了，醒來的時候一名奴隸站在我的面前跟我說：『樹上一顆棗子都沒了！』我跑去看棗樹，真的是這樣，我只好過來告訴你。」

蘇丹回答：「像你這種只會吃睡的兒子，對我沒用。你走吧，等我的棗樹再結出果子，我會派另一個兒子去，或許他會看好它們。」

蘇丹等了好幾個月，棗樹終於長滿了比過去都還要多的棗子，等到棗子快成熟時，他又指派一個兒子到花園去，並吩咐道：「兒子，我很想嚐嚐這些棗子，去看好它們，今天的太陽會讓果實成熟。」

年輕人說：「父親，我現在就去，明天過了七點，你再派個奴隸過來採棗子。」

蘇丹說：「很好。」

年輕人到棗樹那裡後就躺下來睡覺，直到午夜時分，他才起來看顧樹，發現棗子都還在，一叢叢漂亮的棗子在樹上搖擺著。

「啊，我的父親可以好好大吃一頓了，」他想：「大哥實在太笨了，不知道要小心一點，現在丟臉了吧，我們都不想認他做大哥了。嗯，我就要等這隻鳥過來，看牠搞什麼把戲。」

他坐下來讀書，直到雞啼天亮，棗子還是在樹上。

「哈，父親可以吃棗子了，它們全都安然無恙，」他暗忖；「我還是靠在樹上舒服些。」但他靠著靠著就睡著了，而鳥趁機飛了下來，把所有的棗子都吃得一乾二淨。

太陽升起後，奴隸來了，並發現棗子全都不見，就把蘇丹的兒子搖醒對他說：「你看這顆樹。」

年輕人看了一下，發現沒有棗子，而他一想到對父親的承諾，就嚇得雙腿發抖，耳朵和舌頭也不聽使喚。他的奴隸看了很害怕地問：「主人，你怎麼了？」

他回答說：「我全身上下沒有一處病痛，卻處處不舒服；我混身無恙，卻好像一身是病。我怕我的父親，因為我不是告訴他『明天七點你會嚐到棗子』嗎？他會把我趕走，就像趕走我的哥哥一樣。我還是在他趕我走以前自己先閃人算了。」

他起身，選了一條路要離開皇宮，但他才走沒幾步，就碰到一個奴隸拿著大銀盤，上面放了一塊準備用來覆蓋棗子的白布。

蘇丹的兒子對那奴隸說：「棗子還沒有成熟，你明天再來。」

於是這名奴隸跟著蘇丹的兒子來到皇宮，並看到蘇丹正和其他四個兒子坐在一起。

蘇丹的兒子說：「兒子向你請安。」

蘇丹問說：「你有看到我派去的人嗎？」

「有，但棗子還沒成熟。」

蘇丹不相信他的話，還說：「這是連續第二年，因為我兒子的關係，讓我吃不到棗子。走吧，你不再是我的兒子了。」

蘇丹看著剩下的四個兒子說，只要有人可以從這棵樹上取下棗子來給他，就會獲得豐厚的獎賞。但是一年又一年過去了，蘇丹還是沒有拿到棗子。有個兒子想要靠玩牌來保持清醒；另一個兒子爬到馬上繞著樹跑；剩下的兩個是蘇丹最後的希望，所以他把這兩個兒子一起派去，他們點了營火，但不管怎麼做，結果還是一樣，快到清晨時他們都睡著了，然後鳥就把樹上的棗子吃光光。

到了第六年，樹上的棗子長得比以往更茂盛，看管的人到皇宮將這個消息告訴蘇丹。然而蘇丹只是搖搖頭，悲哀地說：「有什麼用？我有七個兒子，過去五年卻讓一隻鳥把我的棗子吃光。今年也將跟往年一樣。」

這時，蘇丹最小的兒子正如往常般坐在廚房，他聽到父親說的話後，起身走到父親跟前跪下。

「父親，今年你會吃到棗子，」他說：「這次我會親自看管這顆棗樹。」但他的父母親打從心裡覺得可笑，認為他不過是隨便說說而已。

有一天，棗子成熟的消息傳到蘇丹耳裡，他命令手下去看護這株樹。他的兒子剛好站在旁邊，聽到這個命令就說：「我是你的兒子，你怎麼可以把我留下來，命令手下去看管這株樹？」

他的父親回答說：「六個沒用的兒子都失敗了，你能成功嗎？」

少年說：「你暫且耐心等待，讓我去。明天你就知道我是不是能夠拿回棗子。」

「讓你的孩子去吧，大人，」蘇丹的妻子說：「不管吃不吃得到棗子，都讓他去吧。」

蘇丹說：「我會讓他去，但我打從心裡不相信他。他的哥哥們也都信誓旦旦，但他們辦到了嗎？」

少年哀求說：「父親，如果你和我以及母親明天還活著，你就吃得到棗子了嗎？」

他的父親說：「那就去吧。」

少年來到花園，叫奴隸都回家去睡覺，留下他一個人就好。接著，他躺下熟睡到一點鐘，再起身坐在棗樹的對面。他從衣服裡拿出一些玉米，又拿出一些沙礫。

他嚼著玉米，愈來愈想睡，就把一些沙礫放進嘴裡，讓自己保持清醒，終於等到那隻鳥飛來。

鳥起初環顧四周，並未看見這個少年，便低聲自語：「沒有人在。」然後輕飛到樹上伸出鳥嘴要吃棗子，這時少年悄悄起身，抓住了鳥的翅膀。

鳥轉身想要急速飛離，但少年怎麼都不肯鬆手，於是一人一鳥雙雙飛在空中。

他們飛得越來越高，眼看下方的山峰已經變得很小，鳥開口說道：「蘇丹之子啊，如果你跌下去，在跌到地面以前，你就死了，所以你走你的，讓我走吧。」

但少年回答說：「你去哪，我就跟到哪。你擺脫不了我的。」

「我沒有吃你的棗子，」鳥堅持說；「天快亮了，讓我走。」

但少年還是說：「我的父親因為你偷吃棗子，對我的哥哥滿懷怨恨。今天我的父親、哥哥，還有城裡所有人，不管大人小孩，都該好好看看你是什麼東西，而我的父親更會由衷地感到歡喜。」

鳥說：「好吧，如果你不放手，我就把你丟下去。」

食人貓納達

牠飛得更高，高到地球就像其他星星一樣閃爍。

鳥說：「如果從這裡掉下去，你會屍骨無存。」

「死就死！」少年說：「我不會放手的。」

眼看多說無益，鳥只好飛回地上。

「你到家了，讓我走吧，」鳥懇求道：「不然至少我們做個協定。」

少年說：「什麼協定？」

「不要讓我曬到太陽，」鳥回答說：「我也會讓你免於淋雨。」

「你要怎麼做？我怎麼知道我是不是可以信任你？」

「從我的尾巴拔一根羽毛，放在火裡，如果你找我，不管我在哪裡我都會飛來找你。」

少年說：「好吧，我答應你。去吧！」

「再見，朋友。當你呼叫我的時候，即使是在深海，我也會過去。」

少年看著鳥飛去，然後直接回到棗樹那裡。看著棗子，他滿心歡喜，並覺得自己的身體強壯無比，而他的眼睛也更為明亮。他高興地笑出聲來，對自己說：「我這個只會坐在廚房的人真是走運。再見棗樹，我要去躺下休息，以前吃你果子的鳥再也不會來把你吃掉。」

當太陽高掛在天空時，負責監督的人過來看樹。他原本以為所有的果實會被吃光，但相反地，他看到棗子滿到快把葉子遮住了。他趕忙跑回屋裡，大聲嗚鼓叫醒每個人，就連小孩子都想知道發生了什麼事。

「怎麼了？怎麼了？工頭。」他們問。

「主人的兒子是一個英勇的人，他以前只是在他父親面前隱藏他的真面目。」

「怎麼說呢？工頭。」

「今天有棗子可以吃了。」

「真的嗎？工頭。」

「沒錯，真的，不過讓他先睡，大家先去準備禮物。有雞鴨的拿雞鴨，有羊的拿羊，有米的拿米。」大家都依言去做。

然後他們拿了鼓，來到樹前，少年就躺在那邊睡覺。

他們把少年抬起來，吹著號角直笛打著鼓，拍手歡呼，然後往蘇丹的房子前進。

蘇丹聽到吵鬧的聲音，看到由綠色葉子編織的籃子裡裝了滿滿的棗子，奴隸則高舉著他的兒子。他自言自語地說：「今天我終於可以吃到棗子了。」他叫妻子來看兒子的成就，並命令士兵把他的兒子帶到他的跟前。

他說：「發生什麼事了？兒子。」

「什麼事都沒有，只要你張開嘴巴就可以品嚐棗子的滋味。」他拔了一顆棗子送進他父親的嘴裡。

「你真不愧是我的兒子，」蘇丹說；「你不像那些笨蛋，那些沒有用的東西。但是告訴我，你是怎麼對付那隻鳥的。你是唯一等到牠的人，不是嗎？」

「沒錯，我是唯一等到且看到牠的人。牠不會再回來了，牠的這輩子、你的這輩子，直到你的孫子，牠都不會回來了。」

「喔！我曾經有六個兒子，但現在我只有一個，就是拿棗子給我，卻一度被我當作傻瓜的你，其他的兒子我都不要了。」

但他的妻子起身走向他說：「主人，求你不要排斥他們。」比起小兒子，蘇丹的妻子比較喜歡其他六個兒子，所以她苦苦哀求，終於使得蘇丹回心轉意。

於是他們都乖乖地住在家裡。但有一天，蘇丹的貓跑出去抓走了一頭小牛，牛主人跑來告訴蘇丹這件事，蘇丹卻說：「貓是我的，小牛也是我的。」牛主人便不敢再吭聲。

兩天後貓又捉走了一頭母牛，有人告訴蘇丹：「主人，貓捉走了一頭牛。」但蘇丹只說：「這是我的牛和我的貓。」

幾天後，貓抓走了一頭驢，人們告訴蘇丹：「主人，貓捉了一頭驢。」蘇丹說：「牠們是我的貓和我的驢。」接下來，貓又捉了一頭馬和駱駝，被告知後的蘇丹說：「你們不喜歡這隻貓，要我殺了牠，但我不會殺牠。牠可以吃駱駝，甚至也可以吃人。」

隔天，貓抓走了人的小孩。人們告訴蘇丹：「貓抓走了一個小孩。」蘇丹還是說：「貓是我的，孩子也是我的。」然後貓又抓走了一個大人。

之後，貓出了城，住在靠近一條路的灌木林中。如果有任何人經過去喝水，牠就把人吃掉。如果看到一頭牛過來覓食，牠也把牛吃掉。如果看到一頭羊，牠也把羊吞了。不管誰經過那條路，貓都會把他們抓來吃。

全部的人都跑來跟蘇丹訴說那隻貓的惡行，但他的回答還是一樣：「貓是我的，人也是我的。」沒有人敢殺了那隻貓，貓也變得越來越膽大包天，最後還進城裡尋找獵物。

有一天，蘇丹跟他的六個兒子說：「我要去鄉下看小麥長得怎麼樣，你們跟我一起去。」他們心情愉悅地走在路上，但走到灌木林時，這隻貓卻跳出來殺了蘇丹的三個兒子。

「是那隻貓！是那隻貓！」跟著蘇丹的士兵尖叫著。這下蘇丹說：「找到牠，把牠殺了。牠已不是一隻貓，而是一個魔鬼。」

士兵回答說：「主人，我們不是跟你說過這隻貓的所作所為，而你說：『他們是我的貓和我的人』？」

蘇丹說：「沒錯，我說過。」

蘇丹最小的兒子並沒有跟哥哥們一起出去，只和母親待在家裡。當他聽到哥哥們被貓殺了的時候，他說：「讓我去，讓牠也把我殺了。」他的母親哀求他不要離開，但他不聽，拿了劍、茅和一些米糕，就去追捕這隻貓，但此刻貓已經跑到很遠的地方了。

蘇丹的小兒子花了很多天追捕這隻貓。人們給這隻貓取了「食人貓納達」的綽號。雖然這個年輕男孩殺了很多野生動物，但卻找不到他要追捕的敵人的蹤跡。不管多麼兇猛的野獸他都不怕，但他的父母卻懇求他放棄追捕納達。

他回答說：「我說過的話就不能收回，如果我命該絕就會死，但我每天都必須去追捕納達。」

他的父親提出很多交換條件，甚至說要立他為王，但少年不為所動，繼續他的追捕之路。

他的奴隸前後來回幾趟告訴他：「我們看到腳印，今天就會看到納達。」但這些腳印最後發現都非納達所有。他們走過沙漠和森林，終於來到一座山的山腳下，少年的心裡直覺這就是他們追捕之旅的終點，今天他們將找到納達。

在開始爬山之前，少年命令奴隸煮米。他們摩擦柴枝生火，燃起火後就煮米來吃，接著才開始爬山。

幾乎快到山頂的時候，走在前面的一名奴隸突然高喊：「主人！主人！」少年趕忙走到奴隸所在的地方，奴隸跟他說：「你看山腳下。」少年往下一看，直覺告訴他，那就是納達。

他拿著茅躡手躡腳地走下山，然後停下來觀看。

「這次真的是納達，」他心想：「我媽告訴我納達的耳朵小，而這隻貓的耳朵很小；她說納達的身體是寬的不是長的，而這隻貓是寬的不是長的；她告訴我納達有麝貓的斑紋，而這隻貓也有像麝貓的斑紋。」

他留下在山腳下熟睡的納達，回到奴隸身邊。

「今天讓我們盡情享樂，」他說：「我們來做蛋糕，拿水來。」於是他們在那裡吃吃喝喝。吃完後，他命令奴隸把其他食物藏在灌木林裡，好讓他們在殺死納達後，回到城裡路上時能吃睡一番。奴隸照他的話去做。

等到下午，少年說：「現在是我們追捕納達的時候了。」他們一直走到山下，來到隔在他們和納達中間的大片森林。

少年停了下來，下令每個穿了兩件衣服的奴隸脫掉其中一件，並把另一件捲起來，放在雙腿之間。他說：「這座森林不小，我們可能會被荊棘勾到，或者有可能被納達在後面追趕，而衣服可能會絆到我們的腳，害我們跌倒。」

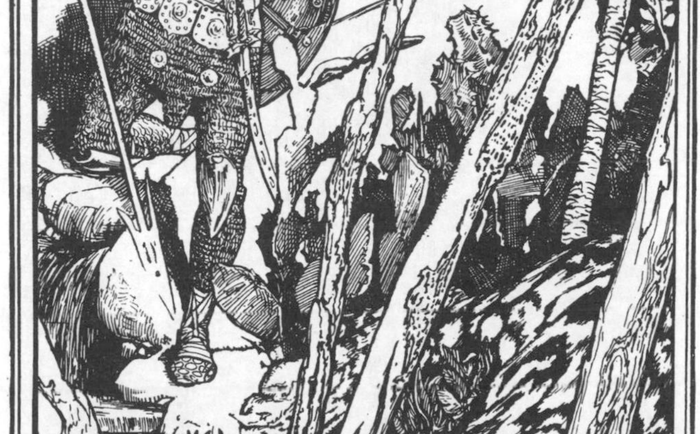
THE PRINCE FINDS THE NUNDA

王子找到納達

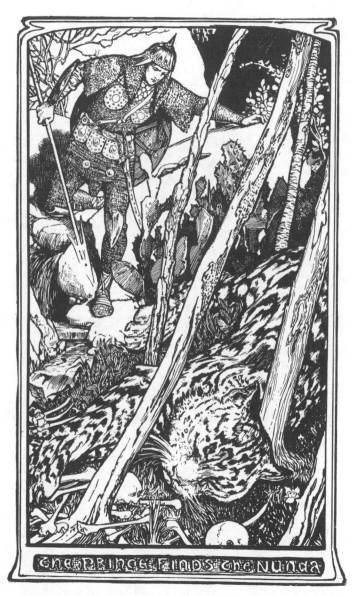

「好的，主人。」他們回答，並聽命行事。然後他們四肢著地，慢慢地爬到納達睡著的地方。

他們無聲地匍匐向前，慢慢朝牠逼近，然後少年給了一個訊號，全部的人一起把茅擲了出去。納達並未驚醒，茅也一擲中的，但在場的每個人都感到一股強烈的恐懼，不由得紛紛往山上跑。

當他們到達山頂時，太陽正要下山。他們高興地拿出藏起來的水果、蛋糕及水，然後坐下來休息。吃飽後，他們就躺下來睡到早上。

破曉時，他們起身煮了更多的米，喝了更多的水，然後走回先前納達所在的地方，看到納達已經死了，且全身僵硬。他們把牠扛起來帶回城裡，一路高歌：「他殺了食人貓納達。」

少年的父親聽到這個消息，又看到兒子帶著納達回來，不禁覺得自己是世界上最開心的人。人們向少年行禮，還送他禮物。他們敬愛他，因為他免除了人們的恐懼，殺了納達。

（史瓦西利傳說）

哈薩布的故事

從前有個地方住著一個可憐的婦人，她只有一個小兒子，名叫哈薩布。哈薩布長大後，他的母親認為該是讓他唸書的時候了，就送他去學校。學校畢業後，他被安置在一家店內學裁縫，但是沒有學成，然後他又被帶去學做銀器，但同樣沒有學會。不管學什麼，他就是學不會。他的母親不想強迫兒子做他不喜歡的事，便說：「好吧，兒子，你就待在家裡。」所以他就待在家裡吃飯睡覺。

有一天哈薩布問媽媽說：「爸爸是做什麼的？」

她回答說：「他是一個很有學問的醫生。」

哈薩布問：「那他的書在哪裡？」

「已經過了那麼久，我不記得了。你到裡面去找找，看看它們是不是還在那裡。」於是哈薩布找了一下，發現除了一本書以外，所有的書都被蟲蛀了。他拿了那本沒有被蟲蛀的書，讀了起來。

一天早晨，他坐在家裡埋頭閱讀這本醫學書的時候，一些鄰人來訪。他們對哈薩布的母親說：「把你兒子交給我們，讓他和我們一起去伐木。」這些人是做伐木生意的，他們在驢子上裝滿了木頭，再帶進城裡販售。

哈薩布的媽媽回答說：「太好了，明天我會買一隻驢子給他，你們就一起去吧。」

驢子買好了，鄰人也來了，他們一起努力工作了一整天，晚上再把木頭帶進城裡賣個好價錢。一連六天他們都重複做一樣的事，但第七天卻下起雨來，伐木工人紛紛跑到岩石裡躲起來，只有哈薩布不怕淋濕，依舊待在原地。

他坐在原地，隨手撿起旁邊的一顆石頭，不經意地丟出去，石頭掉在地面響起空洞的聲音。他向夥伴們高聲喊道：「你們過來聽聽看，地底下好像是空的。」

他們大聲說：「你再敲看看。」他便敲了敲，並仔細聆聽。

男孩說：「我們來挖看看。」而大夥開挖後，發現了一個像井的大坑洞，裡面有滿到洞口的蜂蜜。

「這可比木材值錢多了，」他們說：「我們會賺到更多的錢。既然是你發現的，哈薩布，你就進去裡面把蜂蜜挖出來交給我們，我們帶到城裡賣了，再分錢給你。」

隔天，每個人都把家裡可以找到的瓶瓶罐罐帶來，再由哈薩布裝入滿滿的蜂蜜，而接下來的三個月，他每天都在做同樣的事。

三個月後，蜂蜜幾乎都用完了，只剩下底部還有一點點，但底部非常深，深到有如地球的中心。鄰人對哈薩布說：「我們在你的手臂下面綁繩子，把你放下去，好讓你把剩下的蜂蜜通通挖出來，等你都挖完了，我們會再放下繩子，你動作快一點，我們會把你拉上來的。」

「好的。」哈薩布說。他爬下坑洞不停地挖，直到剩下的蜂蜜比針頭還少，他才大喊道：「我好了！」

但鄰人們商量了一下說：「我們乾脆把他留在洞裡，拿走他該分到的錢，然後跟他的母親說：『你的孩子被獅子抓進森林裡，我們想要追上去，卻找不到人。』」

於是他們起身進城，並告訴哈薩布的母親他們預先想好的說法。她哭的很傷心，難過了好幾個月。這些人將錢瓜分了，其中一個人說：「拿一些錢給男孩的母親吧！」他們送了些錢給她，每天還輪流送米、油、肉和衣服。

哈薩布很快就發現他的同伴留下他在洞裡等死，但他並未心生畏懼，反而想要靠自己找到出口。他晚上睡覺，白天收集一些蜂蜜來吃，就這樣過了好幾天。

有一天早上，他坐在一塊石頭上吃早餐，一隻大蠍子突然掉在他的腳上，他害怕會被螫，便拿起一塊石頭砸死牠。這時，他的腦中突然閃過一個念頭：「蠍子一定是從什麼地方進來，這裡可能有洞，我來找找看。」他摸遍洞裡的牆面，在坑洞的頂部發現一個非常小的洞，遠遠的一端閃著微弱的光線。他滿心歡喜，拿出刀子挖啊挖的，直到小洞變成大洞，讓他的身子可以鑽過去。從洞裡出來後，他發現眼前是一大片空曠之地，前方有一條路。

他沿著路走，走到一間大房子前，而它由黃金打造的門是敞開的，裡面有一個很大的廳堂，中間有一個鑲滿寶石的王座，以及一張長椅，椅上鋪滿軟得不能再軟的墊子。由於哈薩布已經走了很久的路，便走進去躺在長椅上，很快就睡著了。

不久，庭院裡傳來人聲，以及士兵整齊劃一的步伐。蛇王回到皇宮了。他們進入大廳，但發現有人躺在國王的床上，全都訝異地停了下來。士兵當下就要殺死哈薩布，但國王說：「不要吵他，將我放在椅子上。」背著蛇王的士兵跪在地上，國王從士兵的肩膀滑到椅子上，坐穩後，他轉向士兵，並命令他們輕聲地把這個陌生人叫醒。他們叫醒哈薩布，他坐起身，看見許多蛇將他團團圍住，其中一條非常漂亮的蛇還披著皇袍。

哈薩布和蛇王

「你是誰？」哈薩布問道。

「我是蛇王，」蛇王回說：「這是我的宮殿，請你告訴我你是誰？又是打哪來的？」

「我的名字叫做哈薩布，我不知道我從哪裡來，或是要往哪裡去。」

「那麼就住我在這裡一陣子吧！」國王說，然後下令士兵去取泉水和森林的果實，以便招待他的客人。

在皇宮休養並接受蛇王的盛宴款待數日後，哈薩布開始想念母親和自己的國家，便對蛇王說：「拜託你，送我回家。」

但是蛇王回答說：「你回到家，會害了我。」

「我不會害你的，」哈薩布說：「拜託你，送我回家。」

國王說：「我知道會發生什麼事，如果我送你回家，你會回來殺了我。我不敢這麼做。」但國王禁不住哈薩布的苦苦哀求，最後終於說：「那你發誓，回家時不會到人們聚集的地方洗澡。」哈薩布發了誓，國王就命令士兵把哈薩布帶回他居住的城市附近。於是哈薩布直接回到母親的房子，看到兒子歸來，讓他的母親感到非常高興。

就在這個時候，城裡的蘇丹生了重病，所有的智者都說，蛇王的肉是唯一可以治好他的東西，而唯一可以取得蛇王肉的人是一個胸前有奇怪記號的人。因此大臣派人去公共澡堂尋找是否有這樣一個人。

哈薩布記得他對蛇王的承諾，有三天的時間並未接近澡堂，但有一天早上天氣非常熱，熱到幾乎不能呼吸，他一下子就完全忘了先前的承諾。

他一脫掉長袍就被帶到大臣面前，大臣對他說：「帶我們到蛇王住的地方。」

「我不知道在哪裡。」他回答說，但大臣不信他的話，把他綁起來打到背部都是傷痕。

哈薩布哭喊：「放了我，我帶你們去。」

他們一起走了很久很久，終於來到蛇王的宮殿。哈薩布對國王說：「不是我，看我的背部，你就知道他們如何逼我。」

「誰把你打成這樣？」蛇王問。

哈薩布回說：「大臣。」

「那麼我死定了，」蛇王悲傷地說：「但你必須親自背著我離開這裡。」

因此哈薩布背著蛇王上路，途中蛇王說：「等抵達後我會被殺了，我的肉也會被煮來吃，但是拿一些湯放在瓶子裡，並將它放在一邊。大臣會要求你喝了它，但你千萬不可以喝。然後你再拿一些湯來，喝下湯，你就會變成一個偉大的醫生。然後第三碗湯你拿給蘇丹，等到大臣來問你：『你喝了我給你的東西沒？』你必須回答說：『我喝了，這是給你的。』你把第一碗湯給他，他喝了就會死去，你的靈魂也將得到安息。」

他們進了城，所有的事就跟蛇王說的一樣發生了。

蘇丹很喜歡哈薩布，哈薩布後來當了醫生，醫治了許多病患，但他一輩子都覺得對不起可憐的蛇王。

（史瓦西利傳說）

戴木頭盔的女孩

很久很久以前，在日本的一個小村莊裡，住了一個男人和他的妻子。他們過了好幾年快樂而富裕的生活，但後來時運不濟，除了一個美如晨曦的女兒外，夫婦倆最後落得一無所有。他們的鄰居非常好心，想盡辦法要幫助他們，但是這對老夫婦覺得既已萬事皆非，寧可離開這裡到別的地方去，於是有一天便帶著女兒出發，隱身於鄉下。

來到鄉下後，母女倆忙著打掃房屋和整理花園，但男主人常常一坐就是好幾個小時，直望著前方，回想著過去富裕的日子。他的日子一天比一天還痛苦，終於臥病在床，接著一病不起。

妻女失去了他，傷心地哭泣了好幾個月。然後有一天早上，母親突然看到女兒出落得比以前更為動人。一開始她覺得很高興，但馬上又想到，現在只有她們倆在世界上相依為命，不由得擔心女兒的美貌可能會招來不幸。所以，就像所有的好媽媽一樣，她試圖教導女兒所有她知道的事物，忙著把她撫養成人，沒有時間去想到自己。她的女兒很乖，也牢記母親教的所有教訓，就這樣又過了好幾年。

終於在一個潮濕的春天，母親罹患了感冒，剛開始她不以為意，但後來病情卻愈來愈嚴重。她知道自己即將不久於人世，便把女兒叫過來跟她說，她很快將必須一個人活在這個世界上。她囑咐女兒要照顧好自己，因為已經沒有人能夠照顧她了。由於美麗的女子總是引人注目，母親吩咐女兒從隔壁房間取來一個木製的頭盔戴在頭上，並把它拉低蓋在她的眉毛上，讓她整個臉幾乎都被藏在頭盔下。女孩聽從母親的話，將美貌藏在木製的頭

THE IMPVDENT YOVNG MEN

輕浮的年輕人

盔之下，頭髮也全都蓋住，如此一來，就算她走在人群中也不會惹人注目。母親看了以後放心地躺回病床上，然後就與世長辭。

女孩哭了好幾天，但不久她了解到，必須要有工作，才能讓自己一個人生活在這個世界上，所以她打包好衣服，翻山越嶺，到一個地主的家中工作，且從早做到晚。每天晚上，她上床睡覺時，心裡總感到平靜，因為她沒有忘記她已經答應母親的事。不管太陽有多炎熱，她總是戴著木頭盔，所以人們給她取了個綽號，叫做「鉢姬」（鉢即頭盔）。

她盡可能地小心，但是她的美貌卻早已傳遍各地，許多輕浮的年輕人在她工作的時候偷偷跟在她的後面，並總是企圖要拿掉她的木頭盔，但女孩怎麼也不同他們說話，只是要他們走開。他們開始跟她搭訕，但她從不回應，只是繼續做她的事。雖然她的薪水微薄，食物也不是非常充裕，但是還可以維生，這就夠了。

有一天，她在田裡工作時，主人剛好經過，看到正在勤奮工作的她，便停下來端詳。過了一會兒，他問了她一兩個問題，然後把她帶到屋內，並告訴她，今後她唯一的工作就是服侍他生病的妻子。這時，女孩覺得好像所有的麻煩都解決了，但她不曉得，最糟糕的還在後頭。

就在戴木盔的女孩成為臥病女主人的僕人後，主人的大兒子從京都讀完書回來了。厭倦了城市的五光十色，他很高興能回到被盛開的桃花和甜美的花朵所環繞的翠綠鄉村。有天早上，他在散步時，看到這個戴著奇怪頭盔的女孩，立刻跑去問他的母親，這個女孩是誰，打哪來的，為什麼要戴個奇怪的東西在頭上？

他的母親告訴他，這女孩很怪，沒人能夠說服她把頭盔拿掉。年輕男子笑了，心裡有些想

帶木頭盔的女孩

法。

在一個大熱天裡，年輕人在回家的路上，剛好看到母親的女僕跪在一條流經花園的小溪旁，正潑灑一些水在臉上。她把頭盔放到一邊，而站在樹後的年輕人瞥見女孩驚人的美貌，下定決心要娶她為妻。但是當他告訴家人他的決定時，他的家人非常生氣，還捏造各種不利女孩的壞話。不過他們只是白費力氣，因為他知道這一切都只是閒言閒語。

他想：「只要我繼續堅持，他們就會屈服。」這對女孩而言，可是門非常好的親事，因此沒有人料到她會拒絕。她不希望這個家為了這件事而爭吵，雖然私底下她也難過地哭了，但經過好長一段時間，她都沒有改變她的心意，直到有天晚上，她的母親出現在她的夢裡，要她嫁給這個年輕人。隔天年輕人又跟往常一樣向她求婚，而出乎他的意料，她終於同意嫁給他，讓他高興得不得了。年輕人的父母眼看反對也沒有用，只好答應，並大肆準備婚禮。當然鄰人說了很多有關木頭盔女孩的壞話，但新郎太高興了，根本不在乎，只把一切當笑話聽。

當婚宴準備就緒，新娘穿上日本最漂亮的刺繡衣服時，女僕們想要取下女孩頭上的頭盔，好幫她梳最流行的髮型。然而，頭盔怎樣就是拿不下來，她們愈用力拉，頭盔就套得愈緊，讓女孩疼得叫出聲來。聽到她的哭喊聲，新郎趕忙跑進來安慰她，並宣佈新娘要戴著頭盔結婚，因為她的頭盔拿不下來。然後婚禮開始了，新郎和新娘坐在一起，人們送上酒給他們喝，但在他們喝光杯子裡的酒後，卻發生了一件神奇的事。頭盔突然發出一個巨大的聲響，並爆裂開來，碎片掉落在地上。人們全都轉過頭去看，發現地上散落著一地的寶石。不過賓客驚訝的不只是光彩亮麗的鑽石，新娘的美貌更讓他們感到前所未有的驚艷。當晚人們唱歌跳舞，然後新娘和新郎回到自己的屋裡，並在此度過一生。他們生了許多孩子，而且個個都以善良和美貌聞名全日本。

（日本童話）

猴子與水母

小孩子一定常有個疑問：水母為什麼沒有殼，不像許多每天沖到海岸上的生物一樣？其實很久以前水母也有一個硬殼，但牠犯了一個錯，所以丟了殼，而這個故事就是要告訴你這其中的來龍去脈。

海的女王乙姬突然生了重病，動作最快的傳訊兵奉命前往海底各國延請醫生，但都不見起色，女王的病情沒有好轉，反而急速惡化。就在大家幾乎要放棄希望的時候，有一天，最聰明的醫生來了，他說唯一可以醫好女王的是猴子的肝臟。由於猴子不住在海裡，全國最聰明的一群人只好召開一個委員會議，討論怎樣才能取得猴子的肝臟。最後，他們決定讓素以深謀遠慮著稱的海龜游到岸上，活捉一隻猴子，並把牠安全地帶回海底王國。

委員會要將任務交給海龜是很容易的，但海龜要完成這項任務可一點也不簡單。不管怎樣，海龜還是游到一處長滿高大樹林的岸邊，因為牠年紀很大，見多識廣，所以猜想猴子可能會在那裡。然而，過了一段時間，牠一隻猴子也沒有看到，海龜等得很累了，天氣又很熱，所以就算牠盡全力保持清醒，還是忍不住墜入夢鄉。

不久，原本一些小心翼翼躲在樹頂偷看的猴子，靜悄悄地爬下樹來，圍著海龜瞧，因為牠們從來沒見過海龜，不知道牠究竟是什麼東西。最後，一隻大膽的年輕猴子彎下腰來，敲一敲這個陌生動物背上光亮的殼。雖然牠的動作很輕，還是吵醒了海龜。海龜頭一擺，便咬住這隻猴子的手，不管猴子怎麼努力要抽回來，牠就是緊咬著不放。發現海龜不好惹後，其他的猴子紛紛跑開，留下牠們的小兄弟自求多福。

海龜對猴子說：「如果你安靜，照我的話做，我不會傷害你的，但你必須爬上我的背，跟我走。」

猴子眼看沒有別的辦法，只好照海龜的話做。事實上，牠也沒無法拒絕，因為牠的手還在海龜的嘴裡。

海龜很高興能抓到這隻寶貴的猴子，馬上回到海邊，快速潛入水裡，並以最快的速度游動，很快就到達了皇宮。皇宮的侍從看到海龜靠近，高興地喊叫起來，有些侍從趕忙跑去通知女王，告訴她猴子來了，不久她就會痊癒。大家終於放下心裡的一塊大石頭，所以都熱誠地歡迎猴子，渴望能取悅且安撫牠，猴子也因此忘了所有對死亡的恐懼，寬心了許多，不過偶而牠還是有點想家，而只要一難過，牠就會躲在陰暗的角落，直到自己的心情好轉。

有一次，牠正暗自傷心的時候，一隻水母剛好游過。那時還有殼的水母看到原本快樂活潑

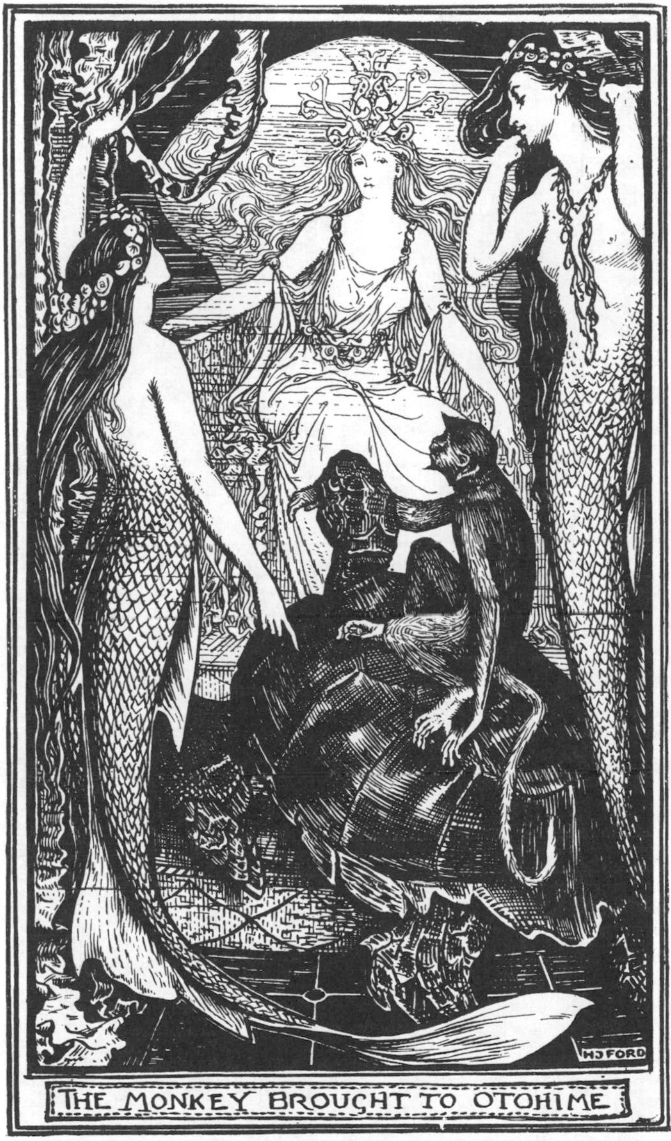
HJ FORD
THE MONKEY BROUGHT TO OTOHIME

猴子被帶到乙姬面前

的猴子閉著眼睛垂著頭，蜷曲在一顆高大的石頭下面，不由得深感同情地停下來說：「啊！可憐的傢伙，難怪你會哭。再過幾天，他們就會殺了你，把你的肝臟拿給女王吃。」

猴子聽到後害怕地縮了起來，牠問水母自己到底犯了什麼罪，要被殺死。

「喔，你什麼也沒做，」水母回答說：「但是你的肝臟是唯一可以醫好我們女王的東西，我們只有殺死你才可以取得你的肝臟。你最好認命，不要做無謂的掙扎。雖然我打從心裡同情你，卻不可能幫你。」說完牠就游開，留下因為害怕而全身發冷的猴子。

起先，猴子覺得自己的肝臟宛如已經被挖了出來，但很快地牠開始思考，難道真的沒有辦法逃離死亡的命運嗎？終於，牠想出一個牠認為可行的辦法。之後幾天，牠裝得跟以前一樣快樂開心，但在太陽被遮住，大雨滂沱時，牠就從早到晚不斷地大聲哭號，一直哭到負責看管牠的海龜聽到，並前來一探究竟。猴子告訴海龜，牠離家前把肝臟留在樹叢上晾乾，所以雨要是一直下就糟糕了。猴子是那麼地憂心和悲傷，即使是鐵石心腸也會融化，而且牠怎麼也不罷休，除非有人可以帶牠回到陸上，拿回肝臟。

女王的顧問群不是頂聰明，他們決議讓海龜帶猴子回到岸上，以取回樹叢上的肝臟，但他們也吩咐海龜，要無時無刻緊盯著猴子。猴子對此心知肚明，但牠相信時機一到，一定騙得了海龜。牠爬上海龜的背，謹慎地隱藏住自己雀躍的心情，接著牠們便出發了，幾個小時後就來到猴子當初被捕的森林。當猴子看到牠的家人從樹稍頂端偷看時，就立刻盪到離牠最近的樹叢上，後腿險些就被海龜抓到。牠把自己的可怕經歷一五一十地告訴家人，然後大聲召喚鄰近山上的族人，在牠的一聲令下，猴子集體衝向倒楣的海龜，推倒牠，並脫掉覆蓋在牠身上的殼。

牠們叫囂著把海龜追打到海邊，趕牠回海裡，海龜能保住一命，就已經謝天謝地了。

虛弱疲倦的海龜進入女王的宮殿，由於冰冷的海水打在赤裸的身上，牠又難受又可憐，但儘管受盡折磨，牠還是必須到女王顧問的跟前，報告自己的遭遇，以及牠是如何讓猴子逃脫。幸好，海龜被判無罪，得以取回自己的殼，但所有的懲罰都落在可憐的水母身上，女王宣告水母從此必須過著無殼的日子。

（日本童話）

無頭小人

從前有一個牧師，整天就想找一個僕人，希望對方必須在做完平日工作之餘，還能負責在午夜到教堂敲鐘。

當然，不是每個人在辛苦工作一整天後，還願意在半夜起床敲鐘，不過仍然有不少人同意去做這份工作。但奇怪的是，凡是前往執行任務的僕人，都好像從地球上消失一般，鐘從未響過，前去敲鐘的僕人也都沒有回來。牧師想盡辦法封鎖這個秘密，但消息還是走漏出去，到頭來沒有人願意做這份工作，甚至還有耳語傳說，那些失蹤的人都被牧師殺了！

一週又一週過去了，牧師依舊毫無斬獲。他在講道時宣佈，任何願意擔負教堂敲鐘這份神聖任務的人，將可得到雙倍的薪資。不過，沒有人在乎牧師開的價錢，而可憐的牧師也已放棄希望。然而，有一天，當牧師站在自家門口的時候，有一位被村人稱做「聰明漢斯」的年輕人

走上前來。「我已經受不了幫吝嗇的主人工作，他老是不讓我吃飽喝足，」他說：「我想幫你做事。」

牧師回答說：「很好，孩子，今晚就能證明你的勇氣，明天我們再來決定你的薪資。」

漢斯對牧師的提議感到很滿意，隨即到廚房開始工作，但他不知道的是，新主人其實就跟他的舊主人一樣小氣。牧師希望能讓僕人有所節制，因為牛肉比啤酒貴，所以他總是在僕人用餐的時候坐在桌邊，勸他們多喝點酒，好讓他們無法吃得太多。但碰到漢斯，他可謂棋逢對手。牧師很快就發現僱用漢斯的成本有多高，因為漢斯不只喝光一壺滿滿的酒，還清光了盤子裡的食物。

大約在午夜前一個小時，漢斯進入教堂，並鎖住身後的門。但本來應該是一片漆黑而安靜的教堂，卻出乎意外地燈火通明，許多人正圍著一張桌子坐著玩牌。看到這個奇怪的景象，漢斯並不覺得害怕，或許他也害怕吧，不過卻隱藏的很好，讓人察覺不出來。他朝桌邊走去，在玩牌的人中間坐了下來。其中一個人抬起頭來看他，並問：「朋友，你在這裡做什麼？」漢斯瞧了他一會兒，然後笑答：「如果有人有權問這個問題，那也該是我。如果我沒問這個問題，你最好放聰明點不要問。」

他拿起一些牌，和這些他從未謀面的人玩起來。幸運之神站在漢斯這邊，其他人的錢很快就都進了他的口袋。不過，到了午夜，公雞一啼，滿屋子的燈光、桌子、牌和人立刻全部消失，只剩下漢斯一個人。

他在黑暗中摸索了一段時間，然後才找到塔裡的階梯，並開始東摸西摸地走上樓去。

躲在鐘裡的小人

在抵達第一個樓梯間的平台時，牆縫透出微弱的燈光，他看到一個沒有頭的小人坐在那裡。「嘿！小傢伙，你在那裡做什麼？」漢斯問完後不等小人回答，就把他飛踢下樓。接著他繼續向上爬，發現每個樓梯間的平台都有個不發一語的小人坐著看他，而他就像對待第一個小人那樣，也把其他小人紛紛踢下樓去。

終於，他來到塔頂，並停下來環顧四周。他看到另一個無頭小人蜷縮在鐘裡，正等漢斯抓住鐘繩，就要用鐘錘撞他，迅速了結漢斯的性命。

「住手，小朋友，」漢斯大叫：「我的工作中可不包含這個。或許你已經看到你的同伴如何下樓了，你也將步上他們的後塵，但是既然你在最高的位置，你的下場應比較有尊嚴，跟在他們後面滾出窗外吧！」

說完，他開始爬梯子，打算照自己所說的，把小人從鐘裡抓出來。

這時，小人哀求著哭喊道：「噢，兄弟，饒了我一命，我保證我和我的同伴都不會再找你的麻煩。我雖然弱小，但是誰知道哪天我可能有機會報答你。」

「你這個卑劣的小東西，」漢斯回答：「本來你要千謝萬謝，我才可能放了你。剛好我今晚心情不錯，就饒你一命，但小心下次再碰到面，我可不會這麼輕易放過你！」

無頭小人卑微地道謝，立即飛快地從鐘繩滑下，火燒屁股似地順著塔的階梯跑下去。然後，漢斯開始用力敲鐘。

聽到午夜的鐘聲，牧師感到十分驚訝，同時也很高興終於找到可以承擔這個工作的人。漢斯敲了一會兒的鐘，然後走到稻草棚裡，躺下就睡著了。

牧師一如往常，一大清早起床，以確保所有人都乖乖在工作。今天早上除了漢斯以外，每個人都已各就工作崗位，但沒有人知道漢斯在哪兒。九點到了，漢斯還是不見人影；然後十一點的鐘聲響起，牧師開始害怕漢斯也像之前敲鐘的人一樣消失。但等到所有的僕人都圍在桌子旁吃晚餐時，伸著懶腰並打著呵欠的漢斯終於出現。

「這段時間你都跑去哪兒了？」牧師問道。

漢斯說：「我在睡覺。」

「睡覺！」牧師驚叫：「你不會是告訴我你要一直睡到中午。」

「我的確就是這個意思，」漢斯回答：「如果在半夜工作，白天就一定要睡覺。要是你能找到其他人在半夜敲鐘，我就可以從清晨開始工作，但是如果你想要我敲鐘，我就至少要睡到中午。」

牧師試圖跟他理論，但最後雙方還是達成一個結論，那就是漢斯不用敲鐘，只要跟其他人一樣，除了早餐和晚餐後的一個小時以外，必須從日出工作到日落。「但是當然，」牧師隨口又加了一句：「偶爾，特別是在冬天白晝比較短的時候，你就必須做久一點才能把事情做完。」

「不可能！」漢斯說：「除非我夏天早點下工，否則我不會做超過我所承諾的時間，我只會從日出做到日落，這樣你才知道你能有多少期待。」

幾週後，牧師受邀到鄰鎮參加一場洗禮，他命令漢斯跟他一起去。到鄰鎮去只需要幾個小時的車程，但漢斯卻帶著裝滿食物的袋子走過來，讓牧師看了大感意外。

「你拿那個幹嘛？」牧師問：「我們天黑以前就會到了。」

「誰知道？」漢斯回道：「路上可能會發生很多事情拖延行程，我不需要提醒你我們的合約，只要太陽一下山，我就不是你的僕人。如果我們不能在白天抵達鎮上，你只能自求多福。」

牧師以為他在開玩笑，所以沒有多說什麼。但是他們離開村莊，騎了幾哩路後，就發現半夜下的雪已經被風吹積成堆，阻礙了他們前進。就在他們進入通達目的地前的一座茂密森林時，太陽已經抵達樹林的頂端，馬匹緩慢跋涉深軟的雪堆，而漢斯則不斷地回頭看著已落在身後的太陽。

「你的背後有什麼東西嗎？」牧師問：「你一直回頭張望些什麼？」

漢斯說：「我回頭張望是因為我的脖子後面沒有眼睛。」

「不要胡說八道，」牧師回說：「專心想辦法讓我們在夜晚來臨前可以到達鎮上。」

漢斯不語，只是以穩定的步伐駕馬前進，不過他還是不時回頭看看。

等他們走到森林的中央，太陽已經下山了。漢斯停下馬來，拿了他的背包跳下雪車。

「你在做什麼？你瘋了嗎？」牧師問。

但漢斯只是安靜地回答：「太陽下山了，我的工作也結束了，我打算在這裡露營過夜。」

牧師恩威並施，並承諾如果漢斯能夠載他繼續前進，就要給他一大筆報酬，但漢斯卻不為所動。

「你不覺得很可恥嗎？竟然要我違背承諾。」他說：「如果你想要今晚抵達鎮上，你就必須自己去。我休息的時間已經到了，我不能跟你一起去。」

「天啊，漢斯，」牧師懇求道：「我實在不能把你留在這裡，想想你待的地方有多危險。你看遠處有個絞刑架，兩個犯法的人被吊死在上面，你不能在這麼可怕的地方睡覺。」

「為什麼不行？」漢斯問：「那些人被吊死在空中，我是在地上紮營，毫無關係。」說完，他轉身背對牧師，又繼續走他的路。

為了即時抵達目的地參加洗禮，牧師除了逼自己往前走外別無辦法。他的朋友看到他駕車前來，卻沒有車伕，感到相當意外，還以為他發生什麼事故了。但是牧師把他和漢斯之間的對話告訴大家時，朋友們都不曉得該說是牧師還是漢斯比較愚蠢。

漢斯不在乎他們的看法，他把背包裡的食物拿出來填飽肚子，然後在大樹底下紮營，以毛皮裹身後便沉沉睡去。幾個小時後，他被一陣突如其來的吵鬧聲吵醒，不得不起身環顧四周。明亮的月兒高掛在他的頭上，不遠處有兩個無頭小人正氣憤地討論著什麼。

一看到漢斯，小人們就大叫：「就是他！就是他！」其中一個走近後高聲喊道：「啊，老友，我們來到這裡實在太幸運了。從塔的階梯上跌下來後，我的骨頭到現在還疼痛不已，我敢說你也沒有忘記那天晚上的事。現在該輪到你的骨頭吱吱作響了。夥伴們，快點！快點！」

一群無頭小人宛如從地上冒出來似的，每個人手裡都拿著一根棍子。雖然他們很矮小，但是有這麼多人，棍子又捶打得那麼用力，就算是個壯碩的男人可能也無力抵抗。漢斯心想，他命該絕了。但就在交戰最激烈的時候，另一個小人來了。

「住手，同伴們！」他大喊，轉向正在攻擊漢斯的那群小人說：「這個人曾經饒過我一次，我欠他一次人情。當時我落在他的手上，他饒了我一命。雖然他把你們丟下樓，但你們身上的瘀青泡一下熱水澡就沒事了，所以你們就原諒他，乖乖回家吧。」

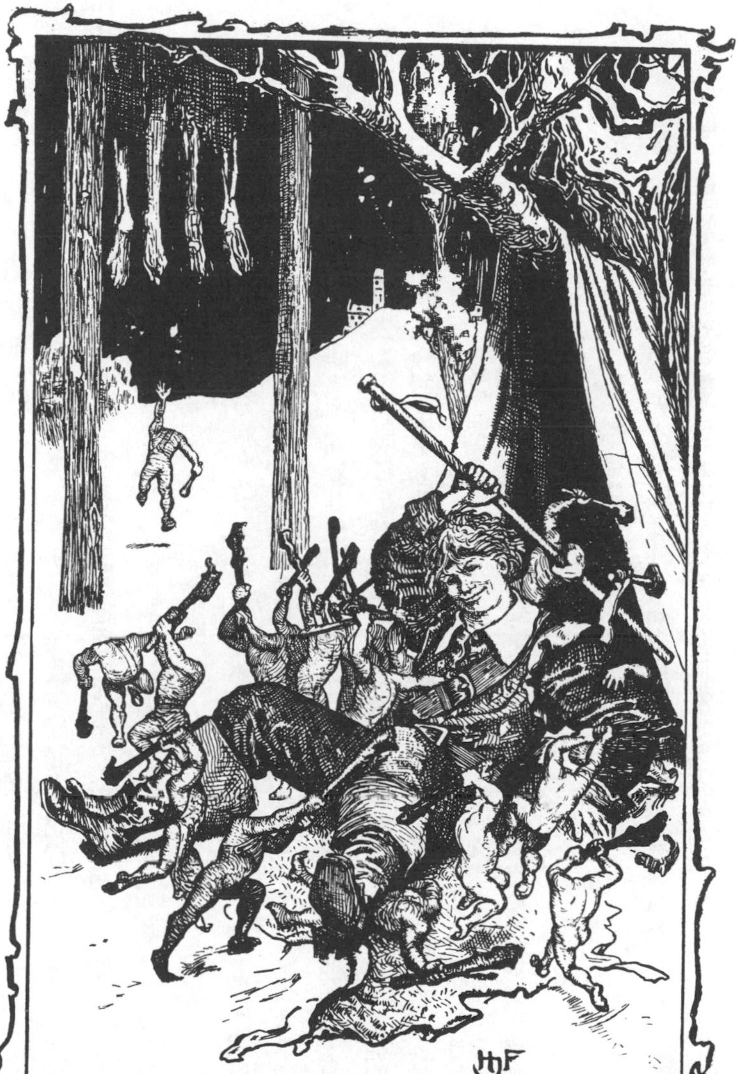
Hans·fights· the · headless·Dwarfs
HJF

漢斯與無頭小人拼鬥

這群無頭小人聽了他的話，就跟來時一樣，立刻消失得無影無蹤。

漢斯一回神，看到救他的人，正是先前縮在教堂鐘裡的那個小人。小人安靜地坐在樹下說：「當我告訴你有一天我會好好回報你時，你還笑我。現在你知道我沒說錯吧，或許你今後會了解，千萬不要看不起任何生物，不管他們有多矮小。」

「我由衷地感謝你，」漢斯回答說：「他們把我打得骨頭到現在還在痛，如果不是你，我可能會很慘。」

「我本來是該還清了我欠你的人情，」小人繼續說：「但是因為你受了傷，我就多幫你一點，給你一些消息，讓你不用再替小氣的牧師工作。明天你一回家，馬上就去教堂的北角，你會發現牆上嵌著一塊大石頭，不同於其他石頭，這塊石頭並沒有被水泥黏住。後天月圓，你在半夜的時候到那個地方去，用鶴嘴鋤把石頭撬開，石頭下面藏有很多寶藏，那是從戰爭時期留下來的。除了教堂的盤子，你還會找到好幾袋錢，這些錢藏在那個地方已經一百多年，沒有人知道是誰的。你必須把三分之一的錢分給窮人，其餘的你可以留給自己。」語畢，村裡的雞叫了，小人也隨之不見。漢斯發現他的四肢不再疼痛，就躺下來想著寶藏的事，一直到接近清晨的時候才沉沉睡去。

等到太陽高掛在天空時，牧師從鎮上回來。

「漢斯，」他說：「你昨天沒跟我去，實在很愚蠢。我受到盛宴款待，而且還做了樁好買賣。」他一邊說一邊搖著錢幣，好讓漢斯知道他的損失有多大。

「主人，」漢斯平靜地說：「為了得到那麼多錢，你一定整晚沒睡，但是我在熟睡的時候，賺得比這些多一百倍。」

「你是怎麼辦到的？」牧師急忙問道。

但漢斯回答說：「只有愚人會炫耀他們賺的一丁點錢，智者往往小心藏好他們的巨大財富。」

他們駕車回家，漢斯還是把所有的工作做好，並在前往教堂的角落之前先備好馬匹，餵牠們食物。他在教堂的角落，就在小人形容的地方找到鬆開的石頭，然後他又回去工作。

第一個月圓之夜，在全村都睡著之後，漢斯偷偷爬起來，拿起一個鶴嘴鋤，找到那個洞以及小人所說的寶藏。

接下來的周日，他把三分之一的寶藏分給村裡的窮人，並通知牧師，希望解除聘僱關係。既然他不要求薪水，牧師也就沒有反對，隨他的意思，所以漢斯就走了。他為自己買了一匹高大的馬，娶了一個年輕的太太，一生都過著快樂而富裕的生活。

（愛沙尼亞童話）

尋求開眼的年輕人

很久以前有位年輕人，他一直鬱鬱寡歡，只有窺探到別人所不曉得的秘密時，才會高興起來。當他學會聽懂鳥和野獸的語言後，他意外地發現，夜幕之下其實有許多事情正在發生，但一般人卻無從窺見。從那時起，他就覺得，除非這些秘密都呈現在他眼前，否則自己無法好好休息。於是，他把所有時間都用來去找巫師，懇求他們讓他的眼睛能夠看見常人所不能見的事物，但沒有一位巫師答應他的請求。最後，他找到一位名叫馬納的老巫師。這位老人比其他巫師更有學識，舉凡年輕人想知道的事物，他也都樂於告知。但當老人專注地聆聽年輕人所說的話後，他警告地說：「小伙子，不要追求無意義的知識，這不會給你帶來快樂，而是邪惡。有很多事情躲過人類的眼睛，是因為人類一旦知曉，將無法再平靜過活。知識會毀了歡樂，所以你要好好思考自己在做什麼，否則有一天你會後悔的。不過，若是你不肯接受我的忠告，我還是可以讓你知道夜幕之下的秘密。只是，你必須有非凡的勇氣，才能忍受看到的景象。」

他停下來看看年輕人，等對方點了點頭，才又說：「明天晚上你要去一個蛇王七年前宴請全體朝臣的地方。牠的面前會有一只裝滿山羊奶的金碗，要是你能想辦法把一片麵包放進碗裡沾一下羊奶，並在你逃跑前吃了它，你就能瞭解人類所不知道的夜晚。你很幸運，因為蛇王的宴會剛好要在今年舉行，不然你就得等上很久。但你要小心，動作要快且大膽，否則你會死無葬身之地。」

年輕人謝謝巫師給他的建議，離去時下定決心要實現他的目的，即使需要付出生命的代價也在所不惜。當夜晚來臨時，他走向一座寬廣寂寥的沼澤地帶，也就是蛇王筵席之處。他眼神銳利地觀看四周，但除了在月光下靜止不動的眾多小山丘外，什麼也沒看到。他蹲在樹叢後面一陣子，直到他覺得就快到半夜的時候，沼澤中央突然升起閃耀的光輝，宛如一顆星星的光直接照射在一座小山丘上似的。同時，所有的小山丘開始扭動，每座山丘各出現數百隻蛇，直直爬向光線之處，去拜見牠們的王。蛇王居住的山丘比其他山丘更為高闊，上頭還有道亮光，而蛇群們到達後就把自己盤成一團等待著。耳聞所有蛇所發出來的嗡嗡聲和親見這般騷亂的狀況，年輕人不敢貿然行事，只有待在原地，全神貫注地觀看著，但他終究還是鼓起勇氣，一步一步緩緩往前趨進。

他看到的景象不是毛骨悚然所能形容，也遠遠超過他的想像。數千隻蛇，不論大小和顏色，全部圍著一隻巨蛇群聚著。巨蛇的身體像船樑那般粗大，頭上還有一頂金色皇冠，而光線就是來自於這頂皇冠。蛇群發出的嘶嘶聲和吐出的舌頭非常可怕，使得年輕人的心往下一沉，覺得自己永遠也沒有勇氣往前邁向死亡。就在這個時候，他看到蛇王的面前有只金碗。他知道機會稍縱即逝，於是，在頭髮都害怕得豎立起來，血管裡的血液似乎都凍結的情況下，他躡手躡腳地往前靠近。喔，蛇群中發出的吵鬧聲和嗡嗡聲多麼嚇人啊！數千隻蛇的頭一起往後轉，並伸出舌頭來想把入侵者咬死，但年輕人很高興地發現，牠們的身體一隻纏著一隻，因此無法快速解開。如同閃電一般，他抓住一片麵包，往金碗裡沾了一下，再放進自己的嘴裡，然後火燒屁股似地趕緊逃之夭夭。

他一邊逃跑，一邊感覺後面有一整團的敵人追著他來，隱約中，牠們的吵鬧聲似乎越來越近了。最後，他喘不過氣來，幾乎失去知覺地倒在草地上。躺下來後，他做了非常可怕的噩夢，以為戴著皇冠的蛇王纏繞住他，要把他擠死。他發出一聲尖叫，跳起來準備與敵人奮戰，卻發現是太陽的光線喚醒了他。他揉揉眼睛看看四周，不見前一晚的敵人，而他歷劫歸來的沼澤已在至少一英哩開外。不過，他跑了很久很遠的事絕非一場夢，他喝下神奇山羊奶的事也是真的。他發現自己四肢仍然健全，便為自己能徒手克服如此險境而滿心歡喜。

在經歷了前一晚的疲勞和恐怖後，他躺下來一直睡到中午，但他決心當天傍晚就要進入森林，看看山羊奶究竟帶給他什麼力量，以及他是否能瞭解以前所不瞭解的神秘。他一走進森林，所有的懷疑都消失了，因為他看到了凡夫俗子無緣一見的東西。在樹下有個金色的看台，上面豎立著許多面閃亮的銀白色旗幟。他正在納悶為何有這些看台時，就聽到樹林中傳來一個聲音，風宛如突然醒了過來，而美麗的少女們則從四面八方走出來，現身於明亮的月色之下。她們是森林的仙女，是大地的女兒，每晚都會來到森林中跳舞。年輕人從藏身處觀看，不禁希

年輕人在森林中看到的景象

望自己的臉上有數百隻眼睛，因為兩隻眼睛實在是目不暇給。仙女們一直跳舞跳到第一道曙光出現，接著一塊銀色的面紗似乎蓋過這些少女，她們就在他眼前消失。不過，年輕人繼續留在原地，等到太陽高掛在天才打道回府。

白天似乎漫漫無際，他一直數著夜晚降臨的時間還有多久，好讓他能回到森林裡去。但等到他終於進入森林以後，卻找不到看台和仙女，儘管後來他常常在晚上回到同一個地點，卻再也沒有看到她們。然而，他還是日夜思念著她們，對世界上其他事物都漠不關心，並因此生病而倒了下來，到死還念念不忘那個美麗的景象。終於，他瞭解那位老巫師所言不假，並有感而發地說：「盲目是人類最高的德行。」

（愛沙尼亞童話）

額頭上有金色星星的男孩

這是很久以前真的發生過的事，要不你也不會聽到這個故事了。

從前，有位皇帝統治了這個世界上一半的土地，而在他的國土上，住了一位老牧羊人和他的妻子，以及他們的三個女兒，安娜、史達娜和拉普提札。

長女安娜生得非常美麗，當她帶羊去草地上時，只要她和羊走在一起，羊就會忘了吃草。二女史達娜也美麗非凡，當她趕著羊群時，狼還會跑來保護羊。但最小的女兒拉普提札的皮膚卻像牛奶那麼白皙，頭髮又像最好的羊毛一樣柔軟，等於兩位姊姊加起來那麼美，而一個人再怎樣也只能美到這個程度了。

在某個夏日，當太陽光灑在大地上時，三姊妹走到山區外緣的森林裡，想要摘一些草莓。正當她們四處尋找最大的草莓時，卻聽到馬蹄聲越來越向她們靠近，那個聲音大到讓人以為有

國王遇到三姊妹

整團軍隊要過來了。不過，那只是皇帝和他的朋友以及隨從出來打獵而已。

這些都是相當英俊的年輕人，他們騎在馬上的模樣，宛如人馬合一，不過其中最俊帥的，則非年輕的皇帝本人莫屬。

當他們靠近三姊妹並注意到她們的美麗時，不由得停下馬來，慢慢接近。

「聽我說，妹妹們，」安娜在他們經過時說道：「要是這些年輕人中哪個娶我為妻，我會為他烤一條麵包，讓他永保年輕勇敢。」

「若是我，」史達娜說：「成為被選中的新娘，我會替我丈夫織一件襯衫，讓他在和龍打鬥時能不受傷害，在水裡時完全不會被水沾濕，在火中也不會被火灼傷。」

「我呢，」拉普提札說：「會替選我為妻的男人生下雙胞胎男孩，每個男孩的前額上都有一個金色的星星，就像空中的星星一樣明亮。」

儘管她們壓低聲音交談，但那些年輕人還是聽到她們說的話，紛紛把馬頭掉轉過來。

「我相信妳說的話，而我承諾妳將成為最美麗的皇后。」皇帝大聲說道，把拉普提札以及她的草莓一起拉上馬來，坐在自己的前端。

「而我要娶妳。」

「我則選妳。」

君王的兩位朋友各自說道。大家一起騎馬回宮。

隔天早上，他們就舉行了結婚儀式，王國上上下下歡慶了整整三天三夜。而當慶典結束之後，每個人都在說，安娜已經派人去拿玉米，並烤好她在草莓地上所說的那條麵包。然後又過了幾天幾夜，取代這段傳言而起的，則是史達娜已經採買了一些亞麻，並親自織了那件她在草莓地上所提到的襯衫。

至於皇帝則有位繼母，她和自己的前夫生了一個女兒，兩人一同住在宮裡。女孩的媽媽一直相信自己的女兒能成為皇后，而不是一位「像牛奶一樣白皙的少女」，且她只不過是牧羊人之女。她滿心怨恨著拉普提札，伺機要下毒手。

可是，只要皇帝和他的妻子日夜相伴，繼母就沒有機會使壞，所以她開始思考，到底要怎樣才能讓皇帝暫時離開一下。

最後，當所有的方法都失敗了以後，繼母想辦法讓她的兄弟──鄰國的國王，對皇帝宣戰，並以強大的軍力圍剿邊境的城池。這次，她的陰謀奏效了。皇帝一聽到這個消息，立刻憤怒地跳起來，誓言沒有任何人、事、物，包括他的妻子，能阻止他上戰場。他急促地召集手邊能集合的軍力，即刻出發迎敵。鄰國的國王沒有料想到他的動作會如此迅速，因此絲毫沒有備戰。皇帝趁其不備發動攻擊，使敵方潰不成軍。然後，當勝利得手，和平的條約也快速地簽訂之後，皇帝盡快騎馬返家，在第三天就抵達了皇宮。

就在那天早上，當星光還在天際緩緩消逝，拉普提札生下了兩個前額有金色星星的男孩。但在一旁觀看的繼母偷偷抱走小孩，在皇宮的一個角落，皇帝房間的窗外挖了一個洞，把兩個男孩放進去，然後以兩隻小狗替代男孩放在原本的位置。

皇帝入宮後，一聽到消息立刻趕到拉普提札的房間。不用說什麼，他親眼看到拉普提札沒有信守她在草莓地上的諾言，雖然這幾乎使他心碎，他還是必須下令對她進行懲處。

The Stepmother digs a Grave for the Babies

繼母挖墳要埋了寶寶

他悲傷地走出房間告訴守衛，皇后必須被埋在地上，讓土蓋到她的脖子，如此一來，其他人才曉得欺君的下場為何。

過沒幾天，繼母的願望實現了，皇帝娶了她的女兒，全國上下又狂歡了三天三夜。

現在，讓我們來看看那兩個小男孩怎麼了。

可憐的小寶寶們，即使在墳墓裡，他們也不得安息。就在他們被埋葬的那個地方，長出了兩株漂亮的小白楊樹。繼母看到後感到十分憎惡，因為這讓她想起自己犯下的罪行，便下令移走這兩棵樹。然而，皇帝聽說了這件事後，卻禁止他們動這兩棵樹。他說：「不要動它們，我喜歡看到它們在那裡。這是我有過最漂亮的白楊樹。」

這兩株白楊樹長得比其他白楊樹都要好，每天成長的速度等於其他白楊樹一年的成長，每晚的成長速度又是其他白楊樹另一年的成長，而在破曉時分，當星光逐漸在天際消失時，它們在一眨眼的時間內又成長了三年。它們的樹枝碰到了皇宮的窗戶，當風輕拂過樹枝時，皇帝一整天都坐著聆聽樹的聲音。

繼母知道這一切代表什麼意思，因此從未停止想過要設法毀了這兩棵樹。這不是一件簡單的事，但一個女人的願望可以讓鐵樹開花，而她的狡獪更勝於梟雄。小人的讒言比詭計更有用，而要是這些都達不到效果，還有淚水攻勢。

有一天早上，皇后坐在夫君的床緣，開始用各種狡獪的方式對他讒言。

她好不容易才讓皇帝上鉤，皇帝畢竟也只是個凡人。

「好吧，好吧，」他終於說道：「就隨妳的意，砍了那兩棵樹吧。但其中一棵樹要做成我的床，另一棵樹做成妳的床。」

既然皇帝都這麼說了，皇后不得不接受。那兩棵白楊樹隔天一早就被砍了下來，並在夜晚來臨前做成兩張新床，擺在皇帝的寢室內。

現在，只要皇帝躺在床上，他就覺得自己好像比以前重了數百倍，卻又感到一種前所未有的寧靜。然而，皇后覺得自己好像躺在荊棘上，因此完全無法闔眼入睡。

在皇帝熟睡之後，床開始發出劈啪聲，而在皇后的耳中聽來，每一個聲響自有它的意義。她覺得自己好像在聽一種除了她以外無人能懂的語言。

「弟弟，你會不會覺得太重?」其中一張床問道。

「喔!不會，一點也不重，」皇帝睡的那張床回答：「我只覺得快樂，除此之外沒有別的感受，因為我親愛的爸爸就在我的身上休憩。」

「但對我來說卻非常沉重，」另一張床說：「因為我身上躺著一個邪惡的人。」

兩張床就這樣聊天聊到早上，皇后一字不漏地聽進去了。

破曉時，皇后已經想到弄走這兩張床的辦法。她請人做了兩張一模一樣的床，趁皇帝出去打獵時將它們調包，放進皇帝的寢室。都弄妥了之後，白楊樹作成的床被放進大火裡燃燒，只留下一小堆灰燼。

但當它們在燃燒的時候，皇后彷彿還是聽到了同樣的話語，那種只有她才聽得懂的語言。

於是她彎下腰來收拾灰燼，將它們往四面八方散去，好讓風把它們吹去別的土地和海洋，不留一點塵埃。

然而，她沒有發現，火燒得最旺時，有兩點火星飛了起來，它們在空中飄浮了一下下後，掉落在一條流經國土中心的大河裡。在河裡，它們變成兩條有著金色鱗片的小魚，而且彼此是那麼地相似，任誰看了都會說牠們一定是雙胞胎。有天一大早，皇帝的漁夫們到河邊去打漁，準備替主子張羅早餐。他們把網灑入水流中，等最後一顆星星消失在天際時，才把網收回來。而在捕獲的魚中，有兩條從來沒有人看過的金色鱗片的魚。

漁夫們都聚集過來讚嘆著，他們商量了一會兒，決定活捉這兩條魚，當成禮物獻給皇帝。

「不要帶我們到那裡去，因為我們就是從那裡來的，而我們到那裡就會沒命。」其中一條魚說。

「但我們該拿你們怎麼辦呢？」有位漁夫問道。

「去收集所有葉子上的露水，讓我們在露水中游水，接著讓我們躺在陽光下，在陽光曬乾露水前不要靠近我們。」另一條魚回答。

那位漁夫照牠們的話去做，收集了葉子上的露水，並讓兩條魚在露水中游泳，然後將牠們放在日光之下，直到露水都被曬乾為止。

當他回來的時候，你猜他看到了什麼？哎呀，他看到了兩個男孩，兩位漂亮的小王子，他們金色的頭髮就像額頭上的星星一樣閃亮，而且兩個人長得非常相似，只消一眼，誰都會曉得他們兩人是雙胞胎。

兩個男孩成長得非常迅速，每天都長大一歲，每晚又長大一歲，但在黎明，星光退去之際，他們在一眨眼的功夫又成長了三歲。除了體重以外，他們還有別的成長，他們的年齡、智慧和知識也都成長了三倍。當三天三夜過去後，他們已經成長了十二歲，力量增加了二十四倍，智慧更成長了三十六倍。

「現在帶我們去找我們的爸爸。」他們說。於是漁夫給他們一人一頂羊皮帽，讓他們半遮住臉，並完全隱藏住他們金色的頭髮和前額上的星星，再帶領他們走進皇宮。

他們到達目的地時已經是中午了，漁夫和他照料的兩個男孩走向一位站在附近的官員。

「我們想要和皇帝說話。」其中一個男孩說。

「你們必須等他吃完午餐。」看門人回答。

「不，要在他吃飯時跟他說。」另一個男孩跨過門檻時說。

隨從全都跑上前來，要把放肆的少年推到宮殿之外，但男孩們一溜煙地從他們的手中逃脫，隨即進入大廳，而皇帝就在那裡用餐，周圍則圍繞著他所有的朝臣。

「我們要進去。」雙胞胎中的一位對站在門口附近的僕人高聲說道。

「這是萬萬不可能的事。」僕人回答。

「是嗎？我們就要試看看！」另一位男孩說，把僕人們分別往左右推開。

然而，這裡的僕人眾多，男孩卻只有兩個人。終於，嘈雜的聲音傳到了皇帝的耳裡。

「怎麼了？」他生氣地問說。

男孩聽到父親的聲音就停了下來。

「兩個男孩想要強行進入。」有位僕人回答，並走近皇帝的身邊。

「強行進入？誰那麼大膽敢強行進入我的宮殿？這兩個男孩是誰？」皇帝一口氣說了一串

話。

「我們不曉得，偉大的皇帝。」僕人回答說：「但他們肯定和您有血緣關係，因為他們的力量有如獅子，並把門口的守衛都驅散了。他們也如自己的力量一般驕傲，因為他們不肯把頭上的帽子拿下來。」

皇帝一邊聽一邊憤怒地漲紅了臉。

「趕他們出去，」他大聲說：「放狗出去追他們。」

「不要碰我們，我們自己會安靜地走。」男孩們說。他們往後退，暗自為了父親刺人的話語而流淚。但就在他們快要走到大門口時，一位僕人跑了過來。

「皇帝命令你們回去，」他喘著氣說：「皇后想要看看你們。」

男孩們想了一會兒便走回原路，直接走向皇帝，但還是沒有拿下他們的帽子。

皇帝坐在一張長桌子的前端，桌面上到處都是花，桌旁則圍繞著許多賓客。坐在皇帝旁邊的是皇后，她靠著十二張椅墊坐著，但當男孩們進入大廳時，有個椅墊掉了下來，剩下十一個墊子。

「拿下你們的帽子。」有位朝臣說。

「一個被帽子覆蓋住的頭，在人群之中是個尊榮的象徵，而我們希望能顯出自己的尊榮。」

「沒關係，」皇帝說，在聽到男孩們清脆的語調後，他的怒火已然消退。「就保持你們現在的樣子吧，但告訴我，你們到底是誰，從哪裡來，又想要什麼。」

「我們是雙胞胎，一枝的兩葉，但樹幹已經被毀了，一半躺在地上，一半坐在這張桌子的前

前額有金色星星的男孩們

繼母的懲罰

端。我們走了很遠的路，我們在風的沙沙聲中說話，在森林中細語，在水中歌唱，但現在我們想要告訴您一個您完全不知情的故事，而且以人類的型態告訴您。」

又一個墊子掉了下來。

「讓他們閉上嘴回去吧。」皇后說。

「喔！不要，讓他們繼續說，」皇帝說：「妳想看他們，但我想聽他們說話。繼續，男孩們，告訴我那個故事。」

皇后沉默不語，男孩們開始訴說他們的人生。

「曾經有位皇帝。」男孩們開口說道。第三個墊子掉了下來。

當他們說到英勇的皇帝出外旅遊的時候，又有三個墊子掉落。

等到故事說完時，皇后的墊子已經全數掉下來。而當男孩們把帽子拿下來，並露出他們的金髮和前額的金色星星時，皇帝和所有賓客都看傻眼，男孩們幾乎不能承受這麼多的注目。

後來，事情的發展走向了故事原本就該有的方向。拉普提札和她的夫君一起坐在桌子的前端，繼母的女兒成為皇宮中最卑賤的縫紉女傭，繼母本人則被綁在一匹野馬身上任憑馬兒四處狂奔。而每個知道這個故事的人都會謹記在心：使了壞心眼的人，不論是誰，最後都難逃悲慘的下場。

（羅馬尼亞童話）

青蛙

以前有個婦人有三個兒子，他們雖然都是農夫，但日子過得還不錯，因為他們的土地很肥沃，能產出許多農作物來。有一天，他們三個人都跟媽媽表示，自己想要成家了。他們的媽媽回答說：「隨你們的意思去做，但要選擇一位好主婦，能仔細地照管你們的事物。另外，為了確保你們能娶個好老婆，你們把這三束亞麻分別拿去給她們紡織，誰織得最好就會是我最喜歡的媳婦。」

大哥和二哥心有所屬，從媽媽那裡拿了亞麻後，便帶在身上一起出門，依母親所言交給自己喜歡的對象去紡織。但小兒子卻感到很困惑，不知該拿亞麻怎麼辦，因為他不認識什麼女孩（他從未和女孩說過話），無法將亞麻交給別人紡織。他走來走去，詢問他遇到的女孩能否幫他完成這項任務，但她們一看到亞麻，就在他的面前笑了出來，還嘲弄他。他絕望地離開村莊到

鄉下去，在一座池塘邊坐下，開始難過地哭泣。

突然，離他很近的地方傳來一個聲響，原來是一隻青蛙從水裡跳了上岸，問他為何掉眼淚。年輕人把自己的困難、哥哥們將會帶著未婚妻所織好的布回家，以及沒有人肯幫他織布的事都告訴了牠。

然後，青蛙說：「這沒有什麼好哭的。把線給我，我來幫你織。」語畢，青蛙就從他的手中拿走亞麻，撲通一聲跳回水裡。年輕人只有回家，不曉得接下來會發生什麼事。

很快地，兩位哥哥也回到了家，媽媽要求看她交給他們的亞麻被織成什麼樣了。三兄弟都走出房間，但在短短幾分鐘後，兩位哥哥就回來了，手上拿著自己選定為妻的人所織的布。小兒子很憂心，因為他無法將媽媽交給他的亞麻拿出來。他悲傷地走回池塘邊，坐下來哭泣。

撲通，青蛙從附近的水裡跳了出來。

「這個給你，」青蛙說：「這是我幫你織好的布。」

你可以想像得到，這下小兒子有多麼高興。青蛙把布放到年輕人的手裡，然後他就直接回家找媽媽。他媽媽看到成品後非常高興，並說自己從沒有看過織得這麼好的布，遠比兩位哥哥帶回家的布更精緻無瑕。

接著，她轉身面對兒子們說道：「不過，這樣還不夠，我的兒子。我必須看到另一個證據，好知道你們選擇了什麼樣的女人。房子裡有三隻小狗，你們每人各拿一隻，帶去給你們想要娶回家做妻子的女人，讓對方訓練小狗並撫養小狗長大。誰的狗最乖，牠的女主人就會是我最喜歡的媳婦。」

於是，這三位年輕人又出門去了，並各自帶走一隻小狗。小兒子不曉得該去哪裡，只好回到池塘邊，再一次坐在岸上哭泣。

撲通，他轉頭一看，看到青蛙就坐在自己身邊。「你為何流淚？」牠問。他告訴青蛙自己遇到的困難，以及他不曉得該把小狗帶去給誰。

「給我，」青蛙說：「我會幫你把狗養大。」眼看年輕人還在遲疑，青蛙便自行從他的手臂中抓出小狗，然後消失在池塘裡。

過了一些時日，有天三個兒子的母親說，她想看看小狗被未來的媳婦訓練得如何。大兒子和二兒子出門去，不久後就領著兩隻大獒犬回來，牠們的咆哮聲聽來非常兇猛，外表看來非常狂野，只看牠們一眼，媽媽就怕得發抖。

小兒子如同往常走向池塘，呼喚青蛙來幫他解除困境。

才一分鐘，青蛙就出現在他身邊，並帶來了一隻最可愛的小狗。青蛙把狗兒放到他的懷中，小狗隨即坐下來，用腳掌作出懇求狀，還表演出最精采的把戲，而且幾乎像人一樣聽得懂人話，會照著人說的去做。

年輕人興高采烈地把小狗帶回去給媽媽，而她一見到小狗，就宣稱：「這是我看過最漂亮的小狗。你真是幸運，我的兒子，你贏得了一個寶貴的妻子。」

她轉身面對其他兩個兒子，並說：「這裡有三件襯衫，把它們帶去給你們的未婚妻。誰裁縫得最好，就會是最討我歡心的媳婦。」

於是，三個年輕人又一次出門去，而再一次地，青蛙做出的成品是三個中最好最漂亮的。

這次，媽媽說了：「現在，我對我做的考驗已經感到很滿意，我要你們把新娘子帶回來，我會準備婚宴。」

你可以猜想得到，小兒子聽到這些話後會有什麼感覺。他要到哪裡去找回一個新娘呢？青蛙這次還能幫上他的忙嗎？他垂著頭，非常哀傷地坐在池塘旁邊。

撲通，忠實的青蛙又一次出現在他身邊。

「你為什麼這麼難過？」青蛙問道。年輕人隨即向牠吐露一切。

「你會娶我為妻嗎？」牠問。

「我怎能娶妳為妻？」年輕人回答說，對牠的提議感到非常納悶。

「我再問一次，你會娶我還是不娶？」青蛙說。

「我不會娶妳，但也不會拒絕娶妳。」他說。

青蛙聽到這句話後就消失了，下一分鐘，年輕人眼前的路上出現了一輛非常漂亮的小馬車，由兩匹迷你馬拉著。青蛙打開車門讓年輕人上車。

「和我一起來。」牠說。年輕人站起身來和牠一同上了馬車。

沿路上，他們遇到了三位女巫，第一位的眼睛看不見，第二位則駝著背，第三位的喉嚨裡還有根很大的刺。當她們看到這輛小馬車，以及坐在椅墊上自命不凡的青蛙時，不禁大笑出聲，笑到眼盲女巫的眼皮猛地張開來，因而恢復視力；駝背女巫也因為笑到在地上打滾，背變得挺直；而第三位女巫則因為一陣狂笑而把喉嚨裡的刺吐了出來。她們立即想到要酬謝青蛙，因為牠的無心插柳治好了她們的宿疾。

女巫們哈哈大笑

第一位女巫用她的魔杖朝著青蛙揮了揮，就把青蛙變成了前所未見的可愛女孩。第二位女巫用魔杖朝著小馬車和迷你馬揮了揮，就把牠們變成了漂亮的大馬車和昂首闊步的馬兒，還有個馬伕坐在上面。第三個女巫送給女孩一個神奇的錢包，裡面裝滿了金錢。做完這些之後，三位女巫就消失了，年輕人和他可愛的新娘一起乘著馬車回到媽媽家。

母親非常高興看到小兒子的好運。他們蓋了一棟漂亮的房子，女孩成為最受喜愛的媳婦，萬事都很順心如意，夫妻倆從此過著幸福快樂的日子。

（義大利傳說）

躲在地下的公主

從前有個非常富有的國王，在過世後把財產分給了他的三個兒子。老大和老二整日狂歡作樂，浪費了父親的遺產，直到錢都用光為止，才發現自己仍有很多的需求，而變得可憐兮兮的。

相反地，最小的兒子則善加利用他所分得的財產。他娶了老婆，很快就有了一位最漂亮的女兒。當女兒長大後，他替她蓋了一座地下大宮殿，然後殺了那位建造宮殿的建築師。接下來，他把女兒關在裡面，再派使者到世界各地去傳達一個訊息，那就是哪個人要是能找到他的女兒，就能娶她為妻，但要是找不到她，就必須以死謝命。許多年輕人試圖找到公主，但最後只有赴死而已。

在許多人都死了之後，來了一位令人賞心悅目的年輕人，他的聰明才智不下於外表的俊帥，並渴望能達成這項功蹟。首先，他去找一位牧羊人，懇求對方讓他隱身在一張金黃色的羊毛皮下，然後以這個模樣去晉見國王。牧羊人被說服了，便用一張金黃色的羊毛皮包裹住年輕人，再把羊毛皮縫起來，但事先在裡面放了食物和水，接著才把他帶去國王那裡。

當國王看到這隻金色的羊時，他問牧羊人：「你能把這隻羊賣給我嗎？」

但牧羊人回答說：「不行，陛下，我不會賣了牠，但要是這隻羊給您帶來樂趣，我願意幫個忙，把羊借給您，而且完全免費。不過三天之後，您要把羊還給我。」

國王同意了，接著就起身把羊帶去給女兒看。他領著羊到她的宮殿去，一路上經過了許多的房間，然後來到一扇緊閉的門前。國王高聲喊道：「開門，大地的沙他拉瑪他拉！」門就自己開了。之後，他們又經過更多的房間，接著又來到一扇門前。國王再一次高喊：「開門，大地的沙他拉瑪他拉！」這扇門如同前一扇一樣自己打開了，於是他們進入了公主居住的殿閣，那裡的地板、牆壁和屋頂全都是用銀打造的。

國王給公主一個擁抱之後，就把羊交給她，這令她相當開心。她拍拍羊，摸摸羊，和羊玩耍。

過了一會兒，羊被鬆綁並跑開來，公主看到後說：「你看，父王，羊跑開了。」

但國王回答說：「牠只是一隻羊，當然可以隨便走走。」

他把羊留下來陪公主，自己就走開了。

然而，到了晚上，年輕人脫掉了羊皮。公主一看到這個英俊的年輕人就愛上他，並問他：

「你為什麼要偽裝成羊到這裡來？」

他回答：「當我看到有多少人想找妳卻遍尋不著，還因此喪失性命，我就想到這個方法，也因此，我才安全地來到妳的面前。」

公主說：「你做得很好，但你必須知道，你還沒有贏得這場賭局，因為我父王會把我和我的女僕們變成鴨子，然後問你：『哪一隻鴨子才是公主？』我會把我的頭轉過來，用嘴清理翅膀，這樣你就知道哪一隻鴨子是我了。」

當他們相處了三天，互訴情衷並擁抱對方之後，牧羊人來找國王要回他的羊。國王到公主那裡把羊帶走，公主感到非常難過，她說她和羊在一起玩得很開心。

但國王說：「我不能把牠留下來給妳，我的女兒，因為這隻羊是別人借給我的。」說完就把羊帶回去給牧羊人。

年輕人脫下羊皮後就去見國王，並說：「陛下，我相信我可以找到您的女兒。」

國王看到年輕人如此英俊，就說：「小伙子，我憐惜你的青春。很多人已經為了這項任務犧牲生命，而你也一定會被帶向黃泉。」

但年輕人回答：「我接受您的條件，國王。我不是找出您的女兒，就是人頭落地。」說完，他就走在國王的前面，國王在後面跟著，直到雙雙來到那扇大門前。這時，年輕人對國王說：「您要說那些叫門打開的話。」

國王說：「我要說什麼呢？我該說：『關門，關門，關門』嗎？」

「不是的，」年輕人說：「您要說：『開門，大地的沙他拉瑪他拉！』」

當國王說了這些話後，門便自行打開，兩人跨門而入，國王則咬著自己的八字鬍生氣著。

接著，他們來到第二扇門，情況和第一扇門如出一轍，兩個人走進門後就找到了公主。

國王說：「是的，你確實找到了公主。現在我會把她和她的侍女們變成鴨子，如果你能猜出哪隻鴨子是我的女兒，那麼你就能娶她為妻。」

語畢，國王立刻將所有女孩們都變成了鴨子，並將鴨子趕到年輕人的面前說：「現在，告訴我哪隻才是我的女兒。」

公主依照他們之間的約定，開始用鴨嘴清理牠的翅膀，年輕人便說：「清理翅膀的那隻鴨子就是公主。」

國王別無他計，只有將公主嫁給年輕人，夫婦倆從此過著非常快樂幸福的生活。

（德國傳說）

假扮男裝的女孩

從前有位帝王是個偉大的征服者，也是世界上統治最多國家的人。每當他征服了一個新的國家，就會要求那個國家的國王把自己的一個兒子送來做十年的工作，以作為休兵的條件。

在他的國土邊境，有一個國家的國王和他一樣英勇，而且年輕的時候每戰必勝。但隨著時光流逝，他的頭腦已經不夠靈光，無法進行戰役的謀劃，他的人民也想留在家鄉種田，所以到了最後，他也不得不向鄰王稱臣。

可是，儘管他一天比一天覺得這是自己唯一能做的事，卻有一件事阻擋他走上這一步。新王將要求他的一個兒子去為他做事，但他沒有兒子，只有三個女兒。

他從任何一個角度想，都覺得只有自取滅亡，於是變得非常憂鬱，使女兒們感到驚恐萬分。她們做了很多事想讓他高興起來，但一切都只是徒勞無功。

終於，有一天當他們在吃晚飯時，三個女兒之中的老大鼓起所有的勇氣對父親說：「您在為了什麼我們不知道的事情難過呢？您的隨從令您不滿意嗎？還是我們使您不愉快了？為了撫平您的皺紋，即使要流血，我們也在所不惜，因為我們的生命是您給的，而您也知道我們的心意。」

「我的女兒，」君主回答說：「妳說的沒有錯。妳們從來沒有讓我有一刻的不滿，但現在卻不是妳們幫得上忙的時候。喔，為何妳們其中一個不是男孩？」

「我不明白，」她驚訝地說：「告訴我們哪裡不對了。雖然我們不是男孩子，但我們不是廢物。」

「可是妳們能做什麼呢？我的寶貝孩子們。紡織、縫紉、編織，這就是妳們所學的。現在只有一個戰士才能幫得了我，一個年輕的勇士，強壯得足以抵擋得了戰斧，揮劍即能使人斃命。」

「但為何您現在如此需要一個兒子？告訴我們所有的事，我們知道了也不會讓事情更糟的。」

「那麼，我的女兒，妳們就聽聽我感到傷痛的原因吧。妳們都聽說過，我年輕時，誰要是敢率軍前來挑戰，我都會讓他吃不完兜著走。但歲月讓我的血冷卻，使我的力量醉倒。現在，鹿可以在森林裡漫遊，因為我的箭無法射穿牠的心臟；陌生的士兵將會放火燒了我的房舍，並取用我的井水餵他們的馬，我的手臂無力阻擋他們。是的，我的輝煌已成過去，現在已到了我必須在敵人統治下低頭的時候。但我必須送一個人過去服侍對方十年，這是被征服者的代價，而我又能派誰去呢？」

「我去。」長女一躍而起大喊著說。然而，她的父親只是悲傷地搖搖頭。

「我永遠也不會讓您丟臉的，」女孩勸說：「讓我去。難道我不是個公主？難道我不是國王的女兒？」

「那妳就去吧。」他說。

勇敢的女孩在準備出發時，高興的心臟幾乎要停止跳動。她一刻也停不下來，在房子裡到處飛舞著，翻箱倒櫃，拿出了足以用上一整年的東西，金邊洋裝、寶石，以及許許多多的預備物。然後她挑選了馬廄裡最神氣的馬兒，牠的眼裡燃燒著熊熊火燄，皮毛更散發著閃亮的銀光。

當她的父親看到她騎上馬並在院子裡騰躍時，他給了她許多有智慧的忠告，關於她要如何表現得像個年輕的男子，以及如何表現得像個真正的淑女。在父親給了她祝福之後，她用馬刺碰觸馬兒，就此上路。

她身上的銀色盔甲以及所騎的駿馬讓一路上經過的人感到目眩神迷。她很快就跑得不見人影，要不是過了幾英哩的路後，她停下來讓她的隨從加入，她會一個人騎完這趟旅程。

不過，女兒們不曉得的是，老國王其實是個魔法師，還以此做了他的計畫。他設法在不被發現的情形下跑在女兒的前頭，並在一條溪上放下一道銅橋，讓她可以通過。然後，他把自己變成一隻狼，躺在橋底下等待。

他的時機選得剛剛好，半小時內就聽到了馬蹄聲。當公主的馬蹄就要踩上橋時，一隻大灰狼露出牙齒，猙獰地出現在公主的面前。牠發出一聲令人血液凍結的低沉吼叫，站起身來，就要縱身一跳。

狼的出現是那麼地突然和意外，使得女孩幾乎動彈不得，一點也沒想到要戰鬥，等到馬兒猛地跳到一旁，她才想到讓馬調轉回頭，並要牠全速狂奔，直到她看到宮殿的大門才收緊韁繩。

這時，老國王早就回到皇宮，並到門口迎接公主。他摸摸她閃亮的盔甲，然後說：「我的孩子，我不是告訴過妳嗎？蒼蠅是製造不出蜂蜜來的。」

日子一天天過去，有天早上，二女兒懇求父親讓她試試姊姊苦嚐敗果的冒險行程。他不情願地聽著，心裡覺得這根本不會有用，但她那麼懇切地哀求著，他只有點頭答應。二女兒選好她的裝備後，也騎上馬背出發了。

然而，儘管她和姊姊不同，事先對銅橋上的狼已經有了心理準備，但當她抵達那裡並看到狼時，卻沒有顯露出更多的勇氣，只是要她的馬兒盡速趕回家去。她的父親站在城堡的階梯上，她則依舊因為恐懼而顫抖不止。她在父親的面前跪下，國王溫和地說：「我的孩子，我不是告訴過妳嗎？沒有一隻鳥是在巢裡被抓的。」

三個女孩有好一陣子都安靜地待在皇宮裡刺繡紡織，並照料她們的小鳥和花卉。但有天早上，小女兒進入國王的私人殿閣。

「我的父親，現在輪到我了，或許我在面對狼時會有比較好的表現。」

「妳憑什麼認為妳比姊姊們更勇敢呢？妳這個自負的小女孩。妳根本就還是個小娃兒。」

但她卻不在意被取笑，反而回答說：「為了您的緣故，父王，我會將兇猛的東西砍成碎片，或讓自己也變得兇猛。我認為我會成功，但若是我失敗了，我回家時也不會比姊姊們更丟臉。」

國王還是猶豫著，但女孩不斷花言巧語地勸誘著他，他終於說：「好吧，好吧，如果妳非去不可，那就去吧。我還是懷疑這會給我帶來什麼好處，除了當我看到妳垂著頭眼睛看著地上時能得到一點樂趣。」

「笑得最厲害的人，將會是最後一個笑得出來的人。」公主說。

小公主很高興能如己所願，並決定第一件事就是去找一位白髮的老戰士，因為她信賴對方的忠告，然後再非常謹慎地挑選她的馬。她直接走進馬廄，在那裡，全國最漂亮的馬兒正在吃草，不過沒有一隻是她想要的。當她走到最後一欄時，幾乎就要絕望了，卻發現那裡關了她父親很久以前的戰馬，而且就像她父親一樣又老又疲累，在稻草上悲傷地伸展身體。

女孩的眼睛充滿了淚水，站在那裡凝視著牠。馬兒抬起頭來，小小地嘶鳴一聲，然後溫和地說：「妳看起來非常溫和且慈悲，但我知道妳是因為對妳父親的愛才會對我這麼溫柔。喔，他曾經是個多麼偉大的戰士啊！我們共渡的時光又是多麼地美好啊！但我現在老了，我的主人也已把我遺忘，所以沒有理由在意我的毛是灰暗或是閃亮。不過現在還不遲，如果我得到很好的照料，只要一週的時間，我就能和馬廄裡其他的馬一爭高下。」

「你需要怎樣的照料？」女孩問。

「我早晚都需要被雨水沖刷；我的大麥需要用牛奶煮過，因為我的牙齒不好；我的腳則必須用油洗。」

「我會試試這個療法，因為你或許能幫助我執行我的計畫。」

「那就試試看吧，女主人，我承諾妳將永遠不會後悔的。」

過了一週，有天早上馬兒醒來時，四肢突然一陣顫抖，而當顫抖過去之後，牠發現自己的皮膚閃亮得就像是一面鏡子，身體胖得像個西瓜，動作則輕如羚羊。

然後，他看著一大早就到馬廄來的公主，快樂地說：「在我主人之女的步伐前，將有許多成功等著她，因為她又把生命帶回我的體內。告訴我，我能替妳做什麼，公主。我會去做的。」

「我要去找在我們之上的帝王，而沒有人可以給我忠告。那些白頭的戰士中，有哪位能成為我的顧問呢？」

「有了我，妳就不需要其他人了。我會服侍妳一如服侍妳的父親，只要妳肯聽我說的話。」

「我什麼都會聽的。你三天後能出發嗎？」

「妳要的話，現在就可以出發。」馬說。

小女兒的行前準備比起姊姊們輕便簡單許多，只有一些男孩子的衣服，少量的換洗衣物和食物，以及以備萬一的少許金錢。然後她向父親告別，騎馬上路。

經過了一天的旅程，她抵達了銅橋，但在看到橋以前，具有神奇力量的馬已經警告過她，她父親為了證明她的勇氣會採取什麼樣的手段。

但儘管有馬的警告，當一隻瘦得像是餓了一整個月、爪子像鋸子一樣、嘴像個烤爐一樣大張的大狼跳到面前對她咆哮時，她還是全身顫抖。有那麼一刻，她的心被打敗了，但接下來，她就用馬刺輕觸馬身，拔劍出鞘，準備一擊就要砍下狼頭。

看到劍，野獸便往後退縮，這也是牠唯一能做的，因為女孩的臉色潮紅，眼裡閃著戰鬥的光芒。然後，女孩頭也不回地騎馬過橋。

國王對女兒第一次的勝利感到非常驕傲，但他又走捷徑，在第二天旅程結束的地方等她。那裡有一條河，他在河上放下一條銀橋。這次，他變成了一隻獅子。

不過，馬也已經猜到會有新的危險，並告訴公主要如何逃過一劫。只是，在安全且自在時接受忠告是一回事，但在恐怖的險境威脅之下要去實際執行，卻又是完全不同的一回事。光是狼就已經讓女孩因為害怕而顫抖，在這隻可怕的獅子面前她根本就像隻小羊。

獅子的吼叫使林木都為之撼動，而牠的爪子是如此巨大，每根看來都像是一把短彎刀。公主的呼吸停止了，她的腳在馬鐙裡發出了喀喀喀的聲音，但突然間，趕走狼的記憶如閃電般劃過她的心中，於是她揮舞著劍，兇猛地衝向獅子，對方差點就來不及避開一劍。然後，她像一道閃光越過了這座橋。

打從生下來，公主就在細心呵護中長大，從沒有離開過宮殿的花園，所以她一看到山丘、溪谷，以及閃亮的溪流，聽到雲雀和鳥鶇的歌唱，心中就充滿了驚喜與快樂。她渴望能下馬，將臉浸在清澈的水池中，並摘下那些最漂亮的花朵，但馬兒說：「不行。」還加快牠的步伐，直直往前走。

「戰士，」牠告訴她：「只有在勝利之後才會休息。妳還有一場戰鬥要打，而且是最難的一

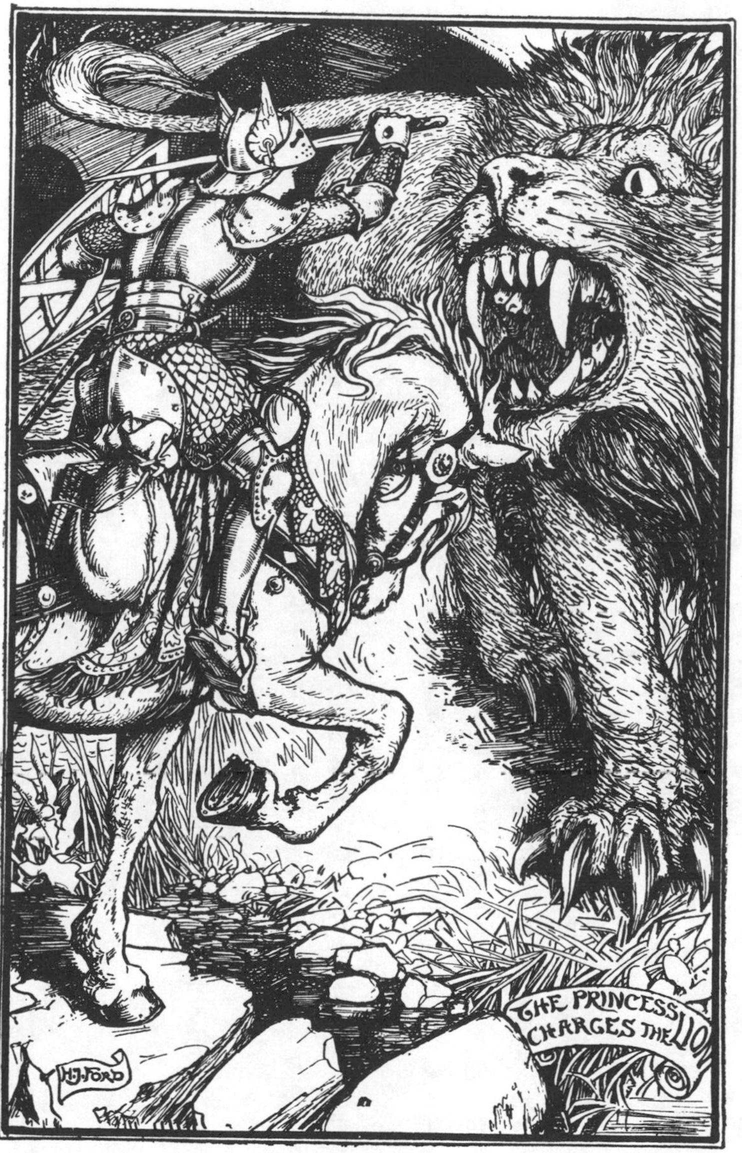
THE PRINCESS CHARGES THE LION
H.J. FORD

公主對獅子發動攻擊

場。」

這次，當第三天的旅程結束時，等待她的既非狼也非獅子，而是一隻有十二個頭的龍，在牠身後的則有一道金橋。

公主無所畏懼地往前騎，但她的腳底下卻突然出現一陣煙霧和火焰，逼使她往下看，並看到一隻歪來歪去扭動的可怕怪獸，牠豎起十二顆頭來，眼看就要抓住她了。

馬勒從她的手中掉落，而她才剛握住的劍也落回劍鞘之中，但馬叫她不要害怕，她只有奮力在馬背上坐直，然後策馬直驅向龍。

作戰持續了一個小時之久，龍使公主受到極大的壓力。但在最後，她以精采的側擊，差點就砍下一顆龍頭，龍發出一聲簡直就要把天撕裂成兩半的怒號，隨即回到地底去，取而代之的，是一個從地面上升起的人影。

雖然馬告訴過公主，龍其實是她的父親，女孩卻難以相信，因此眼前的變化讓她十分詫異。但國王張開雙臂擁抱著她，讓她貼近他的心，並說：「現在我知道妳是最勇敢的，也是最有智慧的。妳挑對了馬，要是沒有牠的幫忙，妳就會垂頭喪氣地回家。妳讓我滿懷希望，我相信妳能執行妳正在進行的任務，但小心不要忘了我給妳的所有建議，更重要的是，要聽妳的馬告訴妳的話。」

他說完話後，公主跪下來接受他的祝福，然後兩人分道揚鑣。

公主一直騎一直騎，直到她來到撐著世界屋脊的山脈。她在這裡遇到兩位妖怪，牠們已經兇猛地作戰長達兩年，而且沒有一個曾經略佔上風過。看到一個年輕男子正要展開冒險的旅程，其中一位妖怪便說：「幫我攻擊我的敵人，我會給你一個號角，它的聲音可以傳達到三天路程之外那麼遠。」另一位則說：「幫我打敗這個野蠻的小偷，你就會得到我的馬，日光。」

在回答以前，公主先和馬商量要接受哪位妖怪的提議，而馬建議要她站在日光主人的那一邊，因為日光是馬的弟弟，而且比牠更活躍。

於是女孩立刻攻擊另一位妖怪，很快地就把他的頭顱劈開來。勝利的妖怪懇求她一起回到他家，好讓他能依約把日光交給她。

妖怪的母親很高興看到兒子平安健壯地歸來，因此準備了最好的房間給公主使用，而公主在經歷了這麼多的疲累之後，正急需休息。不過，女孩說，她必須先把她的馬安頓在馬廄裡，但這只是一個藉口，實際上是女孩需要和馬商量幾件事。

老婦人從一開始就懷疑，解救她兒子的男孩其實是女扮男裝，並告訴妖怪，這個女孩正是他需要的妻子。妖怪譏笑著問說，哪個女孩能那樣揮刀？但不管他怎麼訕笑，他的媽媽還是堅持自己的想法，並為了證明所言不虛，晚上在每個人的枕邊放了一束神奇的花，要是男人碰了就會枯萎，但在女人手中則會永遠新鮮。

她這麼做是很聰明的，但不幸的是，馬已經事先對公主提出警告，而當馬兒靜默下來之後，公主躡手躡腳地走到妖怪的房間，將他枯萎的花朵和自己手上的交換，然後才溜回房間，沉沉入睡。

破曉時，老婦人跑去看她的兒子，發現他手中拿著一束死掉的花朵，一如她所料。接下來，她走到公主的床邊，看到還在睡覺的公主手中也拿著一束已然凋謝的花朵。但老婦人還是不相信她的客人是個男人，並將這個想法告訴她的兒子。於是，老婦人和妖怪一起動腦筋，又設計了另一個陷阱。

用過早餐之後，妖怪用手臂環繞著他的客人，要公主和自己一起去花園。有一段時間，他們只是一邊散步一邊賞花，妖怪不時地誘使公主摘下一朵她喜歡的花來。但公主懷疑這是一個陷阱，就粗魯地問說，為何他們要浪費寶貴的時間在花園裡，既然身為男性，就該在馬廄裡照料他們的馬。妖怪告訴母親，她大錯特錯，因為他的救命恩人是個不折不扣的男子漢。然而，老婦人還是一點也不相信。

她說，她要再試一次，而她的兒子必須引導客人到武器庫。那裡有世界上各式各樣的武器，有的做得很粗糙，完全沒有裝飾，有的則鑲上了寶石；然後要求客人挑選武器。公主仔細地看著這些武器，然後挑了一把足以戰勝古老戰士的老舊彎刀。之後公主告訴妖怪，她隔天一早就要出發，並帶走日光。

儘管老婦人還是堅信自己沒有看錯，但她已經無計可施，只有放棄。

公主騎上日光，並用馬刺碰觸牠時，原先那匹在她身邊跑步的馬兒突然說道：「一直到現在為止，女主人，妳都聽進了我說的話，並做得很好。現在，再聽我一次，照我的話去做。我老了，現在又有另一匹馬來替代我的位置，所以我要坦白地說，我怕我的力量不足以應付之後的任務。因此，讓我回家，妳在我弟弟的照料下繼續妳的旅程。妳要信賴牠就如妳信賴我一樣，妳不會後悔的。日光很早就得到了智慧。」

「是的，我的老同伴，你做得很好，若非有你的幫忙，我不可能一路勝利到現在。我很難過要跟你道別，但我會再一次順從你說的話，並會像對你一樣去聽你弟弟的話。只是，我需要一個證明，證明牠和你一樣愛我。」

「我怎麼會不愛妳呢？」日光回答說：「服侍妳這樣一位戰士我怎能不感到驕傲呢？相信我，女主人，妳不會因為我哥哥不在而後悔的。我知道我們的路上將會遭遇困難，但我們會一起去面對。」

於是，公主含著淚離開老馬，老馬則奔回她父親的身邊。

在騎了幾英哩的路後，公主看到前面的路上有一撮金色的捲髮。她和日光商量，看是否該撿起來。

「如果妳撿起來，」日光回答說：「妳會後悔；而要是妳沒有撿起來，妳也會後悔。所以撿起來吧。」聽到這句話，女孩下馬撿起捲髮，並把它纏繞在脖子上，以免掉了。

公主和馬經過了幾座山丘，越過了幾座高山，穿越了山谷，走出濃密的森林和長滿花朵的平原，最後抵達帝王的宮殿。

帝王正坐在自己的寶座上，四周則是其他君主的兒子，他們充當他的家臣。這些年輕人出來迎接新的同伴，並納悶自己為何如此受到新同伴的吸引。

然而，她沒有時間可以聊天，也沒有時間可以遮掩她的恐懼。公主立刻被帶去帝王的面前，並低聲解釋她來此的原因。帝王和善地接納了她，宣稱自己很幸運，能得到一位如此勇敢且有魅力的家臣，並要她隨侍君側。

公主在面對其他家臣時，態度非常謹慎，因為那些男人的生活方式讓她感到不悅。然而有一天，當她正在做糖果好讓自己開心時，有兩位年輕王子過來找她。她請他們吃一些原本就擺在桌上的食物，他們發現這些東西美味極了，以致於吃完後還舔著手指，不想錯過任何一點味道。當然，他們沒有把這個新發現當成秘密，反而告訴大伙，自己剛剛享用了有生以來最美味的晚餐。從此以後，公主一刻也不得安寧，直到她承諾將替所有人煮一頓午餐。

而後，就在約定的那一天，宮殿裡所有的廚師剛好都喝醉了，因此沒有人能生火煮飯。當家臣們聽說這件驚人的事後，便跑去找公主，懇求她的幫忙。

公主很喜歡烹飪，加上天性善良，所以她穿上圍裙，豪不遲疑地走下廚房。當晚餐被送到帝王的面前時，他發現這頓飯非常美味，因此吃了比所需要得更多的菜餚。隔天早上，他一醒來，就派人找來他的主廚，並要求主廚送來同樣的菜色。廚師聽到這個命令後非常驚恐，因為他知道自己無法達成任務，便跪下來坦承事實。

帝王大感詫異，甚至忘了要責罵廚師，而當他在細想這件事時，有些家臣走了進來，並說他們的新同伴據說自誇曉得可以在哪裡找到伊莉安，也就是歌曲中著名的伊莉安。那首歌一開頭便提到：

「金色的頭髮，

平原是綠色的。」

家臣們還說，就他們所知，公主握有伊莉安的一撮捲髮。

帝王聞言，便要公主到他面前，而當公主一聽到召喚隨即趕來後，帝王令人意外地說：「你竟然隱瞞你認識金髮伊莉安的事！你為何這樣做？我對你比其他所有的家臣都好。」

他要公主給他看她戴在脖子上的金髮，然後又說：「聽我的命令，你不管用什麼手段都要把這撮頭髮的主人帶來見我，否則我會在你站著的地方砍了你的頭。現在就去！」

可憐的女孩試著解釋她怎麼得到這撮頭髮，但帝王就是不肯聽，她只有深深一鞠躬，離開帝王的身邊，去找日光商量她該怎麼做才好。

她一聽到日光的話就一掃陰霾。「不要害怕，女主人。我哥哥昨晚出現在我的夢中，告訴我一位妖怪帶走了伊莉安，妳在路上撿到的那撮頭髮就是屬於她的。但伊莉安說，在她嫁給擄獲她的人之前，他必須帶給她一個禮物，就是屬於她的一整群母馬。那妖怪愛她愛得瘋狂，因此日夜思索要如何才能做到這件事，同時，她則安全地待在海上的沼澤島。妳回去帝王那裡，要求他給妳二十艘裝滿珍貴貨品的船。至於其他的，妳到時就會知道了。」

聽了馬的建議後，公主立刻到帝王的面前。

「至高無上的王，萬壽無疆。」她說：「我來向您稟告，倘若您能給我二十艘船，並在船上滿載王國中最珍貴的貨品，我就能達成使命。」

「我的東西都可以給你，只要你能把金髮伊莉安帶來給我。」帝王說。

船很快就備妥了，公主登上其中最大最精緻的一艘，日光則跟在她的身邊。然後帆張開來，航程就此展開。

七週來，風把他們直直吹向西邊，然後有一天一早起來，就看得到海中的沼澤島。

他們在一個小海灣下錨，公主迅速地和日光一起下船，不過在下船前，她先在腰帶上掛上一雙鑲有寶石的金色小拖鞋。她騎著日光到處走，直到看到幾間建造在島的中心點，以隨時面向太陽的宮殿。

其中最富麗堂皇的一間宮殿由三個奴隸守衛著，他們貪婪的眼神被金拖鞋發出的光輝所吸引，立刻就上前詢問寶藏的主人是誰。「一位商人，」公主回答說：「不知怎麼迷了路，在海中的沼澤島迷失了方向。」

奴隸不知道該不該歡迎這位客人，於是回去找女主人，並告知他們所看到的事情，而她也剛好從宮殿頂樓看到了這位商人。幸運的是，妖怪不在，他又出門去抓母馬了，因而此刻伊莉安是一個人，而且自由得很。

奴隸們描述得太動聽了，所以伊莉安堅持要親自到海邊去看看那雙美麗的金拖鞋。拖鞋比她預期得還要可愛，而當商人懇求她上船看看其他更漂亮的東西時，她的好奇心使她無法說不，便上船去了。

一上了船，她就忙著欣賞所有珍貴物品，因此沒有注意到帆已經張開，船已經順風遠颺。當她發現時，心裡感到非常高興，但她假裝因為第二次被人擄走而哭泣悲痛。就這樣，她們抵達了帝王的國度。

公主和伊莉安逃離妖怪母親的追逐

當她們正要上岸時，發現妖怪的母親就站在眼前。她得知伊莉安在一位商人的陪伴下逃離了囚禁的牢籠，由於兒子不在，她只好親自追過來。她踩著藍色的海水，跳過一個接一個的浪，一隻腳高舉觸天，另一隻腳則踩在浪花上。當公主和伊莉安從船上來到岸邊時，她就在她們的身後，嘴裡噴著火焰。伊莉安一眼就知道這個可怕的老女人是誰，便急促地在公主耳邊低語。公主不發一言，立刻將伊莉安抛上日光的馬鞍，自己再跳上馬坐在伊莉安的身後，雙雙像閃電一樣飛奔而去。

直到她們靠近城鎮，公主才彎下身，詢問日光她們該怎麼辦。「把妳的手伸進我的左耳，」牠說：「然後取出一塊尖銳的石頭，再往後丟。」

公主依言去做，身後立刻冒出一座巨大的山來，不過，妖怪的母親開始爬山，而即使她們已經騎得很快，她的動作還是快過她們。

她們聽到她越來越靠近的聲音，快一點，快一點。公主再一次彎下腰來問馬現在要怎麼辦。「把妳的手伸進我的右耳，」馬說：「然後把妳找到的刷子往後丟。」公主照著做了，身後又冒出了一座龐大的森林，林中的枝葉是如此茂密，即使是鷦鷯也無法穿過。然而，老女人抓住樹枝，像猴子一樣從一棵樹蕩到另一棵樹，而且越來越靠近，直到她們的頭髮都被她嘴裡噴出的火焰給燒到發出聲音。

在絕望中，公主再次俯身問馬是否還有別的法子，日光回答說：「快！快！把伊莉安手指上的訂婚戒拿下來，往身後丟。」

這次，她們身後出現了一座高大的石塔，像象牙一樣滑溜，如鐵一樣堅固，而且高聳入天。妖怪的母親發出一聲怒號，因為她知道自己既不能攀爬這座高塔，也不能穿越它。可是她還沒有被打敗，她振作起精神，驚人地往上一跳，跳到塔頂上，攀住伊莉安位於塔頂中央的戒指，只能看到她抓住城垛的爪子。

能做的，老巫婆都做了，但她口中噴出的火焰卻碰不到逃亡者，儘管火焰毀壞了高塔附近數百英哩的土地，就像是一座火山爆發似的。最後，她掙扎著要離開高塔，手一鬆開，當場墜落地面，跌得粉身碎骨。

逃跑的公主看到這個情形，便騎回原地，聽日光的話，將手指放在塔頂上，讓塔逐漸縮回地上。一瞬間，塔就如同從來不曾存在過般消失了，只剩下公主戴著戒指的手指。

帝王以最高的敬意歡迎伊莉安，並且一眼就愛上她了。

然而，伊莉安似乎並不高興，她在宮殿或花園裡散步時總是面露哀傷，她很難過，因為其他女孩能自由自在地做自己喜歡做的事，而她總是被她討厭的人俘虜。

因此，當帝王邀請她和他一起分享王位時，伊莉安的回答是：「至高無上的王，除非給我我的母馬們，而且將牠們佩戴齊全，否則我不想結婚。」

帝王聞言，再次派人找來公主，並說：「你馬上替我找來伊莉安的母馬，並讓牠們配戴齊全，否則你就要以你的頭作為代價。」

「偉大的王，我親吻您的手。我剛完成您的命令歸來，您又指派給我另一個任務，使命不達還要我人頭落地，但您的宮廷裡滿是出類拔萃、渴望功成名就的年輕人，為何不將這個命令囑付給他們其中一人？我要去哪裡找到那些母馬呢？」

「我怎麼曉得？牠們可能在天地之間任何一個地方，但不管牠們在哪裡，你都要找到牠們。」

公主一鞠躬，然後去找日光商量。牠聽她訴說自己的遭遇，然後說：「趕快找來九張水牛皮，在上面仔細地塗上焦油，然後把它們放在我的背上。不要害怕，妳也會完滿達成這項任務的。不過到頭來，帝王的慾望將會使他自取滅亡。」

水牛皮很快就到手了，公主和日光隨即上路。這段路途既遙遠又困難重重，但他們終究還是抵達了母馬吃草的地方。先前擄走伊莉安的妖怪正在這裡走來走去，試著想出捕捉牠們的辦法，他以為伊莉安還安全地待在自己囚禁她的地方。

公主一看到妖怪就走上前告知伊莉安已經脫逃，而他的母親在試著抓她回來時因為憤怒而死。妖怪聽到這個消息後，心中升起一股盲目的怒火，立刻瘋狂地衝向公主，而公主則鎮定地等著他的攻擊。隨著妖怪的前進，他的劍也高高舉起，但日光跳過妖怪的頭閃到右邊去，所以他一劍揮下去，卻什麼也沒傷到。輪到公主攻擊時，馬兒用膝蓋跪了下來，好讓公主的劍刺進妖怪的大腿。

他們之間的戰鬥是如此猛烈，連大地都彷彿為之震撼，使得方圓二十英哩的森林野獸們紛紛跑回洞穴中藏身。最後，當公主的力量幾乎就要用盡之際，妖怪有那麼一刻放低了他的劍。公主看到機會來了，手臂奮力一揮，將敵人的頭砍了下來。雖然公主還因為長時間的戰鬥而顫抖著，但她轉過身去，走向草地上母馬們吃草的地方。

在日光的建議之下，公主小心地不要讓馬兒們看到自己。她爬上一棵大樹，以便在暗中眼觀四面耳聽八方。然後，日光發出一聲嘶鳴，引得母馬們跑上前來，想要看看新來的同伴，只有一匹馬留在原地不動，那匹馬不喜歡陌生的馬，覺得牠們保持原狀就很好了。所以，當日光站在原地，很高興得到眾馬的注意時，那匹生氣的馬突然驅前發動攻擊，猛力一咬。若非日光披著九隻水牛的皮，早就一命嗚呼了。當攻擊結束後，水牛皮已經被咬成碎片，那匹馬則戰敗，在草地上痛苦地翻滾著。

現在沒有別的事要做了，只要把整群母馬趕回帝王的花園就好。於是公主從樹上下來，騎上日光，其他的馬順從地跟在後面，負傷的馬則殿後。抵達皇宮後，公主將馬兒們趕到一個中庭去，然後通知帝王她的歸來。

伊莉安得知這個消息後，立刻跑下去呼喊著每隻母馬的名字，把牠們一隻一隻叫過來。一看到伊莉安，受傷的馬身子快速地抖一抖，傷口瞬間就癒合了，牠閃亮的皮膚上甚至沒留下任何痕跡。

帝王聽說伊莉安的去處後，也跟著來到中庭，並依照她的要求，命人幫母馬擠奶，好讓他們能用馬奶沐浴，永保年輕。但母馬不容許別人靠近，於是公主又受命要執行這項任務。

聽到這件事，公主心中充滿了忿怒。她總是被指派到最困難的任務，在兩年的期限到達前，她可能就會因為太過操勞而變成一個廢物。但當這些念頭在她心裡打轉時，天空突然下了一場駭人的大雨。從來沒有人經歷過如此大的雨勢，母馬們的膝蓋都泡在水裡了。然後，大雨就像來得時候一樣突然止息。瞧！水結成了冰，把母馬們牢牢定住不得動彈。公主一掃陰霾，愉快地坐下來擠馬奶，宛如這是她每天早上的例行公事。

帝王對伊莉安的愛日益加深，但伊莉安一點也不在乎，總是找藉口推延婚禮。最後，當她能想到的藉口都用完時，她對帝王說：「陛下，請容許我提出最後一個要求，然後我就真的會嫁給你，因為你已經耐心地等候了這麼久。」

「我美麗無瑕的小鳥，」帝王回答說：「我和我所擁有的東西都是妳的，所以妳想要什麼就儘管開口，妳會如願以償的。」

「那麼，」她說：「替我取來一瓶聖水，它就在過了約旦河的一間小教堂裡，然後我就會成為你的妻子。」

帝王命令公主立刻騎馬前往約旦河，不論任何代價，都要替伊莉安帶回聖水。

「我的女主人，」當公主替日光上馬鞍時，日光開口說道：「這是妳最後也是最困難的任務。但不要害怕，因為帝王的大限已到。」

他們就這樣上路了。由於馬本身是個不簡單的巫師，所以能告訴公主聖水的正確位置。牠說：「它就位於小教堂的祭壇上，那間教堂由一群修女們守衛著，她們從不睡覺，不論是白天還是晚上，但偶爾會有一位隱士來拜訪她們，修女們則向他學習一些她們需要懂得的事。當隱士來的時候，同時間只會有一位修女守衛聖水，而若是我們走運碰上這個時機，我們也許馬上就能取得水瓶。不然，我們就得等隱士的到來，不論得等多久，因為除此之外，我們沒有別的方法可以取得聖水。」

眼前，在約旦河的另一頭，就是那座教堂了。他們很高興地看到隱士恰好來到門口。他們聽到隱士把修女們都叫到他的身邊，還看到修女們都圍著隱士坐在一棵樹下，只有一位修女，如同以往守衛著教堂。

隱士有很多話要說，當天又非常悶熱，擔任守衛的修女因為獨坐而感到疲累，便在門檻上躺了下來，沉沉睡去。

接著，日光告訴公主要怎麼做，公主隨即輕手輕腳地走過睡著的修女，像貓一樣沿著晦暗的走道爬行，用手指觸摸牆壁，以免被東西拌倒發出聲響而毀了一切。她成功地抵達祭壇，也看到聖水瓶就擺在上面。她把聖水瓶收進衣服裡，再如來時一樣小心地回去。她縱身一跳，回到馬鞍上，接著抓緊馬勒，要日光盡最快的速度回去。

馬兒逃跑時的馬蹄聲吵醒了修女，她立刻發現珍貴的寶藏被偷走了。她的尖叫是如此大聲刺耳，使得其他修女們都趕緊過來看看發生了什麼事。隱士跟在她們的身後，但他發現無法追上小偷，便跪了下來，發出最致命的詛咒，祈禱小偷要是一個男人，就會變成一個女人，反之則會變成一個男人。不論是哪種情形，他認為這都會是個非常嚴厲的懲罰。

但懲罰是和懲罰對象所不情願的事情有關，而當公主忽然發現自己成為一個真正的男人時，卻非常高興，倘若隱士在觸手可及的地方，她甚至還會向他由衷地道謝。

當公主抵達帝王的宮殿時，她在所有人的眼中看來都是一個年輕男子，即使是妖怪的母親也不會再懷疑。公主從戰袍裡取出聖水瓶，呈交給帝王，並說：「至高無上的王，萬歲。我又完成了這項任務，而我希望這是最後一項，讓另一個人接替我吧！」

「我很滿意，」帝王回答說：「我死後，你就登上我的寶座，因為我沒有兒子可以繼承大業。但要是上天達成我最想望的願望，給了我一個兒子，那麼你將會是他的左右手，以你的建言指引他。」

帝王心滿意足了，伊莉安卻不，她決心要自己復仇，報復帝王讓公主冒了這麼多的風險。至於聖水，她想，一般來說，她的追求者應該要自己取來，而帝王本來應該不用冒任何風險就能得手。

於是她下令在大浴缸裡裝滿馬奶，並懇求帝王穿著白色的浴袍，和她一起進入浴缸。帝王很愉快地接受了這項邀請。當兩人站在浴缸中讓馬奶覆蓋到他們的脖子時，她派人找來那匹與日光打鬥過的馬，並偷偷比了個手勢。馬兒瞭解自己該做什麼，隨即從一個鼻孔噴出新鮮空氣給伊莉安，再從另一個鼻孔噴出灼熱的風，使帝王當場乾枯，最後只剩下一小堆灰燼而已。

帝王詭異的死亡無人能解，也造成了舉國上下莫大的哀慟，而他的子民幫他舉行的喪禮則是史無前例的富麗堂皇。當喪禮結束之後，伊莉安把公主叫來，並對他說：「是你把我帶來這裡，解救了我的生命，順從我的命令。是你幫我帶回我的母馬們，是你殺了妖怪，和他的老巫婆母親，也是你幫我帶來了聖水。就是你，不是別人，應該成為我的丈夫。」

「是的，我會娶妳。」年輕人說，語調幾乎如同他還是個公主時那般柔軟。「但妳要知道，在我們的家裡，啼叫的將會是公雞而非母雞。」

（羅馬尼亞七則故事）

半身人的故事

在某個城鎮裡，有一位已婚但沒有小孩的法官。有一天，當他在自己家門前站著想事情想到發呆時，剛好有個老人經過。

「先生，你怎麼了？」他說：「你好像很煩惱。」

「喔，不用理我，好鄉親。」

「可是究竟是什麼事呢？」老人堅持問道。

「這個嘛，我的事業很成功，又是個位高權重的人，但我一點也不在乎這些，因為我沒有小孩。」

老人說：「這裡有十二顆蘋果，要是你太太吃了它們，她就會有十二個兒子。」

法官收下蘋果，開心地向對方道謝，然後回頭去找自己的妻子。「立刻吃下這些蘋果，」

他大聲說：「妳就會有十二個兒子。」

於是她坐下來，吃了十一顆蘋果，但當她正在吃第十二顆時，她的妹妹走了進來，她便把另外半顆分給妹妹吃。

十一個兒子一一誕生到人世間，他們都是強壯且英俊的男孩，但第十二個兒子出生時，卻只有一半的身體。

隨著時間的過去，他們長大成人。有一天他們告訴父親，現在到了他幫他們找老婆的時候了。「我有個弟弟，」父親回答說：「他住在遙遠的東方，他有十二個女兒，你們就過去把她們娶回家吧！」於是這十二個兒子替馬上了馬鞍，騎馬騎了十二天，直到他們看到一位老婦人。「你們好啊，年輕人，」她說：「你們的叔叔和我等你們等了好久。女孩們都長大成為女人了，而且求婚者眾多，但我知道你們終有一天會過來，所以我特別為了你們而沒有把她們嫁出去。跟我一起進入我家吧。」

十二個年輕人開心地跟在她的身後，他們的叔叔就站在門口，給他們肉和飲料。但到了晚上，當每個人都睡著以後，半身人躡手躡腳地爬到哥哥們那裡，跟他們說：「大家聽我說，這個男人不是我們的叔叔，而是一個吃人的妖怪。」

「胡說八道，他當然是我們的叔叔。」他們說。

「呃，你們今晚就會知道了。」半身人說。他沒有上床，反而躲起來觀看。

過了一會兒，他看到吃人妖怪的妻子踮著腳尖偷溜進房，然後用一塊紅色的布覆蓋住他的哥哥們，再用一塊白色的布覆蓋住她的女兒們。之後，她也躺下來，很快就鼾聲大作。當半身人十分肯定她睡熟了之後，就將哥哥們身上的紅布放在女孩們的身上，然後將女孩們的紅布放在哥哥們的身上。接下來，他又將哥哥們頭上深紅色的帽子拿下來，和妖怪女兒們的面紗交換。才剛做完，他就聽到地板上傳來了腳步聲，他趕緊躲在窗簾的後面，反正，他也只有一半的身體而已。

妖怪動作輕柔地慢慢走進來，將手向前伸，以免不小心碰到東西跌倒。他只在腰上掛了一個小燈籠，所以無法清楚地照明。抵達女孩們入睡的地方後，他彎下腰來，將布的一角拿近燈籠處。是的，這絕對是紅色，但為了確保事情不出錯，他將手輕輕地放在她們的頭上，並觸摸到她們頭上的帽子。於是他很確定那群兄弟就睡在他的眼前，開始將對方一個接一個地殺害。半身人輕聲對哥哥們說：「起來，逃命了，妖怪正在殺他的女兒。」哥哥們不假思索，一下子就逃離了這棟房子。

這時，妖怪已經殺了他所有的女兒，除了其中一個突然醒來並看到發生什麼事的女孩。「爸，妳在做什麼？」她哭喊著說：「你知道你殺了我的姊妹們嗎？」

「喔，我好苦啊！」妖怪痛哭起來：「半身人畢竟還是比我聰明。」他轉過身要報仇，但半身人和哥哥們已經逃得老遠了。

他們一整天都騎著馬在路上跑，直到他們抵達真正的叔叔所居住的城鎮，並詢問路人要如何到他家去。

「你們怎麼這麼久才到？」當他們找到叔叔時，叔叔問道。

「喔，親愛的叔叔，我們差點就來不了了。」他們回答說：「我們落入一個妖怪的手裡，他帶我們回他家，要不是半身人的話，我們早就被殺了。他知道他心裡在打什麼主意，所以救了我們，我們才能到這裡來。現在請把你的女兒嫁給我們，好讓我們返鄉。」

「帶走她們吧，」叔叔說：「老大娶老大，老二娶老二，就照這個順序下去，直到老么娶老么。」

然而，半身人的妻子是當中最漂亮的，哥哥們看了很是忌妒，彼此之間便商量著說：「搞什麼？他這個半身人居然可以得到最好的？乾脆我們殺了他，然後把他的妻子送給大哥好了。」他們決定要伺機行動。

他們和自己的妻子一起騎馬騎了一段路後，來到一條溪邊，其中一個哥哥問說：「誰去溪邊拿點水來？」

「半身人是最小的，」大哥說：「該他去。」

半身人下了馬，在一張皮袋內裝了水。他們用繩子收緊那張皮袋，然後喝水。當他們喝完水後，站在溪流中的半身人呼喊著說：「把繩子丟過來，拉我上岸，我一個人上不去。」哥哥們拋了一條繩子給他，拉他走上陡峭的溪岸，但當他走到一半時，他們卻切斷繩子，讓他掉回溪裡。然後，哥哥們就帶走他的妻子，使盡全速飛奔而去。

半身人因為下墜的力量而沉入水裡，但在落到水底之前，一條魚游了過來，並對他說：「不要怕，半身人，我會幫你。」魚指引他到一個淺水處，好讓他能攀爬起來。途中，魚對他說：「你明白你救了性命的哥哥們對你做了什麼事嗎？」

「我明白，但我能怎麼辦呢？」半身人問。

「取下我的一片魚鱗，」魚說：「當你面臨危險時，把它丟入火中，我就會現身來救你。」

「謝謝你。」半身人說。然後他走他的路，魚則游回牠的家。

半身人對這個國家很陌生，只有四處晃晃，不曉得自己該做什麼，直到他發現女妖就站在他的面前。「喔！半身人，我終於逮到你了。你殺了我的女兒，幫助你的哥哥逃走。你想我該怎麼對付你？」

「隨妳的意。」半身人說。

「那麼，進來我家。」女妖說。半身人乖乖地跟在後面。「你看這裡！」她對她的丈夫喊道：「我抓到半身人了。我要烤他，所以快點升火。」

妖怪拿來木頭，疊成一堆，直到火焰直衝煙囪。他轉過來對他的妻子說：「都準備好了，讓我們把他放進去吧。」

「急什麼呢？好妖怪，」半身人問：「我在你們的掌握之中，又逃不了。我現在這麼瘦，不夠你們吃上一口，最好把我養肥一點，你們會更享受的。」

「這真是一個非常善解人意的建議，」妖怪回答說：「但你吃什麼最容易胖？」

「牛油、肉類和紅酒。」半身人說。

「很好，我們會把你鎖在這間房間裡，你就待在裡面，直到你可以被吃了為止。」

於是，半身人被鎖進房裡，妖怪和他的妻子則幫他帶來食物。三個月後，他對俘虜他的人說：「現在我變得很胖了，帶我出去，殺了我吧。」

「那你就出來吧！」妖怪說。

「但是，」半身人又說：「你和你妻子最好去請朋友過來一起吃，妳們的女兒可以留在家裡看著我。」

「沒錯，這是個好主意。」他們回答說。

「你最好把木材帶進來，」半身人繼續說：「我會把木材弄小塊一點，這樣烹煮我的時間就不會拖太久。」

女妖給半身人一堆木頭和一把斧頭，接著便和她的丈夫出門去，留下半身人和她的女兒在房子裡忙著做事。

在劈了一陣子的柴後，半身人對女孩說：「過來幫我，不然我無法在妳媽媽回來前弄好。」

「好吧。」她說，把木頭遞給他，但他舉起斧頭來砍下的卻是她的頭，然後半身人像風一樣快速逃逸。妖怪和妻子回來後，發現女兒頭不見了，躺在地上，便痛哭著說：「這是半身人做的。我們幹嘛聽他的話？」可是，半身人已經逃得遠遠的了。

當他從房子裡逃出來後，他往前筆直地跑了一陣子，尋找一個安全的避難所，因為他知道妖怪的腿比他的長了許多，而這是他唯一的機會。最後，他看到一座鐵塔，便往上攀爬。沒多久妖怪就出現了，他們左右尋找，看看獵物是否躲在石頭或樹的後面。他們不曉得半身人其實離他很近，直到他聽到半身人大叫著說：「上來啊！上來啊！你在這裡才抓得到我。」

「但我要怎麼上去？」妖怪說：「我沒有看到門，又沒有辦法爬這座塔。」

「喔，這裡確實沒有門。」半身人回答。

「那你是怎麼上去的？」

「有條魚把我揹在牠的背上。」

「那我又要怎麼辦？」

「你必須去找所有的親朋好友，叫他們帶來很多柴枝，然後你要生火，讓火燒到塔都變得火熱為止。如此一來，你輕而易舉就能把塔推到了。」

「很好。」妖怪說，然後四處去找他的親朋好友，叫他們收集木頭並帶到半身人所在的塔。那些人依言去做，很快地，塔就像珊瑚一樣燒得通紅，但當他們跳過去要把塔推倒時，身上卻著了火，當場被活活燒死，而半身人則在上面笑得很開心。不過，妖怪的妻子還活著，因為她沒有參與生火的工作。

「喔！」她憤怒地尖叫：「你殺了我的女兒和我的丈夫，以及所有和我有關係的男人。我要怎樣才能報仇？」

「喔，簡單得很，」半身人說：「我會放下一根繩子，要是妳用繩子緊緊圈住自己，我會拉妳上來的。」

「好吧。」女妖說，將半身人拋下的繩子在自己身上束緊。「現在你可以拉我上去了。」

「妳確定繩子綁得很牢了嗎？」

「是的，我很肯定。」

「不要怕。」

「喔，我一點都不怕。」

半身人慢慢地把她往上拉，等她靠近頂端時，他就放開繩子，讓她跌下去，當場跌斷脖子。半身人大大嘆息一聲，並說：「好辛苦的工作，繩子弄得我的手好痛，但現在我總算是永遠擺脫她了。」

半身人從塔上下來，繼續向前走，直到來到一個荒廢的地方。由於他非常疲倦，只好躺下來睡覺。當天色還很暗的時候，一個女妖走過來喚醒他，並說：「半身人，明天你哥哥就要娶走你的妻子了。」

「喔，我要如何才能阻止這件事？」他問：「妳能幫我的忙嗎？」

「是的，我會幫你，」女妖說。

「謝謝妳，謝謝妳。」半身人高聲說道，並親吻她的前額。「對我來說，我妻子是世界上最珍貴的，而我之所以會大難不死，可不是拜我哥哥所賜。」

「很好，我會幫你趕走他，」女妖說：「但我有一個條件。要是你生下一個男孩，你必須將他送給我。」

「喔，隨妳的意，」半身人回答說：「只要妳把我從我哥哥手中救出來，並將我的妻子還給我。」

「那你騎到我的背上吧，我們十五分鐘後就會到了。」

女妖信守她的諾言，幾分鐘內就抵達了半身人和他哥哥們居住的城鎮外圍。女妖在這裡和他分別，他自己進入鎮上，並發現參加婚禮的賓客才剛離開半身人哥哥的家。在不被人注意到的情形下，女妖爬進一個簾幕裡，把自己變成一隻蝎子，在半身人的哥哥正要爬上床的時候，從他的耳後螫他，他便一命嗚呼了。接下來她回去找半身人，叫他去要回自己的新娘。半身人立刻跳起來，走上前往他父親家的路。就在他快要到達目的地時，他聽到哭泣和哀嘆的聲音，便問一個他遇到的男人說：「發生了什麼事？」

「法官的大兒子昨天才剛結婚，但不到晚上就暴斃了。」

「呃，」半身人想：「無論如何，我沒有良心不安，因為事情再明白不過了，他垂涎我的妻子，這也是他想要淹死我的原因。」

他立刻到他父親的房間，並發現父親坐在地上，臉上老淚縱橫。「親愛的爸爸，」半身人說：「你不高興見到我嗎？你為了我的哥哥哭泣，但我也是你的兒子，而他偷走了我的新娘，想要把我淹死在溪流裡。如果他死了，至少我還活著。」

「不，不，他比你好多了。」父親唉嘆著說。

「為什麼？親愛的爸爸。」

「他跟我說你做了很多壞事。」他說。

「這個嘛，叫我的哥哥們來，」半身人回答說：「因為我有個故事要告訴他們。」於是，父親把兒子們都叫到他的跟前。

半身人開口說道：「在我們離家旅行十二天後，我們碰到一位女妖，她向我們問好，並說：『你們怎麼這麼久才到？你們叔叔的女兒們一直在等你們。』她要我們跟她進入房子裡，然後說：『現在，不要再拖了，你們可以按自己的心意盡快娶你們的堂妹，帶她們回去你們家。』但我警告哥哥們，這個男人不是我們的叔叔，而是一個吃人妖怪。

「當我們躺下來睡覺時，她在我們身上鋪了一塊紅布，再替自己女兒身上鋪了一塊白布。但我把兩塊布對調，而當妖怪在半夜回來時，看到那兩塊布，就誤以為自己的女兒是我的哥哥們，並一個一個地把她們殺了，除了最小的女兒以外。我叫醒哥哥們，大家一起躡手躡腳地逃出房子，然後騎馬騎得像風一樣快，跑去找我們真正的叔叔。

「當叔叔看到我們時，他歡迎我們的到來，並將他的十二個女兒嫁給我們，老大配老大，就這樣按照順序排到我為止，我的新娘是其中年紀最小但最漂亮的。我的哥哥們心中充滿了忌妒，便把我丟在一條溪流中，但我被一條魚救了，牠告訴我要如何逃脫。現在，既然你是個法官，誰做了好事誰做了壞事？是我還是我的哥哥們？」

「這個故事是真的嗎？」父親轉身問他的兒子們。

「是真的，爸爸，」他們回答：「和半身人說的完全一樣，那個女孩確實屬於他。」法官擁抱半身人，並對他說：「你做得很好，我的兒子。帶走你的新娘，我祝你們白頭偕老。」

那一年的年底，半身人的妻子生下一個兒子。沒有多久，有天她快步走進房間時，發現她的丈夫正在哭泣。

「怎麼了？」她問。

「妳問我什麼事情嗎？」他說。

「是的，你為什麼在哭？」

「因為，」半身人回答說：「寶寶並不是我們的，而是屬於一個女妖的。」

「你瘋了嗎？」他妻子哭喊著說：「你說這話是什麼意思？」

「我承諾過，」半身人說：「只要她殺了我的大哥並把妳還給我，我們的大兒子就會是她的。」

「她現在就會把他帶走嗎？」可憐的女人問。

「不，還不會，」半身人回答說：「要等他再大一點。」

「她會帶走我們所有的小孩嗎？」她問。

「不，只有這個。」半身人說。

一天天過去了，小男孩也長得越來越大，有一天，當他和其他小孩在街上玩耍時，女妖來了。「去找你的爸爸，」她說：「跟他複述這句話：『我要我的抵押品，我何時可以拿到？』」

「好的。」小孩回答，但他回家以後，卻把這件事忘得一乾二淨。隔天，女妖過來問小男孩，他爸爸的答覆如何。「我把這件事全忘了。」他說。

「那麼，把這個戒指放在你的手指上，這樣你就不會忘記了。」

「好。」小男孩說，然後就回家了。

隔天早上，當他正在吃早餐的時候，他媽媽對他說：「孩子，你從哪裡拿到那個戒指？」

「有個女人昨天給我的，她叫我告訴爸爸，她要她的抵押品，還有她何時可以拿到。」

他的爸爸突然掉下眼淚，然後說：「如果她再來，你必須對她說，你的父母親請她立刻拿回她的抵押品，然後離開。」

他們又哭了起來，他的媽媽親吻他，給他穿上新衣服，並說：「如果那個女人要你跟著她走，你就去。」小男孩沒有注意到她的哀傷，因為他很高興可以穿上新衣服。當他出門以後，就對玩伴們說：「你們看，我穿得很好看吧！我就要和我的阿姨去外國了。」

這時妖怪現身問他：「你把我的訊息傳達給你的爸爸和媽媽了嗎？」

「是的，親愛的阿姨，我說了。」

「那他們怎麼說？」

「立刻拿走吧。」

於是她把小男孩帶走了。

晚餐時，小男孩沒有回家，他的父母知道他再也不會回來了，便坐下來哭了一整天。最後半身人站起來，對他的妻子說：「放心，我們等個一年，然後我會去找女妖，看看兒子被照顧得如何。」

「是的，這樣最好。」她說。

一年過去了，半身人替馬上了馬鞍，騎馬到女妖先前發現他在睡覺的地方。她不在那裡，半身人也不曉得該怎麼辦，只有下馬等待。約到半夜時，女妖突然出現在他面前。

「半身人，你為什麼來這裡？」她說。

「我有一個問題要問妳。」

「那就問吧，但我很清楚這個問題是什麼。你的妻子希望你問，我是否會帶走你們的二兒子，就像我帶走老大一樣。」

「是的，正是這個問題。」半身人回答說，然後抓住她的手又說：「喔，讓我看看我的兒子，看看他長得怎麼樣了，他在做什麼。」

女妖沉默不語，只把她手中的東西往地上用力一敲，然後大地就打開了，小男孩出現並說：「親愛的爸爸，你也來了嗎？」他的爸爸擁他入懷，開始哭泣。

「親愛的爸爸，放我下來。我有位新媽媽，她比以前的媽媽更好；我還有個新爸爸，他也比你更棒。」

然後，他的爸爸把他放下來，並說：「安心地去吧，但走之前先聽我說的話。告訴你的妖怪爸爸和女妖媽媽，永遠不要再帶走我其他小孩了。」

「好的。」男孩回答，然後呼喊著說：「媽媽。」

「什麼事？」

「妳永遠不要再帶走我爸爸媽媽的其他小孩了。」

「既然有你，我就不要其他的小孩了。」她回答說。

小男孩轉過身面對他的爸爸說：「安心地回去吧，我親愛的爸爸，並向我媽媽問好，告訴她不用再擔心，因為她可以保住她全部的孩子。」

半身人上馬打道回府，將所見所聞，以及穆罕默德（法官之子半身人的兒子）所要傳達的訊息全都轉述給他的妻子。

（利比亞首都迪黎波里的童話和詩歌）

想要闖蕩天下的王子

從前有個國王，他只有一個兒子，但這個兒子卻從早到晚不斷懇求國王，讓他到遙遠的國度去旅行。長久以來，國王一直拒絕讓他成行，但到了最後，國王累了，不得不同意他的請求，並下令鑄幣官員製造大量的金錢給王子使用。想到自己真的能出外闖蕩天下，年輕人高興得不得了。他溫和地和父親擁別，然後就上路了。

王子騎馬騎了好幾週，但都沒有碰到什麼冒險事件，直到一天晚上，當他正在一家旅社休息時，遇到另一位旅人，並聊起天來。聊著聊著，對方問他有沒有玩過牌，年輕人說自己很愛玩牌。於是，牌拿來了，而且在很短的時間內，王子就把自己身上的每一分錢都輸給了這位才剛認識的人。當袋子裡連一毛錢也沒有了之後，陌生人提議他們再玩最後一次，這次要是王子贏了，就可以拿回所有的錢，而要是王子輸了，就要住在旅社三年，然後再當他的僕人三年。

王子同意對方開出的條件，玩了最後一局，而且輸了，於是陌生人幫他付房錢，三年內每天都給他麵包和水。

王子很難過自己的損失，但再難過也沒有用。過了三年，他終於可以離開旅社去陌生人的家當僕人了，而陌生人原來是鄰國的國王。不過，王子走沒多遠，就碰到一個抱著小孩的女人，那個小孩正為了肚子餓而哭泣。王子把小孩從她身上抱過來，用他最後的麵包皮和最後一滴水餵小孩吃喝，然後才把小孩還給他的媽媽。女人由衷地向他道謝，並說：「大人，你聽我說，你必須往前直走，直到你聞到路旁一座花園傳來強烈的氣味。然後，你進去花園裡，躲在一個水槽附近，等三隻鴿子過來洗澡。當最後一隻飛過你身邊時，你就拿走牠的羽衣，除非鴿子答應你三件事，否則不要還給牠。」

The Prince feeds the baby from his flask.

王子用自己的水瓶餵寶寶喝水

年輕人依言去做，而每件事都如女人所說的一樣。他拿了鴿子的羽衣，鴿子則以一個戒指、一個項圈和牠自己的羽毛作為交換，並說：「當你遇到危險時，就大叫著說：『鴿子，過來幫我的忙！』我其實是國王的女兒，就是你準備要去服侍的那位國王。我爸爸恨你爸爸，所以在旅社中引誘你賭博，目的是想殺了你。」

之後，王子繼續行程，在走了一段時間之後終於抵達國王的宮殿。他的主子一知道他來了，就要年輕人到他的面前去。他一邊交給年輕人三只袋子，一邊說：「帶著這袋小麥、這袋黍子和這袋大麥，立刻去播種，這樣我明天就可以有三條麵包了。」

王子聽到這些話，站著那邊說不出話來，但國王沒有給他任何建議。王子被飭回之後，立刻回到別人替他備好的房間，然後拿出鴿子的羽毛大聲說道：「鴿子，鴿子，快點過來。」「有什麼事嗎？」鴿子從開著的窗子飛進來後說。王子告訴牠自己被指派的任務，以及他對於無法完成使命所感到的絕望。「不用怕，不會有事的。」鴿子回答，然後又飛走了。

隔天早上王子醒來後，看到三條麵包放在他的床邊。他一躍而起，換好衣服，但才剛準備妥當，就有一位侍童過來傳達訊息，要他立刻去國王的房間。他用手臂抱著這三條麵包，跟在侍童的後面，然後深深一鞠躬，把麵包放在國王面前。國王看著麵包，好一陣子沒有說話，接著才開口說道：「很好。能夠完成這項工作的人，應該也可以找到我大女兒掉在海裡的戒指。」

王子急忙趕回房間召喚鴿子。鴿子聽到這項新任務後就說：「你聽我說。明天帶著一把刀和一個水盆到海邊去，然後登上你在那裡看到的一艘船。」

年輕人不曉得自己在船裡時要做什麼，也不曉得該到哪裡去，但鴿子既然曾經救過他，他想即使是不明究理也要順從鴿子的話。

鴿子的頭變成漂亮女孩的面孔

抵達船邊後，王子發現鴿子站在一根船桿上，牠比了個動作，王子就讓船划入海裡。他們順風而行，很快就看不到岸邊了。這時鴿子才開口說道：「用那把刀割下我的頭，但小心，連一滴血都不要滴到地上。然後再把我的頭丟進海裡。」

王子對這個奇怪的命令感到很納悶，但還是拿起他的刀，一刀就把鴿子的頭給割下來。過了一會兒，海裡冒出一隻鴿子，牠的嘴裡叼著一只戒指，並把戒指放在王子的手中，然後才啪啪地把血濺在水盆裡，鴿頭還變成一個漂亮少女的頭顱。接著牠就消失得無影無蹤，而王子則帶著戒指回到皇宮。

國王詫異地凝視著那只戒指，

但他隨即又想到另一個害死年輕人的方法，這個方法比前兩個都要來得有效。

「今天傍晚，你騎著我的公駒到田裡去，好好馴服牠。」

王子一如往常默默地接受這個命令，但他一回到自己的房間立刻就把鴿子叫來。鴿子說：「仔細聽我說。我爸爸想要看到你死，他認為用這個方法就能殺了你。他就是那隻公駒，我媽媽是馬鞍，我的兩個姊姊是馬鐙，而我則是馬勒。不要忘了帶一根好棍子，以幫助你應付這樣一群人。」

於是，王子騎上公駒，狠狠地打牠一頓，打到王子回宮時聲稱，這隻動物現在變得非常溫馴，即使是最小的小孩都可以騎著牠走。王子發現國王瘀血得很嚴重，甚至必須用沾了醋的布包紮；皇后整個人都僵得沒法動彈；而公主們的肋骨也斷了幾根；但最小的公主則毫髮無傷。

那天晚上，小公主來找王子，並低語：「現在他們全都痛到不能動，我們最好抓住這個機會趕快逃跑。你去馬廄，看到最瘦的馬就替牠上馬鞍。」然而，王子卻愚蠢地選了一匹最胖的馬，當他們上路後，公主發現王子做的事，感到十分遺憾，因為這匹馬雖然跑得像風一樣快，但另一匹馬卻跑得像思緒那麼快。可是現在回頭太危險了，他們只好讓馬兒全速奔馳。

那天晚上，國王派人去找他最小的女兒過來，由於她沒有出現，國王又派人再去叫她一次，但她還是沒有現身。皇后是個女巫，她發現女兒和王子私奔了，就叫她的丈夫下床去追他們。國王慢吞吞地站起來，一邊痛得呻吟，然後才拖著腳步走向馬廄，發現最瘦的馬還在那裡。

國王跳上馬背，晃動韁繩，但他的女兒已經料想到會發生什麼事，便睜大眼睛，看到國王騎馬追來。接著，她一眨眼，把馬變成一間小屋，王子變成一位隱士，自己則變成一位修女。

當國王抵達這間小教堂時，他停下馬來，詢問是否有一個女孩和一個年輕男子經過這裡。原本看著地上的隱士眼睛往上一抬，然後說他什麼人也沒有看到。聽到這個消息，國王相當不悅，但又不曉得該怎麼辦，只好回家跟皇后說，雖然他騎了好幾英哩的路，卻什麼也沒有看到，除了一間小教堂裡的一位隱士和一位修女。

「哎呀！他們當然就是那兩個私奔的人。」她大叫著說，情緒激憤了起來，「要是你帶回修女衣服的一小角，或是牆壁上的一小塊石頭，我就能用法力控制他們了。」

聽到這些話後，國王急忙回到馬廄，再把速度比思緒更快的瘦馬牽出來。可是，他的女兒看到他來了，又把馬變成一小塊土地，把自己變成一棵滿是玫瑰的玫瑰樹，把王子變成一位園丁。當國王騎上前來，園丁的眼光從他正在修剪的玫瑰樹轉移過來，並問國王有什麼事。

「你有沒有看到一位年輕人和一個女孩經過這裡？」國王說。園丁搖搖頭回答說，他在這裡工作的期間沒有看到任何人走這個方向。國王只好調頭回家，告知皇后這個消息。

「白痴！」她大聲說道：「要是你摘下一朵玫瑰，或是抓滿一手的泥土，我就能用法力控制他們。可是現在沒有時間可以浪費了，我跟你一起去。」

女孩從很遠的地方就看到他們追上來，不禁感到萬分恐懼，因為她曉得媽媽會施展的各種法力。然而，她決心戰鬥到底，便將馬變成一座深水池塘，她自己變成一條鰻魚，王子則變成一隻烏龜。但這只是白費力氣，她媽媽完全認得出誰是誰。皇后停下馬來，問女兒是否後悔並願意隨他們回宮，但鰻魚僅用尾巴搖擺，表示「不願意」。皇后叫國王把池塘的一滴水放進瓶子裡，因為唯有這個方法，她才能掌握住自己的女兒。國王依言去做，但就在他把瓶子從水裡拿上來時，烏龜敲了一下瓶身，水全灑了出來。國王第二次去裝水，但烏龜的動作還是比他快。皇后明白自己被打敗了，便下詛咒，讓王子把公主的事都忘光光。等到她發洩完自己的情緒之後，便和國王回宮去。

王子、公主和馬各自恢復原本的模樣，繼續他們的旅程，但公主非常沉默，王子忍不住問她怎麼了。「我不說話是因為我知道你很快就會忘了我。」她說。雖然他嘲笑公主，還說這是不可能的事，但她仍然相信詛咒的效力。

他們騎啊騎，騎到了世界的盡頭，也就是王子居住的地方。他把公主留在一間旅社裡，自己前往宮殿向父王問安，並準備把公主當成自己的新娘介紹給父親，但與家人團圓的喜悅卻使他把公主忘得一乾二淨，甚至任憑國王替他安排婚事。

聽到這個消息，可憐的女孩哭得很傷心，只好大叫著說：「姊姊們，過來吧，我急需妳們的幫助。」

沒有多久，她們就站在她的身邊。大姊說：「不要傷心，一切都會沒事的。」她們跟旅社的主人說，若是國王的僕人想要替主人找幾隻鳥，可以過來找她們，因為她們有三隻鴿子想要賣人。

事情照著計畫走，由於鴿子非常漂亮，僕人就替國王買了回去。國王十分欣賞鴿子的可愛，還叫他的兒子過來看看。看到鴿子，王子也很開心，正想誘勸牠們跟著自己走時，有隻鴿子振翅飛到窗戶的上方，並說：「只要你肯聽我們說話，你會更喜歡我們的。」

另一隻鴿子飛到一張桌子上，又說：「說吧，或許可以讓他恢復記憶。」

第三隻鴿子飛到他的肩膀上，低聲對他說：「戴上這只戒指，王子，看看合不合適。」戒指的大小剛剛好。牠們在他的脖子上掛上一個項圈，還讓他拿著一根上面寫有鴿子名字的羽毛。終於，他恢復記憶了，並宣佈自己非小公主不娶。隔天婚禮就舉行了，王子和公主從此幸福地生活在一起。

（葡萄牙傳說）

巫師味吉爾

很久很久以前，有一名羅馬騎士和他的妻子馬扎生了一個小男孩，名叫味吉爾。男孩還很小的時候，他的父親就死了，親戚不但沒有保護孤兒寡母，反而還把他們的土地和錢都搶走。母親擔心他們也會取走男孩的性命，就把他送往西班牙，讓他在有名的特拉多大學就讀。

味吉爾很喜歡讀書，成日都埋在書堆裡。有一天下午學校放假，他去散步，發現自己來到一個從不曾到過的地方，這時前方出現一個山洞，而男孩子只要看到洞窟都會想要進去看看，味吉爾也不例外，就走進去瞧瞧。洞穴很深，彷彿一路直通山的核心，使他不禁好奇另一端究竟有些什麼。他在一片漆黑下走了一段路，但就在他一步又一步地往前走時，一道光線貫穿地面，然後他聽到有個聲音喊著：「味吉爾！味吉爾！」

「誰叫我？」他停下來問道，並四處張望。

「味吉爾！」這個聲音回答：「你注意到你站的地上有一個門閂嗎？」

味吉爾說：「我注意到了。」

那個聲音說：「把門閂拉開，放我出來。」

「可是你是誰？」行事向來謹慎的味吉爾問道。

「我是邪靈，」那個聲音說：「被關在這裡直到世界末日，除非有人放了我。如果你放我出來，我會給你一些魔法書，這些書會讓你變得比任何人都聰明。」

味吉爾渴望擁有智慧，就被邪靈的承諾給誘惑了，但他的謹慎性格救了自己，他要求邪靈先把書拿給他，並告訴他如何使用。邪靈沒有辦法，只好照味吉爾的要求去做。然後味吉爾把門閂拉開，下方有一個小洞，邪靈扭動身體慢慢從洞裡擠出來，等他完全站在地面上時，他的身高大約是味吉爾的三倍，皮膚則黝黑如碳。

「怎麼可能，你在洞裡時不可能這麼高大！」味吉爾說。

「但我就是。」邪靈回說。

「我不相信。」味吉爾回答。

邪靈說：「好吧，我就進去讓你開開眼界。」他扭動身體把自己捲縮起來，剛好裝進洞裡。味吉爾趕忙栓上門閂，捧起書後就遠離洞窟。

接下來的幾週裡，味吉爾幾乎不吃不睡，忙著鑽研書裡的魔法。最後他的母親因為生病，再也無法管事，便派人來到特拉多，要他立刻回羅馬去。

味吉爾在特拉多大學的表現被認為大有前途，雖然他捨不得離開大學，還是願意馬上出

VIRGILIVS AND THE EVIL SPIRIT

味吉爾和邪靈

發，只不過有很多東西必須先照料一下。他在四匹馬背上裝滿貴重物品，外加一匹供母親每天外出使用的白馬，交給母親派來的人。然後他做好準備，在一大群學者的陪伴下，終於出發前往睽違十二年的羅馬。

他的母親含淚歡迎他的歸來，他的窮親戚們簇擁著他，但有錢的親戚則離得遠遠的，因為他們擔心再也不能像過去幾年那樣隨意掠奪他們親戚的財富。味吉爾當然不理會這樣的態度，不過他倒是注意到，他給窮親戚和其他善待他母親的人的豐厚禮物，似乎讓這些有錢的親戚分外眼紅。

不久，納稅的季節到來，每個有土地的人都要面見皇帝。就像其他人一樣，味吉爾前去宮廷，並對皇帝提出要求，要向那些掠奪他財產的人討回公道。但因為這些人是皇親國戚，他並無所獲。皇帝告訴他，要花四年好好想這個問題，之後將會交付判決。味吉爾自然不滿意這個答覆，轉身回家後，就把收成的作物儲藏在不同的房子裡。

味吉爾的敵人聽到這件事，就聯合起來包圍味吉爾的城堡，但是味吉爾可是個實力相當的對手，他從城堡出來與敵人面對面交鋒，對他們施以魔咒，讓他們動彈不得，並公然向他們挑戰。等他解除了魔咒，入侵的敵眾倉皇逃回羅馬，並把味吉爾說的話告訴皇帝。

皇帝一向習慣別人對他言聽計從，所以話還沒聽完，難以置信的他立刻集結一批軍隊，直接向味吉爾的城堡挺進。但是他們才剛擺好陣仗，味吉爾就用一條大河把他們團團圍住，讓他們都動彈不得。然後他歡迎皇帝，並向他表達和平友好之意。不過皇帝太生氣了，什麼也聽不進去，耐心耗盡的味吉爾就在動彈不得且飢腸轆轆的敵軍面前，盛宴款待他的隨從。

就在形勢愈來愈不利皇帝的時候，一名巫師來到軍營，表示願意為皇帝謀略。皇帝欣然接受，味吉爾的整個要塞不久就陷入昏睡狀態，彷彿一片死寂。味吉爾本人努力保持清醒，但他不知道要如何對抗這名巫師，只有費盡力氣打開黑皮書，書裡告訴他要施用什麼魔咒。突然間，所有的敵軍都變成石頭，每個人都靜止不動，有些人剛好登梯到一半，還有些人剛好一隻腳跨過牆，不管走到哪兒，每個人都靜止不動，就連皇帝和他的巫師也一樣，一整天他們都只能待在原地不動，就像蒼蠅黏在牆上。

到了晚上，味吉爾偷偷來到皇帝跟前，表示只要皇帝願意公平對待他，就能還他自由。此刻已感到非常害怕的皇帝答應了味吉爾的所有要求，味吉爾便解除了他的魔咒。他盛情款待軍隊，並贈送每個人禮物，命令他們班師回羅馬。他還為皇帝蓋了一座方塔，只要待在其中一個角落，就可以聽到城市的那一區所有人說的話，如果站在中間，就可以聽到整個羅馬的聲音。

味吉爾化解了他與皇帝以及敵人之間的戰事後，就有時間去思考其他事了。他做的第一件事就是談戀愛，而他的對象正是出身貴族家庭的菲碧拉。在羅馬，菲碧拉的容貌無人能比。但是她一味嘲弄味吉爾，並不斷作弄他。為了戲弄味吉爾，某天菲碧拉要味吉爾來她所住的塔裡找她，並說要放下一個籃子把他拉上屋頂，受寵若驚的味吉爾開心地踏進籃子裡，籃子以非常緩慢的速度升了起來，不久就停在上方不動，此時菲碧拉在上面大喊：「你這個惡棍巫師，就吊在那裡吧！」

味吉爾就吊在市集的上方，下方很快擠滿了看熱鬧的人群，他們取笑他，讓他非常生氣。

一直到皇帝聽到他的窘狀，才命令菲碧拉放了他，而味吉爾回家後便發誓要報復。

隔天早上，羅馬所有的火竟然全都熄滅了，當時因為沒有火柴，所以這可是非常嚴重的事。皇帝猜想這是味吉爾所為，懇求他解除魔咒。於是味吉爾下令在市集搭起一個台子，要菲碧拉穿上白色衣服，過來那裡。然後他要求每個人從她的身上取火，穿著白色罩衫的菲碧拉出現後，火舌就纏繞著她，羅馬人趕緊拿來一些火把、稻草和木材，讓火光再度點亮羅馬。

她站在那邊三天，直到羅馬家家戶戶的爐火都點亮，痛苦萬分的她才得以如願離開。

味吉爾的報復行動讓皇帝大為震怒，他將味吉爾關入牢裡，並宣告要處決他。等待一切就緒，味吉爾就被帶到維米諾山準備受死。

味吉爾安靜地跟著衛兵走，但那天天氣很熱，到了刑場，他要了一些水喝，衛兵拿來一桶水，他大喊：「吾皇萬歲，到西西里找我吧！」就一頭跳進水桶裡，消失在眾人的眼前。

味吉爾消聲匿跡了一段時間，也有傳聞說他可能與皇帝講和了。但有關他的下一個重大的生平事蹟，是他被送到皇宮來，針對如何保護羅馬免於內外敵人的入侵給皇帝出主意。味吉爾長思多日，最後想出一個非常有名的「羅馬守護神」計畫。

在城裡最有名的公共建築物宙斯神殿的屋頂，他立起羅馬各屬國所膜拜的眾神雕像，而中間則放著羅馬之神。每一個屬國的神手裡都握著一個鈴，倘若任何一個國家稍有背叛之意，它的神就會背對羅馬神，並生氣地搖響手中的鈴。然後，元老院的議員就會趕快跑去看是誰圖謀背叛羅馬帝國，接著備好軍隊向敵人進攻。

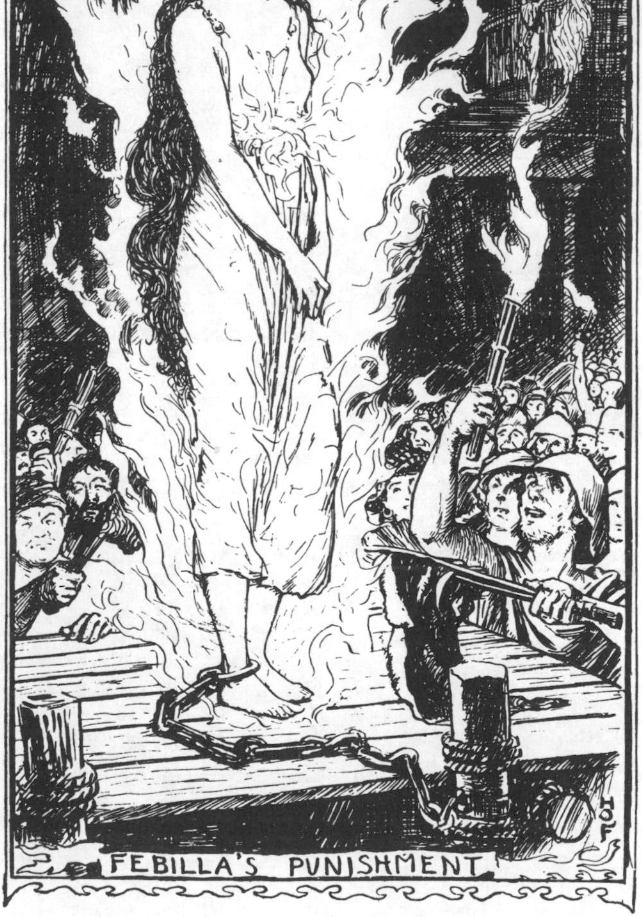
FEBILLA'S PUNISHMENT
HOF

菲碧拉的懲罰

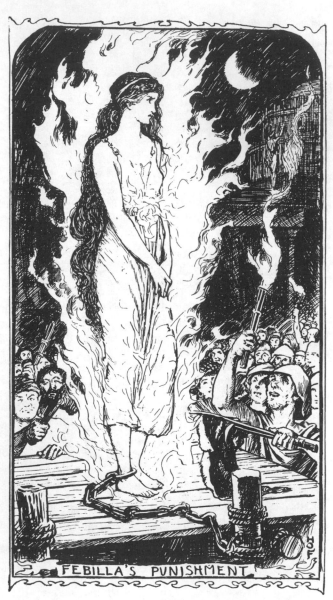

有一個國家長久以來一直對羅馬心懷忌恨，積極想辦法要摧毀羅馬，所以他們挑選了三個可靠的人，讓他們偽裝成占夢師，帶了很多錢來到羅馬。這些人一到羅馬，晚上就偷偷跑出去。他們在地底深處埋了一罐黃金，又在一座橫跨泰伯河的橋下方的河床放了一罐黃金。

隔天他們前去羅馬立法所在的元老院，向元老院的議員深深一鞠躬後說：「啊，大人，昨晚我們夢見山腳下埋了一罐黃金，可否請你們批准我們去挖出來？」得到元老院的允諾之後，這些使者就帶工匠挖出黃金，大家都很開心。

幾天後，這些占夢的人又出現在元老院，他們說：「啊，大人，請批准我們去找出另外一個寶藏，我們夢到寶藏就在跨河的橋下。」

元老院議員答應後，這些外國使者僱了船隻和人員，放下有勾子的繩子，終於拉起一罐黃金，還把一些黃金分贈給議員們。

隔一兩週後，他們又出現在元老院。

「啊，大人，」他們說：「昨晚我們看到羅馬守護神所在的宙斯神殿的基石下埋了十二桶黃金，由於各位的仁慈，之前的夢為我們帶來很大的財富，為了表達感謝之意，我們希望將這第三個寶藏贈送給各位。請給我們工人，我們將馬上著手挖掘，不敢稍有延遲。」

得到許可後，他們開始挖掘，等使者們把宙斯神殿破壞後，就偷偷地離開羅馬。

隔天早上，由於基石被移走，聖像臉朝下地倒了下來，還摔碎了，議員這才了解他們的貪婪害慘了他們。

從那天起，羅馬的治安每下愈況。每天早上群眾來到皇帝跟前，抱怨夜裡街上到處出現搶

·THE·COPPER·HORSE·

銅馬

劫、兇殺案和其他罪行。

以保護人民安全為第一考量的皇帝，向味吉爾徵詢意見，看要如何才能消弭這場暴亂。

味吉爾深思良久，然後說：「皇上，請鑄造一匹銅馬和騎師，並把他們安置在宙斯神殿前面，然後向大家宣佈十點鐘響，所有的人都要回家，不准再外出。」

皇帝按照味吉爾所言去做，但小偷和殺人犯逕自嘲笑這匹馬，照常到處胡作非為。

但鐘敲了最後一響，馬匹立刻啟動，疾馳在羅馬的街道上。被牠踩死的屍體算算就超過兩百具。但仍然還有很多的小偷逍遙法外，而這些殘餘份子非但未如味吉爾所盼的知道悔改，反而準備了有勾子的繩梯，一聽到馬蹄聲，就把繩子拋到牆上，爬到馬匹和騎士搆不到之處。

然後皇帝下令鑄造兩隻銅狗，跟在銅馬的後面跑。就在小偷掛在牆上嘲弄味吉爾和皇帝時，這兩隻狗就跳上去把他們拉到地上咬死。

就這樣，味吉爾讓羅馬重新恢復和平與秩序。

大約在這個時候，海外紛紛傳聞，巴比倫蘇丹的女兒是全世界最美麗的公主。

味吉爾跟其他人一樣，也聽說了有關她的傳聞，並瘋狂地愛上他所聽說的這個美女。他建造了一座橫跨羅馬和巴比倫的空中橋樑，然後走過這座橋前去拜訪這名公主。公主看到他雖然有些意外，但仍然致上歡迎之意。他們聊了一會兒之後，公主表示非常想要去看看這名陌生人所住的遙遠城市，味吉爾答應要親自帶公主去羅馬，還說她連腳底都不用沾濕。

公主在味吉爾的宮殿待了幾天，看到她作夢也看不到的神奇事物，不過，她不願意接受味吉爾想送她的一堆禮物。時間飛快地過去，公主終於說她必須回到父親的身邊。味吉爾親自領她走過空中橋樑，並將她溫柔地放回她的床上。第二天，公主的父親發現公主就睡在床上。

她告訴父親事情發生的經過，而他則假裝非常有興趣，並叫公主下次介紹味吉爾給他認識。

不久，公主派人通知蘇丹，陌生人又來了。他下令備宴，並派人拿了一杯飲料給公主，要她親自送給味吉爾，向他致意。

宴會上，等他們坐定，公主起身將飲料遞給味吉爾，而他一喝下就馬上陷入昏睡。

然後蘇丹下令衛兵把他綁起來。

H.J. FORD
VIRGILIVS THE SORCERER
· CARRIES AWAY ·
THE PRINCESS OF BABYLON

巫師味吉爾帶走巴比倫的公主

第二天，蘇丹起床後，即將王公貴人召至大殿，命人把味吉爾身上的繩子解開，並將他帶到蘇丹跟前。味吉爾一出現，蘇丹的怒氣馬上爆發，指控味吉爾未經允許擅自把公主帶到遙遠的國度。

味吉爾回答說，雖然他把公主帶走，但他本來可以把她留下，卻還是送她回家，如果他們放他回去，他保證不會再來。

「辦不到！」蘇丹大喊：「你該一死謝罪！」公主跪了下來，懇求與他同赴黃泉。

「蘇丹，你的如意算盤不管用。」味吉爾已經失去耐心，他對蘇丹和他的王公貴人施以魔咒，讓他們幻想巴比倫的河流灌入大殿，他們只能拼命游泳求生。趁他們像青蛙和魚一樣跳來跳去的時候，味吉爾丟下他們，把公主抱在懷裡，帶著她經由空中橋樑回到羅馬。

味吉爾認為，不管是他自己的宮殿還是羅馬本身，都不足以安置像公主這般珍貴的人。因此他為公主建造了一個城市，城市的地基建在一些蛋的上面，並埋在深海裡。在這個城裡有一座方塔，塔的屋頂上有一根鐵棍，鐵棍的上面橫放了一個瓶子，瓶子上方則有顆蛋，蛋又懸著一顆蘋果，一直懸掛至今。當蛋搖動時，城市也會震動；蛋破了，城市也會跟著毀滅。味吉爾在城裡放了很多前所未見的神奇事物，並將這座城命名為那不勒斯。

（巫師味吉爾）

馬嘎爾茲亞和他的孩子

從前有個小男孩，他的父母親在去世前，將他交給一個監護人來照顧，但他們挑的監護人是個壞人，把他所有的錢都花光了，所以男孩決定外出尋找自己的出路。

於是，有一天他就動身了。他走過森林和草地，一直走到夜晚來臨。他覺得很累，但找不到睡覺的地方。他登上一座山，環顧是否有任何住家的燈光。起初周遭彷彿一片漆黑，但最後還是讓他發現遠方閃著微弱的火光，於是他立刻打起精神，尋找火光的來源。

過了半夜，他終於到達有火光的地方，但遠看小小的火光，近看竟然是大大的火堆，火的旁邊有個高大宛如巨人的男人正在睡覺。男孩猶豫了一下，思索自己究竟該怎麼辦。最後，他躡手躡腳地靠近這個男人，並在他的腳邊躺下。

男人早上醒來後感到非常詫異，因為他發現有個男孩竟然挨著他睡覺。

你從哪裡冒出來的？

「天呀！你從哪裡冒出來的？」他說。

「我是你的兒子，半夜出生的。」男孩回道。

男人說：「如果真的是這樣，你幫我看羊，我就給你食物，但千萬不要越過土地邊界，不然你會後悔的。」他告訴男孩他的土地邊界在哪兒，並要他馬上開始工作。

男孩帶著羊群去草長得最茂盛的地方，跟羊群一起待在那裡，等到晚上再把羊群帶回去，然後幫巨人擠羊奶。等所有的事都做完後，他們就一起坐下來吃晚餐。吃飯時，男孩問巨人：「你叫什麼名字，父親？」

他回說：「馬嘎爾茲亞。」

「我覺得很納悶，你怎麼受得了一個人住在這個人煙罕至的地方。」

「不用懷疑，你難道不知道愚魯的人是無法隨心所欲的？」

「沒錯，」男孩說：「但你為什麼總是那麼哀傷呢？父親，把你發生的事情告訴我。」

「告訴你有何用？把我的事告訴你只會讓你難過而已。」

「不要介意，我願意傾聽，我們不是父子嗎？」

「好吧，如果你真的想聽我的故事。我已經告訴過你我的名字是馬嘎爾茲亞，我的父親是位皇帝。當時，我正前往距離此處不遠的甜奶湖，迎娶居住在那裡的三仙女之一，但在路上，有三個精靈攻擊我，並奪走我的靈魂，從此我就待在這裡看管我的羊，喪失了慾望，也沒有片刻覺得快樂，甚至再也笑不出來。可怕的精靈心地很壞，如果有任何人膽敢跨進他們的土地一步，他馬上就會遭受處罰。這是為什麼我警告你要小心，以免你淪落到跟我一樣的命運。」

「好的，我會很小心。」臨睡前，男孩說。

男孩在太陽升起時起床，並帶著羊兒去吃草。他並不想要跨入屬於精靈的茂盛草地，而是讓他的羊群在馬嘎爾茲亞的旱地上吃草。

第三天，他坐在樹蔭下吹著笛子，這個世界上還沒有人吹笛吹得比他更好。這時，其中一隻羊跨過籬笆來到精靈長滿花朵的草地，然後一隻又一隻的羊也跟著走進去。男孩太專心吹笛子了，一點也沒注意到半數的羊隻已經跑到另外一邊去。

他跳起身子，繼續吹著笛子，跟在羊群的後面，企圖把他們趕回另一邊的土地。突然在他面前出現三個漂亮的年輕少女，她們擋在他的面前，就這樣跳起舞來。男孩知道他必須怎麼做，就卯盡全力吹著笛子，少女們則一直跳到黑夜。

「讓我走吧，」他終於忍不住大喊：「因為可憐的馬嘎爾茲亞一定餓了，明天我會回來幫妳們奏樂。」

「好吧，你可以走，」她們說：「但是記住，別想違背你的承諾，你逃不了的。」

男孩吹笛給精靈們聽

於是，雙方同意隔天男孩必須帶著羊群過來這裡，為她們演奏到太陽下山。協議達成後，他們就各自回家了。

馬嘎爾茲亞發現他的羊群擠出的奶比往常還多，便感到十分驚訝，但由於男孩說他並未越境，他也沒有多想，開心地享受他的晚餐。

太陽一出來，男孩就帶著羊群來到精靈的草地，他一吹起笛子，少女們就出現在他的面前，一直跳舞跳到晚上。然後男孩故意讓笛子從手指間滑過，假裝不小心踩到笛子。

聽到他哀泣，手足無措地落淚，哭訴自己失去了唯一的朋友，沒有人會不為他難過的。精靈的心都軟了，想盡辦法安慰他。

「我再也找不到同樣的笛子了，」他嗚咽地說：「沒有笛子的聲音能比我的笛子更美妙，它是用樹齡七年的櫻桃木心做成的。」

「我們的花園裡剛好有一株樹齡七年的櫻桃木，」她們說：「跟我們來，你可以自己再做另一根笛子。」

他們來到櫻桃木前，圍著櫻桃木站著，年輕人解釋說，如果他用斧頭把櫻桃木砍斷，很可能會把木心劈開，而製作笛子需要木心的部分。為了避免出現這種情況，他打算在樹皮砍個剛好可以把手指放進去的小洞，然後靠她們的幫助，他就能想辦法把樹分成兩半，又可以避免破壞木心。精靈想也沒想就照他所說的把手放進去，然後男孩馬上把卡在裂縫的斧頭取出，精靈的手全都緊卡在樹裡。

她們痛得尖叫，想辦法要把手弄出來，卻徒勞無功，而男孩則像大理石般冷酷，對她們的哀求一點也不為所動。

他跟他們要馬嘎爾茲亞的靈魂。

她們說：「好吧，如果你一定要的話，它就在窗檯上的瓶子內。」本來她們以為可以馬上重得自由，但她們卻錯估情勢。

「妳們讓那麼多的人受苦，」他嚴厲地說：「也該自己受點苦，不過明天我就會放了妳們。」

然後他帶著羊群和馬嘎爾茲亞的靈魂一起回家。

馬嘎爾茲亞坐在門前等著，看到男孩回來，就責備他的晚歸。但男孩一解釋完後，馬嘎爾茲亞高興得無法自己，他跳到半空中，精靈給他的假靈魂就從他的嘴巴飛走，而他先前被密封在瓶子裡的靈魂馬上取而代之。

等他的興奮之情稍微平緩下來後，他對男孩說：「不管你是不是我真的兒子，對我而言都不重要，告訴我，我該怎樣做，才能報答你為我所做的？」

「你只要告訴我甜奶湖在哪裡，以及我要怎樣讓住在那裡的三仙女之一嫁我為妻，並讓我永遠做你的兒子。」

馬嘎爾茲亞和他的兒子整夜唱歌吃喝慶祝，又因為太高興了，一點也睡不著。等天一亮，他們就一起出發去找精靈。到達精靈的庭院後，馬嘎爾茲亞把櫻桃木和所有的精靈一起扛在背上，帶回到他父親的王國。所有人看到馬嘎爾茲亞回家都很高興，但他把一切都歸功於救了他的男孩。

男孩待在皇宮三天，接受全宮廷的人對他的感謝和讚賞，然後他告訴馬嘎爾茲亞：「我該走了，請告訴我要怎樣找到甜奶湖，我會帶我的妻子一起回來。」

馬嘎爾茲亞想要挽留他，但發現沒有用，只好把他所知的事情全部告訴他，因為連他自己都沒看過這個湖。

男孩帶著笛子走了三個夏日，有一天晚上他終於抵達甜奶湖。這個湖位於一個強大的精靈王國內。隔天早上，天幾乎還沒亮，男孩就走至湖邊，開始吹起笛子，才一吹笛，眼前就出現

馬嘎爾茲亞和兒子回家

一名漂亮的仙子，她的頭髮和長袍閃耀著黃金般的光彩。他驚嘆地望著她，突然她開始跳起舞來，動作如此優雅，讓他都忘了吹奏，但笛音一停，仙女就立刻從他的眼前消失。隔天同樣的事又發生，而到了第三天，他鼓起勇氣，靠近一點，一路吹著笛子。突然他向前一躍，把她抱入懷裡並親吻她，還從她的頭髮摘下一朵玫瑰。

仙女哭了起來，哀求他把玫瑰還給她，但他不肯，逕自把玫瑰插在他的帽子裡，並對她的懇求充耳不聞。

最後她見哀求無效，只好答應嫁給他。他們一起回到皇宮，馬嘎爾茲亞仍在皇宮等著他們，皇帝並親自替他們主持婚禮。之後，每年的五月，夫妻倆以及他們的孩子都會一起回到甜奶湖游泳。

（捷克奧洛摩茲地區童話）

蘭格世界童話全集　全套12冊

1.《藍色童話》（*The Blue Fairy Book*）

我們無法想像沒有童話世界的童年會是什麼樣子。灰姑娘、小紅帽、巨人和侏儒、怪獸和巫師、仙子和魔鬼，他們出現在每個時代的各個角落裡。蘭格童話歐美陪伴著許多孩子一起成長，也為他們的父母親帶來歡樂。《藍色童話》是蘭格主編的第一部世界童話集，取材來源甚廣，從格林童話、貝洛童話、杜諾瓦夫人、博蒙夫人，到天方夜譚、北歐童話，收錄了三十七個故事，在蘭格幽默諧趣的風格裡，童話裡的每個角色都躍然紙面，生動有趣。

2.《綠色童話》（*The Green Fairy Book*）

《綠色童話》一書中收集了四十二篇童話故事，取材來自許多國家，包括法國、德國、俄國、義大利、西班牙、英國，還有一個中國的故事。很多故事還是來自知名的童話故事創作者，如杜諾瓦夫人（Par Mme. d'Aulnoy）、開勒士伯爵（Comte de Caylus）、芬乃倫（Fénelon）等，另外也包括了大家耳熟能詳的格林童話。不論是〈青鳥〉、〈三隻小豬〉、〈神奇的天鵝〉或〈漁夫的故事〉，透過蘭格的編錄，篇篇都能帶領讀者體會童話的精采與寓意。

3.《玫瑰童話》（*The Crimson Fairy Book*）

《玫瑰童話》收集了來自許多國家的故事，包括匈牙利、俄羅斯、羅馬尼亞、芬蘭、冰島、日本，和西西里等。這些故事充滿了想像、刺激與冒險，能點燃孩子們無限的想像空間，也能為成人們帶來兒時溫暖的回憶。其中〈佃農與貓〉說明了貓是如何初次來到冰島的；另一個日本故事〈螃蟹與猴子〉，則告訴讀者螃蟹是怎麼教訓狡猾的猴子；羅馬尼亞故事〈小小野玫瑰〉的主角，是個在鷹巢中被養大的女孩。

蘭格世界童話全集　全套12冊

4.《銀色童話》（*The Grey Fairy Book*）

《銀色童話》收集了包括德國、法國、希臘、義大利、立陶宛、非洲好幾個地方的故事。特別值得一提的是，〈巴薩的三個兒子〉這則故事中，還包含了另一則故事〈索卡西亞美女〉，其手法就像東方藝術家喜歡在象牙內一層一層雕刻般。此外，歷經多部作品合作後，著名插畫家福特為本書特別繪製的插畫作品益發細膩動人。

5.《紫色童話》（*The Violet Fairy Book*）

在《紫色童話》中，收錄了來自遠方的奇異故事，包括日本、賽爾維亞、立陶宛、非洲、葡萄牙、羅馬尼亞，和俄羅斯。我們用最簡單易懂的方式說故事，相信這些故事的內容不論對小孩或大人來說，都是相當熟悉的。叫做史基皮泰羅的狗幫助一個日本武士斬妖除魔；在羅馬尼亞的故事中，看一個人如何智取龍；史瓦西利的故事則告訴我們一個遇到蛇王的年輕人的冒險。

6.《金色童話》（*The Yellow Fairy Book*）

《金色童話》收錄了來自世界各地的故事，包括匈牙利、波蘭、俄羅斯、冰島、美國印第安人的傳統故事，以及用德語、法語、英語寫成的故事。本書不僅收錄大家耳熟能詳的〈國王的新衣〉、〈豌豆公主〉、〈拇指姑娘〉、〈錫兵〉、〈夜鶯〉等等，也輯錄了數篇杜諾瓦夫人創作的故事，部分故事取材自《格林童話》與《安徒生童話》。

蘭格世界童話全集　全套12冊

7.《橄欖綠童話》（*The Olive Fairy Book*）

《橄欖綠童話》一書共收錄了二十九篇童話故事，這些故事並非我們所常見或耳熟能詳的，但是卻相當珍貴，帶領我們一探不同國家或地區所流傳下來的故事。取材來自於土耳其、印度、丹麥、亞美尼亞等地，也有法國大作家安那托爾・法朗士(Anatole France)筆下的作品。這些源自不同語言的故事，有著童話故事的共通特色：英雄、巨蛇、仙女、好人、壞人。這些故事成分一直深受大人與小孩所歡迎。

8.《紅色童話》（*The Red Fairy Book*）

《紅色童話》一書共收錄了三十七篇故事，除了〈傑克與魔豆〉、〈長髮公主〉、〈白雪公主〉等大家耳熟能詳的故事外，還包括來自法國、德國、俄國、丹麥、羅馬尼亞等各國、較不為人所熟知的許多精采民間傳說。同時也有取材自知名的杜諾瓦夫人以及格林兄弟的童話內容。不論是小矮人、美麗的公主、神奇的動物，透過故事的筆觸，栩栩如生的呈現在讀者眼前，帶讀者經歷豐富的想像之旅。

9.《粉紅色童話》（*The Pink Fairy Book*）

《粉紅色童話》收錄了四十一篇故事，取材自日本、斯堪地那維亞半島、西西里島、非洲以及加泰隆尼亞等各地的民間傳說。故事內容從大家熟知的安徒生童話〈白雪皇后〉、〈樅樹〉，到其他較不為人知悉的各國傳說，帶領讀者體驗各國不同的人物景致。當然，故事主角或許不盡相同，有美人魚、有工人、有精靈鬼怪；但是，同樣精采的情節，充滿幻想的劇本，對世界各地的大人小孩們，都深具吸引力。

蘭格世界童話全集　全套12冊

10.《棕色童話》（*The Brown Fairy Book*）

《棕色童話》蒐羅了世界各地的精彩冒險：從波斯、澳洲、非洲、巴西、印度，直到新喀里多尼亞。〈帶球人與大壞蛋〉裡有著用魔球誘拐小孩的巫婆；在〈皮維與卡波〉的時代，鳥類是人類，人類是鳥類；〈魯貝索〉是個地精與水妖的魔幻世界。來自遙遠國度的異國故事，出人意表到足以虜獲每個人的想像力，又熟悉到能讓所有的人傾聽與瞭解。

11.《橘色童話》（*The Orange Fairy Book*）

《橘色童話》一書共收錄了三十三篇童話故事。編著蘭格先生希望透過本書，帶讀者一探羅德西亞（Rhodesia）、烏干達（Uganda）、旁遮普（Punjab）、日德蘭半島(Jutland)、美洲印地安等我們較不熟悉之地區所口耳流傳的民間故事。此外，書中亦收錄有大家耳熟能詳的安徒生童話〈醜小鴨〉、杜諾瓦夫人〈白鹿公主〉等。

12.《紫羅蘭童話》（*The Lilac Fairy Book*）

《紫羅蘭童話》收錄了大量的故事，其中包括另一個版本的〈美女與野獸〉，即〈挪威的棕熊王子〉，這個故事是來自於愛爾蘭；亦收錄《威爾斯民間故事集》（*Mabinogion*）中其中一則有關亞瑟王傳奇的故事，〈爾雯公主贏娶戰〉。其他故事則多來自於遠方異國，如印度、葡萄牙、不列塔尼，及斯堪地那維亞。

國家圖書館出版品預行編目資料

紫色童話／安德魯・蘭格（Andrew Lang）編著；林雨蒨譯.——初版.——台北市：商周出版：城邦文化發行, 2004〔民93〕

面： 公分.--（蘭格世界童話全集 5）

譯自：The violet fairy book

ISBN 986-124-178-7（平裝）

815.9 93005733

蘭格世界童話全集 5

紫色童話

編　　著／安德魯・蘭格（Andrew Lang）
譯　　者／林雨蒨
總 編 輯／林宏濤
責任編輯／顏慧儀

發 行 人／何飛鵬
法律顧問／中天國際法律事務所周奇杉律師
出　　版／商周出版
台北市 104 民生東路二段141號9樓
電話：(02) 2500-7008　傳眞：(02) 2500-7759
E-mail：bwp.service@cite.com.tw
發　　行／城邦文化事業股份有限公司
台北市 104 民生東路二段141號2樓
電話：(02) 2500-0888　傳眞：(02) 2500-1938
劃撥：1896600-4 城邦文化事業股份有限公司
城邦讀書花園網址：www.cite.com.tw
讀者服務 email: service@cite.com.tw　讀者服務專線：(02) 2500-7397
香港發行所／城邦（香港）出版集團
香港北角英皇道310號雲華大廈4/F, 504室
電話：(852) 2508-6231　傳眞：(852) 2578-9337
馬新發行所／城邦（馬新）出版集團　Cite (M) Sdn. Bhd. (458372 U)
11, Jalan 30D/146, Desa Tasik, Sungai Besi, 57000 Kuala Lumpur, Malaysia.
電話：(603) 9056-3833　傳眞：(603) 9056-2833

封面繪圖／Anna Kosanova
封面設計／張士勇
電腦排版／極翔企業有限公司
印　　刷／韋懋印刷事業股份有限公司
總 經 銷／農學社
電話：(02) 2917-8022　傳眞：(02) 2915-6275

■2004年4月30日 初版
Printed in Taiwan
定價260元

ISBN 986-124-178-7

商周出版

廣　告　回　函
北區郵政管理登記證
北臺字第10158號
郵資已付，免貼郵票

100 台北市信義路二段213號11樓

城邦文化事業（股）公司　收

請沿虛線對摺，謝謝！

商周出版

書號：BL6005　　書名：紫色童話

商周出版

讀者回函卡

謝謝您購買我們出版的書籍！請費心填寫此回函卡，我們將不定期寄上城邦集團最新的出版訊息。

姓名：＿＿＿＿＿＿＿＿＿＿＿＿＿＿＿＿

性別：□男　□女

生日：西元＿＿＿＿＿＿年＿＿＿＿＿月＿＿＿＿＿日

地址：＿＿＿＿＿＿＿＿＿＿＿＿＿＿＿＿

聯絡電話：＿＿＿＿＿＿＿＿＿＿　傳真：＿＿＿＿＿＿＿＿＿＿

E-mail：＿＿＿＿＿＿＿＿＿＿＿＿＿＿＿＿

學歷：□1.小學 □2.國中 □3.高中 □4.大專 □5.研究所以上

職業：□1.學生 □2.軍公教 □3.服務 □4.金融 □5.製造 □6.資訊

□7.傳播 □8.自由業 □9.農漁牧 □10.家管 □11.退休

□12.其他＿＿＿＿＿＿＿＿＿＿＿＿＿＿＿＿

您從何種方式得知本書消息?

□1.書店□2.網路□3.報紙□4.雜誌□5.廣播 □6.電視 □7.親友推薦

□8.其他＿＿＿＿＿＿＿＿＿＿＿＿＿＿＿＿

您通常以何種方式購書?

□1.書店□2.網路□3.傳真訂購□4.郵局劃撥 □5.其他＿＿＿＿＿＿

您喜歡閱讀哪些類別的書籍?

□1.財經商業□2.自然科學 □3.歷史□4.法律□5.文學□6.休閒旅遊

□7.小說□8.人物傳記□9.生活、勵志□10.其他＿＿＿＿＿＿

對我們的建議：＿＿＿＿＿＿＿＿＿＿＿＿＿＿＿＿

＿＿＿＿＿＿＿＿＿＿＿＿＿＿＿＿

＿＿＿＿＿＿＿＿＿＿＿＿＿＿＿＿

＿＿＿＿＿＿＿＿＿＿＿＿＿＿＿＿

請於此處用膠水黏貼